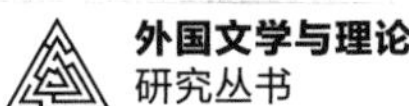

福建省社会科学基金项目（FJ2023BF010）结题成果

族裔性与世界性

山下凯伦小说的空间与家园书写

王育烽　著

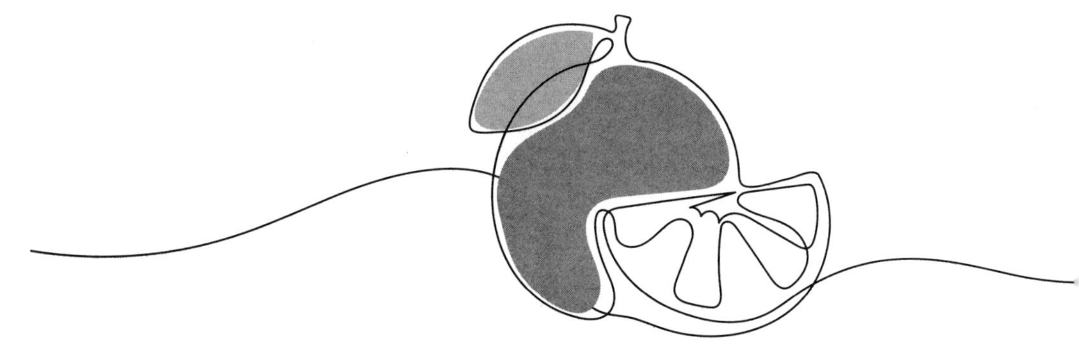

厦门大学出版社 XIAMEN UNIVERSITY PRESS | 国家一级出版社 全国百佳图书出版单位

图书在版编目（CIP）数据

族裔性与世界性 ：山下凯伦小说的空间与家园书写 / 王育烽著. -- 厦门 ：厦门大学出版社，2024. 12.
(外国文学与理论研究丛书). -- ISBN 978-7-5615-9529-9

Ⅰ. I712.074

中国国家版本馆 CIP 数据核字第 2024E3T971 号

责任编辑 高奕欢
美术编辑 李夏凌
技术编辑 许克华

出版发行 厦门大学出版社
社　　址 厦门市软件园二期望海路 39 号
邮政编码 361008
总　　机 0592-2181111　0592-2181406(传真)
营销中心 0592-2184458　0592-2181365
网　　址 http://www.xmupress.com
邮　　箱 xmup@xmupress.com
印　　刷 厦门集大印刷有限公司

开本 720 mm×1 020 mm　1/16
印张 14
字数 216 千字
版次 2024 年 12 月第 1 版
印次 2024 年 12 月第 1 次印刷
定价 55.00 元

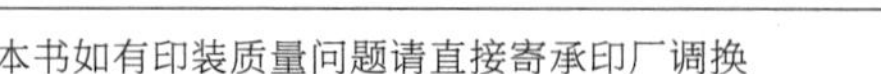
本书如有印装质量问题请直接寄承印厂调换

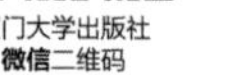
厦门大学出版社
微信二维码

厦门大学出版社
微博二维码

前　言

山下凯伦（Karen Tei Yamashita，1951—）是当代日裔美国作家的杰出代表之一。她以魔幻现实主义的表现手法和颇具后现代派特色的写作风格见长，以长篇小说、短篇小说、剧作、散文、回忆录等各种形式的作品丰富着当代日裔美国文坛。《洛杉矶时报》（*The Los Angeles Times*）称她为"大天才"（big talent），《纽约时报》（*The New York Times*）赞扬她的机智敏锐，《华盛顿新闻报》（*Newsday*）称赞她善于处理深刻的哲学与社会问题。我国首部原创性国别文学工具书《美国文学大辞典》也提到山下凯伦的作品是"21 世纪美国文学经常谈论的话题，给亚裔美国文学的发展带来了重要影响"。①

山下凯伦迄今出版了小说《穿越雨林之弧》（*Through the Arc of the Rain Forest*，1990）、《巴西丸》（*Brazil-Maru*，1992）、《橘子回归线》（*Tropic of Orange*，1997）、《K 圈循环》（*Circle K Cycles* 2001）、《I 旅馆》（*I Hotel*，2010），回忆录《给记忆的信》（*Letters to Memory*，2017），舞台剧剧本《征兆：一个美国歌舞伎》（*Omen: An American Kabuki*，1978）、《广岛热带》（*Hiroshima Tropical*，1983）、《九世：濒危物种》（*Kusei: Endangered Species*，1986），短篇小说《朝香宫》（*Asaka no Miya*,

① 虞建华，主编.《美国文学大辞典》. 北京：商务印书馆，2015: 1066.

1984)，以及剧作集《黄柳霜：表演的小说》(*Anime Wong: Fictions of Performance*，2014)、故事集《“三世”与情感》(*Sansei and Sensibility*，2020)，等等。其中，她的第一部小说《穿越雨林之弧》便荣膺“美国图书奖”(American Book Prize，1991)与“珍妮特·海丁格·卡夫卡奖”(Janet Heidinger Kafka Award，1992)；长篇小说《I 旅馆》入围 2010 年度“美国国家图书奖”(National Book Award)的决胜名单，并再次蝉联“美国图书奖”(2011)[a]，还获得了“加州图书奖”(California Book Award，2010)、“美籍亚太文学奖”(Asian/Pacific American Awards for Literature，2011)等荣誉。2018 年，山下凯伦荣获“约翰·多斯·帕索斯奖”(John Dos Passos Prize for Literature)。2021 年，她被授予“美国国家图书基金会文学杰出贡献奖”(National Book Foundation Medal for Distinguished Contribution to American Letters)，并成为第 34 位荣获这一“终身成就奖”(Lifetime Achievement Award)的作家。此前，该奖项曾授予汤亭亭(Maxine Hong Kingston，1940—)、托尼·莫里森(Toni Morrison，1931—2019)、厄修拉·勒古恩(Ursula K. Le Guin，1929—2018)等重要女性作家。

作为“三世”日裔美国作家，山下凯伦的小说继承和发扬了“一世”“二世”日裔美国作家及其他少数族裔作家的创作思想和叙事风格。她的作品把小说和非小说、文学和历史等不同体裁混合在一起，采用多重人物的视角，书写少数族裔群体，乃至后现代社会人类的生存状况。虽然山下凯伦的第一部长篇小说《穿越雨林之弧》出版至今不足35 年，中国读者对她也较为陌生，但国外已有不少研究者从叙事技巧、生态思想、族裔身份等

① “美国图书奖”和“美国国家图书奖”是两个不同的奖项。“美国图书奖”由前哥伦比亚基金会(Before Columbus Foundation)管理和组织评选。该奖项设立于 1978 年，1980 年起每年评选一次，颁发给拥有卓越文学成就的作家。获奖者不受种族、民族、性别、作品体裁等因素制约，奖品没有分类。“美国国家图书奖”是“美国文学三大奖”之一，由美国出版商协会、美国书商协会和图书制造商协会于 1950 年联合设立，只颁给美国公民，设有虚构类、非虚构类、翻译文学、青年文学、诗歌五个奖项。

众多角度研究她的作品。近年来，国内外学界对于美国少数族裔文学的研究重点逐渐由“族裔性”过渡到“世界性”，山下凯伦的小说随之因其“世界主义”和“人类命运共同体”的特征受到更多的关注。在很大程度上，山下凯伦的小说既传承了“流散、同化、身份、苦难”等少数族裔文学主题，又跨越传统的东西方文化差异维度，呼应全球化进程与社会变局，使读者能够在较为宽阔的语境下重新审视文学与社会、文学与科技、文学与时代的关系，对于美国少数族裔文学、美国后现代文学的精神和文化内涵研究无疑具有较高的理论和实践价值。

本书以山下凯伦的多部小说为研究对象，同时参照山下凯伦曾经出版的短篇小说、剧作集、散文、回忆录中的相关内容，并结合作家的传记、访谈录及其出版的学术论著等资料展开研究。在理论方面，本书借助亨利·列斐伏尔（Henri Lefebvre, 1901—1991）、米歇尔·福柯（Michel Foucault, 1926—1984）、爱德华·索亚（Edward W. Soja, 1940—）等人的空间理论，迈克·克朗（Mike Crang）的文化地理学，霍米·巴巴（Homi K. Bhabha, 1949—）的后殖民理论，以及生态批评理论等相关思想，围绕空间如何激活山下凯伦小说的人物关系与情节发展，继而从多个维度影响家园的失落、追寻与重构历程，系统探讨山下凯伦小说的族裔性、世界性及其现实意义。作为国内首部从空间与家园两个密切关联的视角系统研究日裔美国作家作品的学术专著，本书旨在为美国少数族裔文学、美国后现代文学研究提供较新的范本，拓展少数族裔文学与文化的研究空间。因此，研究过程中必须厘清空间与家园的各种相关理论和概念。

然而，需要注意的是，空间理论是一个较为庞杂的知识体系，当中不乏抽象、混杂的概念。比如，分别来自爱德华·索亚和霍米·巴巴的“第三空间”有何区别或联系？米歇尔·福柯提出的“异托邦”空间与我们熟知的“乌托邦”是否存在关联？还有，诸如物理空间、精神空间、社会空间、网络空间、身体空间、边界空间等概念看似错综复杂，能否在文学批评实践中融会贯通？另外，将美国少数族裔文学的批评角度延伸至空间的维度对于当代学界已不陌生，但多数前期成果仍集中于文化和身份认同，对此该如何以空间的视角推动和拓展其研究？再者，家园书写对于少数族裔文学研究而言也算不上崭新的话题。随着全球化进程的发展，学界对于家园的定义已变得更加开放和包容，现代家园既可以是地理层面的构建，也可以是精神、文化等空间维度的构建。对于祖籍为日本，生长在美国，又具有长期在巴西生活的经历，融合东西文化，跨越南北半球的山下凯伦而言，她将如何书写自己的乡土、文化和精神家园呢？其家园书写如何与不同的空间维度相联系，又如何有别于其他作家？这些话题都值得我们深入探讨。

本书的绪论首先简要概述日裔美国文学的发展历程，梳理山下凯伦研究的国内外现状，指出日裔美国文学与山下凯伦小说的研究在国内学界并未引起足够的关注，尚存较大的发展空间。接着，本章节开始探讨诸多空间和家园理论的主要思想，对列斐伏尔、福柯、霍米·巴巴、爱德华·索亚等人的空间理论，以及迈克·克朗和哈·金（Ha Jin）等人的家园思想理论进行较为深入的阐释，为贯通庞杂的空间理论体系，将空间和家园的相关理论合理运用于山下凯伦小说的批评实践奠定基础。

1990 年，山下凯伦出版了处女作小说《穿越雨林之弧》。这部小说一炮打响，好评如潮，并屡获殊荣。小说不仅情节新颖别致，且人物形象丰富，叙事视角也极为独特。我们在书中读到一些与众不同的人物：额头上悬挂着球体的日本青年、“三只手”的美国企业高管、“三个乳房”的法国鸟类学家、相信羽毛具有疗伤功能的巴西农民……这些怪模怪样的人分别来自亚洲、北美、欧洲、南美等不同大洲，却齐聚在位于巴西热带雨林的“玛塔考”这一神奇的物理空间，呈现了一部“全球化”时代的魔幻现实主义小说、科幻小说、生态环境小说。小说扉页以“人类是和鸟类对立的生物吗？”等三个问句巧妙预演了生态主题，透露出浓厚的生命共同体思想，以表达作者对人类和地球生物未来的担忧。此外，小说的叙事者被设定为一个悬挂在主人公额头上的球体，其故事内容和叙事技巧也堪称独特的创新。球体作为特别的叙事者自然成了读者津津乐道的话题。球体通过它的记忆给我们讲述那些来自地球不同角落的人物在资本的驱使下相聚“玛塔考”，对自然资源进行过度开发，最终造成“玛塔考”环境恶变的故事。“玛塔考”的空间意象不言而喻，但山下凯伦对“玛塔考”这一空间意象的书写是否具有与众不同之处？我们是否可以将球体的形象进一步放大，将其视作人类赖以生存，却由于人类的掠夺而伤痕累累的地球家园？这些话题都值得一番探究。

本书的第一章以“家园的失落”为题，将对叙事者“球体”的批评实践从个人“小家园”的失落提升到地球“大家园”的失落，从“玛塔考”、石丸一正、马内・佩纳、特卫普等小说人物的社会空间、身体空间、精神空间等维度探讨家园失落的主题。山下凯伦在这部小说中揭示个人“小家园”失落和地球“大家园”失落的各种深层原因，以表达她对移民至异国他乡的飞散者在各个空间维度的“无家可归”的同情及其对造成当代人类生存困境的工业文明的批判。这些话题将是本章节讨论的重点。

《巴西丸》是继《穿越雨林之弧》之后，山下凯伦出版的另一部描写20世纪初日本人移民巴西的小说。然而到目前为止，这部小说受到的关注程度远不及《穿越雨林之弧》，相关研究在国内更是屈指可数。实际上，《巴西丸》的影响力不可小觑，小说出版后不久就被《村庄之声》(*Village Voice*)遴选为“1992年度最佳25本小说之一”。小说以“巴西丸号”商船为题，在扉页就开门见山地点明：“这是一部属于我们所有人的，关于历经长途跋涉，寻找某种家园的故事。”这一开篇不禁让人回想起19世纪末日本人移民巴西，建立“日本之外，最大的日本”的那段往事。彼时，明治维新虽然让日本经济迅速崛起，但大量日本农民为此失去土地，被迫沦为劳动力，还要缴纳各种高额税费，贫富差距越来越大，底层人民生活苦不堪言。他们不断地进行反抗斗争，不可避免地影响了日本社会的治安稳定。而巴西在 1888 年正式废除奴隶制，自由和平等的精神让巴西社会得到进一步的发展，成为南美洲，乃至拉丁美洲最具活力和最多元化的经济体之一。不过，解放了的黑奴陆续离开农田，涌入城市从事各种各样的职业，使得这个国土广袤、地广人稀的南美国家在农业方面出现了严重的劳动力短缺。于是，巴西政府派遣使节，到中国、日本等一些农业国家招募"你情我愿"的移民。日本政府与巴西政府就此一拍即合，双方于 1895 年缔结《日巴友好通商通航条约》。之后经过多方位的官方考察，首批日本移民于 1908 年从神户港口乘船出发，拉开了移民潮的序幕，也就是《巴西丸》主人公"历经长途跋涉，寻找某种家园的故事"的原型。《巴西丸》这部小说正是山下凯伦巧妙处理历史和想象的关系，使历史以不同形式进入文本的写照。那么，在小说中，山下凯伦如何将这段历史同想象与虚构结合在一起，构建一个融合东西文化、跨越南北半球的家园追寻故事呢？此外，《巴西丸》还刻画了不少与《穿越雨林之弧》的"玛塔考"异曲同工的物理空间意象，如"埃斯波兰萨社区""新世界农场""日本村"等。种种痕迹无不表明从空间和家园的视角解读小说具有较强的可行性。

本书的第二章从多个空间维度探讨《巴西丸》中日裔巴西移民于异国他乡追寻家园的奋斗历程，研究将重点关注"巴西丸号"商船的航行与埃斯波兰萨社区的空间属性，以及寺田一郎、宇野勘太郎等小说人物所经历的不同空间维度的家园追寻。"埃斯波兰萨社区""新世界农场""日本村"等空间意象与《穿越雨林之弧》中的"玛塔考"有何联系或差异？主人公寺田一郎被称为"日本爱弥儿"，他和法国思想家卢梭笔下的爱弥儿有何联系？他的形象比起《穿越雨林之弧》中头上悬挂着球体的主人公石丸一正是否更加出彩？同时，本书将借鉴迈克·克朗、哈·金等学者关于家园的定义，并以知识考古学的研究方法将作家创作思想和历史资料探究相结合，关注日本人移民巴西的历史资料，以文学、历史学、生态学、社会学、哲学等多重视角展现这部小说中的空间属性和家园意识，强调作品与作家、作品与世界、作品与时代之间的关联与互动。

山下凯伦的第三部小说《橘子回归线》是一部极具后现代风格和共同体理念的作品，也是一部兼具族裔性与世界性的作品，同时是山下凯伦诸多小说中最受关注、研究视野最为开阔的作品。不同于前两部小说的是，《橘子回归线》的故事背景从巴西转移到了美洲的洛杉矶和墨西哥。小说的七名主要人物，即瑞法拉、阮鲍比、加布里埃尔、阿克安吉尔、艾米、巴茨沃姆、曼扎纳来自不同国家、种族和社会阶层。他们当中除了一名墨西哥人，其余都是美国少数族裔，包括日裔、华裔、非裔。洛杉矶是美国的第二大城市、全球著名的影视娱乐中心和科技中心。纵观那些以洛杉矶为故事背景的美国文学作品，多数以描写白人社会的犯罪、金钱、爱情等题材为主，但山下凯伦显然不拘泥于书写这样的洛杉矶。她认为："除了衣着光鲜的演艺明星、西装笔挺的职业人士等，这个城市还有像瑞法拉和鲍比那样生活在社会底层的劳动者。"[①] 比起书写身处美国社会"中心"的白人的经历，山下凯伦更乐意讲述身在"边缘"的少数族裔群体的故事。就像爱德华·索亚以洛杉矶为参照，提出了游离于"真实"和"想象"之间的"第三空间"，山下凯伦希望在她的笔下呈现出一个更加立体化和多元化的洛杉矶。为此，小说沿用了山下凯伦擅长的魔幻现实主义写作技巧，并巧妙运用一个四十九节的超文本语境图谱，叙述以七名人物为代表的少数族裔边缘群体建构理想家园的故事。七名具有不同族裔身份的主要人物分散在洛杉矶和墨西哥的不同角落，其故事看似杂乱无章，彼此间毫无联系，却在时空的轴线上不断交汇，杂糅出洛杉矶与墨西哥的"真实"与"魔幻"。

本书的第三章着重考察山下凯伦如何在《橘子回归线》中利用美墨边界空间、洛杉矶城市空间、网络空间、精神空间、文化空间等元素的书写重构她心目中理想的家园。作为山下凯伦的第三部小说，《橘子回归线》在

① 胡俊.《后现代政治化写作：当代美国少数族裔女作家研究》. 北京：中国社会科学出版社，2014：150-151.

空间和家园的表现手法上较之前两部作品《穿越雨林之弧》和《巴西丸》是否具有一定的深入？小说中的七个主要人物的故事表面看起来独立成章，但实际上空间是如何激活他们之间的关系，使其相互联系、相互影响的？在洛杉矶这样一个众声喧哗的城市空间，山下凯伦试图构建一个怎样不同的家园？这些话题都值得我们在本章中逐一探讨。

如今的山下凯伦是加州大学圣克鲁斯分校荣誉退休教授，虽已年过七旬，但她仍笔耕不辍，活跃在当代美国文坛。她曾于2018年到访中国，在中国人民大学、北京外国语大学、美国驻上海领事馆新闻文化处上海美国中心和一些学者、作家畅谈“亚裔美国文学”“共同体”“家园”“移民故事”等热点话题。2020年，她出版了最新故事集《“三世”与情感》(*Sansei and Sensibility*)。显然，这部故事集的标题戏仿了英国女作家简·奥斯汀(Jane Austen，1775—1817)的名著《理智与情感》(*Sense and Sensibility*，1811)。书中的日裔美国人与简·奥斯汀笔下的人物相互联系，独特的美国历史与重新想象的经典互相结合：在20世纪六七十年代的加州，达西先生是足球队的队长，曼斯菲尔德庄园出现在洛杉矶郊区……跨越国界、阶级、种族和性别的故事以机智幽默的写作手法进入我们的现代世界，再次彰显山下凯伦不拘一格的创作特点。2021年，山下凯伦荣获“美国国家图书基金会文学杰出贡献奖”。在获奖感言中，她强调将这一荣誉授予亚裔美国作家的特殊意义：“在后疫情的时代，我们见证了如此多的荒谬、谎言，以及反难民、反移民、反穆斯林和对亚裔的仇恨……在这样的时刻，愿我们的写作能够创造宽容和关怀。”[①] 山下凯伦认为，在疫情肆虐的年代，亚裔作家的作品需要体现更多的思考和担当，它们应该是对不公命运的揭露和抵抗，是对一度处于边缘地带的少数群体的声援，更是对人类美好生活的热爱。在获奖感言中，山下凯伦还用饱含家园情结

① 参见加州大学圣克鲁斯分校官网报道：Ham, Robert. “Karen Tei Yamashita Receives 2021 Medal for Distinguished Contribution to American Letters.” UC Santa Cruz. 2 December 2021. https://news.ucsc.edu/2021/12/yamashita-medal.html. Accessed on 3 August 2024.

的文字阐释日本古代传说《浦岛太郎》[①]，以此表达自己创作思想中浓厚的家园意识。她说："海龟可以是驮着我们完成生命旅程的交通工具。或者说，海龟以它的龟壳为家，实际上蕴含着不同的寓意。关于我们如何通过自己的身体旅行，即使被命运贴上种族、性别、肤色、移民、难民、流亡者的标签……"[②] 基于这样一份家园情结和社会担当，我们有理由相信，不久的将来山下凯伦还会为读者带来更多兼具族裔性与世界性的优秀作品。

需要说明的是，本书以家园的失落、追寻和重构为研究主线，选取《穿越雨林之弧》《巴西丸》《橘子回归线》等三部小说作为具体研究案例和章节标题，虽然这三部小说涉及的空间与家园书写具有较典型的代表意义，但并不意味着山下凯伦小说的空间和家园书写仅限于这三部小说。本书还尽量挖掘了《K圈循环》《I旅馆》《给记忆的信》等作品以及山下凯伦的访谈录、学术论著、演讲词等文本中有关空间和家园的元素，力求使本书的论述更加饱满。此外，除了空间和家园理论，本书融合了后殖民理论、生态批评、比较文学与跨文化研究的相关学术思想，笔者希望以此帮助读者开阔学术视野，也希望为促进多种文学批评理论之间的融会贯通提供一定的参考。

① 浦岛太郎的故事在日本是一个家喻户晓的传说。浦岛太郎在海边救了一只被小孩子欺负的海龟。为了报恩，海龟带着浦岛太郎去参观龙宫，受到了龙宫公主的热情款待。在龙宫待了几天的浦岛太郎想念家里的母亲，想念自己生活的村庄，他决定告别龙宫，返回家乡。临行前，公主给了他一个小小的宝盒，并嘱咐他千万不能打开宝盒。上岸后的浦岛太郎发现陆地上已发生翻天覆地的变化，一问才知道原来他在龙宫待的几天，却是陆地上的好几百年。面对眼前的处境，他一筹莫展，不知如何是好。于是，他决定打开宝盒看看。当他一打开宝盒，一缕白烟从中飘出，浦岛太郎瞬间变成了一个老头儿。

② Ham, Robert. "Karen Tei Yamashita Receives 2021 Medal for Distinguished Contribution to American Letters." UC Santa Cruz. 2 December 2021. https://news.ucsc.edu/2021/12/yamashita-medal.html. Accessed on 3 August 2024.

目　录

绪 论

20 世纪后半叶，美国文学迈入了精彩纷呈的后现代主义阶段。伴随着多元文化运动的发展，少数族裔作家异军突起，占据着越来越重要的地位。弗拉基米尔·纳博科夫（Vladimir Nabokov，1899—1977）、约瑟夫·海勒（Joseph Heller，1923—1999）、库尔特·冯内古特（Kurt Vonnegut，1922—2007）以黑色幽默及天马行空般的创作手法开启了后现代小说的奇特模式。索尔·贝娄（Saul Bellow，1915—2005）、艾萨克·辛格（Issac Singer，1904—1991）、托尼·莫里森（Toni Morrison，1931—2019）先后获得了诺贝尔文学奖。菲利普·罗斯（Philip Roth，1933—2018）、爱丽丝·沃克（Alice Walker，1944—）、路易斯·厄德里克（Louise Erdrich，1954—）、伯纳德·马拉默德（Bernard Malamud，1914—1986）、E. L. 多克托罗（E. L. Doctorow，1931—2015）、汤亭亭（Maxine Hong Kingston，1940—）等人凭借高超的创作才华，在美国文坛上崭露头角，分别获得了普利策奖、美国书评界奖、美国国家图书奖等美国文学三大奖。少数族裔文学的崛起，打破了美国本土作家一统天下的格局，使整个后现代阶段的美国文学大放异彩。然而，少数族裔文学在美国学界的发展并不平衡。一直以来，犹太文学、非裔文学占据了半壁江山，以华裔文学为主的亚裔文学直到 20 世纪末才开始受到关注。日裔文学作为亚裔文学的另一个重要组成部分，却是“直到 20 世纪的最后二三十年，仍然是不为人知”。[①]

其实，日裔美国文学至今已走过了一个多世纪的发展历程。从20世纪初起，日裔美国作家便开始用英语创作，将他们富含自身民族色彩的经历与思想诉诸笔端，为读者带来了一大批优秀的文学作品。日裔美国文学与其他少数族裔作品一样，既反映了本族群体在美国的生存状况与身份归属，又具有区别于其他少数族裔文学的独特性。从“一世”[②]到“三世”，不同时期的日裔作家通过其作品体现不同的主题和创作特点，使日裔美国文学逐步成为亚裔美国文学的一道亮丽的风景。

20世纪初，“一世”作家就开始用英语发表文学作品。他们试图将日本传统文化介绍给西方读者，并记录自身作为第一代移民在美国的生活经历。例如，卡尔·哈特曼（Carl Sadakichi Hartmann，1867—1944）首次用英语发表俳句（haiku）[③]，杉本钺子（Etsu Inagaki Sugimoto，1874—1950）的《武士的女儿》（*A Daughter of the Samurai*，1926）讲述一名出生于日本武士封建家族的女子如何在日本和美国两种不同的文化环境下生活，最终成为纯粹“美国人”的故事。书中，杉本钺子还通过大量档案资料和图片展现明治维新期间女性地位和命运的变迁，以及日本社会、政治、文化、教育的深刻转折。遗憾的是，当时的日裔移民“遭受了普遍和恶劣的反日情绪，受到严重的种族歧视和民族主义的冲击，无法进入到主流文化的视野中”，[④]因此，“一世”作家的作品并未引起足够的关注。

① 胡永洪．发出自己的声音：论美国日裔文学的兴起．厦门大学博士论文，2008: 7.

② “一世”来源于日语“issei”，一般指出生于日本，于19世纪末20世纪初移居美国的日本移民，“二世”（nisei）为第二代移民，“三世”（sansei）为第三代移民。参见Kim, Elaine H. *Asian American Literature: An Introduction to the Writings and Their Social Context*. Philadelphia: Temple University Press, 1982: 122.

③ 俳句为日本的一种古典短诗。以日语假名为准，由五、七、五三行，共十七个字母（音节）组成。

④ 邓艳玲．日裔美国文学作品中美国民族主义思想的体现．《黑龙江教师发展学院学报》，2020, 39 (6): 118.

20 世纪中叶，不少“二世”作家以“拘留营”[①]（Internment Camp，或称 Concentration Camp）为背景，描写二战时期日本移民在美国生活面临的精神困境及其反抗压迫的历史主题。森敏雄（Toshio Mori，1910—1980）的《加州横滨》（*Yokohama, California*，1949）、约翰·冈田（John Okada）的《不-不仔》（*No-no Boy*，1957）、莫妮卡·曾根（Monica Sone，1919—2011）的《二世女儿》（*Nisei Daughter*，1953）、山本久枝（Hisaye Yamamoto，1931—2011）的《十七音节与其他故事》（*Seventeen Syllables and Other Stories*，1949）等都是被学界称为“拘留营文学”的传世佳作。“拘留营文学”是日裔美国文学作品区别于其他亚裔美国文学作品的一大特点。它“再现和揭露了美国实行种族主义政策，践踏少数族裔人权的丑陋行径，是对美国民主、平等外表下排他主义的批判，具有深远的社会影响……是美国民主主义思想的体现”[②]。可以说，“拘留营文学”是二战前后的日裔作家为跨越种族、文字、语言、文化等方面的障碍，采用独特的视角和语言文字来描写种族离散经历，表现自我觉醒意识的作品，具有很强的族裔性特点，已经成为“学者们了解美国社会历史，尤其是第二次世界大战期间美国社会状况的一个重要媒介”[③]。

20 世纪末，“三世”日裔作家在美国文坛崭露头角。他们的创作无论从手法、题材，或思想等方面都显得更加成熟与深远。“三世”作家通常采用现代主义或后现代主义的写作风格，从多元文化的角度重新审视日裔移民群体在美国生活的历史与现状。代表作家包括劳森·稻田（Lawson Inada，1938—）、大卫·村（David Mura，1952—）、山下凯伦（Karen Tei Yamashita，1951—）、露丝尾关（Ruth Ozeki，1956—）等。

① 二战期间，日裔美国移民群体遭受冷眼歧视。尤其在 1941 年珍珠港事件后，移民美国的日本人成为被边缘化的少数族裔群体。不但如此，大批留美的日本移民还被美国当局关进拘留营。拘留营的艰苦生活是他们挥之不去的历史创伤。下文提到的几位“二世”作家都曾被关进拘留营，因而创作出了以不同视角阐释这段历史的文学作品。这些作品记载了作为“二世”的日裔美国人在二战期间饱受的种族歧视，及其被关在拘留营所承受的苦难，学界称其为“拘留营文学”。

② 邓艳玲. 日裔美国文学作品中美国民族主义思想的体现.《黑龙江教师发展学院学报》, 2020, 39 (6): 118.

③ 郭剑英，王会刚，赵明珠，主编.《美国日裔文学作品选》. 北京：中国人民大学出版社，2022：11.

总体而言，一个多世纪以来，三代日裔美国作家通过他们的文学作品，“替那些被美国主流社会边缘化的日裔族群发出了声音”。① 从“一世”到“三世”近百年的发展历程中，日裔美国作家同其他少数族裔作家一起，见证了少数族裔群体在美国生活的浮沉兴衰，为美国多元文化的繁荣及当代美国文学的发展贡献了积极的力量。

在20世纪后半叶的文学批评领域中，“空间转向”（spatial turn）是学术界关注的一个热门话题，甚至影响了当代文艺理论与文学批评的观念变革与话语重构。这一理论观点普遍认为，文学作品中的空间不仅仅是故事发生的地理背景，而且具有丰富、深刻的文化意涵，是一种叙事的内在要素，也是一种主题表现的独特力量。在空间理论的视域中，人类生活在一个复杂的空间系统，空间不仅是一种客观存在，更是人类生活和社会发展的重要载体。这一理论将社会学、地理学、哲学等多个学科领域的相关理论融合在一起，呼唤人们从以时间为主导的传统思考方式向以空间为基础的思考方式转变。美国少数族裔文学作品中蕴含着浓厚的社会、文化、历史、地理等方面的主题，因此一跃成了空间理论研究的重要对象，日裔美国文学也不例外。例如，从空间的角度看，日裔美国文学的拘留营与犹太大屠杀文学的集中营、非裔文学的种植园，以及华裔美国文学的唐人街所表达的内涵实际上异曲同工，正如美国学者妮娜·摩根（Nina Morgan）所说：“拘留营空间可以是美国日裔移民社区的另一个真实的他乡。”② 再看诸多美国少数族裔文学作品，我们不但发现它“体现了少数族裔文化与主流文化的碰撞与融合，揭示了少数族裔人物形象的忧伤和困扰，表现了他们对身份和属性的忧虑与追寻，体现了两种或多种文化的多色调”，③ 还感受到书中人物内心深处的家园思想，看到他们在不同的物理空间、精神空

① 张黎. 1920—2010：美国日裔文学综述.《英美文学研究论丛》, 2014, 21 (2): 266.

② Morgan, Nina Y. “Topographies of Power: Minority American Literature and the Politics of Space.” Diss. University of California, Riverside, 1994: 150.

③ 杨仁敬，等.《新历史主义与美国少数族裔小说》. 上海：上海外语教育出版社，2013: I.

间、社会空间、文化空间中寻找自我、建构理想家园，摆脱种族主义与殖民主义歧视的奋斗历程。日裔作家同样不惜笔墨。他们以各自擅长的写作技巧，结合历史的事迹与虚构的文本，刻画了日裔移民群体在各个空间维度追寻和建构家园的故事。因此，日裔美国文学的空间与家园视角同样值得学界关注。“三世”[①]作家山下凯伦的作品便是当中的典型范例。

山下凯伦是当代日裔美国作家中独树一帜的代表。她的作品以魔幻现实主义见长，在叙事手法上具有浓厚的后现代派风格，片段、拼贴、杂糅、戏仿、含糊、时空转换等后现代派叙事技巧在她的作品中比比皆是，但这些风格的融合绝不是简单的文字游戏。此外，她积极从许多文学大师前辈的创作中汲取智慧，从而文风多变，并能够熟练运用各种手法处理多样题材。与大部分美国少数族裔作家一样，山下凯伦将其小说的主要人物定位为少数族裔群体。不同的是，这些人物并不仅限于来自其母国日本的后裔，小说故事发生的地点也不仅限于美国或日本。小说中人物众多，但纵观小说中每个角色所处的生活空间，从远在巴西热带雨林的“玛塔考”（Matacão）、“埃斯波兰萨社区”（Esperanca），到美国洛杉矶、旧金山，再到墨西哥、日本等，读者都能够感受到这些少数族裔群体建立美好家园的决心和憧憬。著名学者童明指出：“家园不一定是自己离开的那个地方，也可以是跨民族关系中为自己定位，为政治反抗、文化身份的需要而依附的地方。”[②]这一概念无疑使家园的含义更加广阔，也使山下凯伦小说的空间与家园书写研究大有文章可做。

本书的主要内容呼应了美国少数族裔文学研究的“空间转向”，旨在以

① 在《K圈循环》的序言《纯粹的日本人》中，山下凯伦写道：“他是一世，30年代移民巴西。他的孩子是二世。我告诉他我是三世。”

② 童明. 飞散//《西方文论关键词》. 赵一凡，等主编. 北京：外语教学与研究出版社，2006: 116.

诸多空间理论的视角探讨山下凯伦小说中少数族裔“飞散”[①] 群体失落、追寻及重构其理想家园的历程。为了使研究视野更加开阔，本书将借助列斐伏尔提出的“物理空间”[②]“精神空间”“社会空间”出发，参照福柯的“异托邦”空间，爱德华·索亚和霍米·巴巴的“第三空间”等相关理论，同时参考身体空间、网络空间、边界空间、后殖民思想、生态批评思想、比较文学与跨文化研究的相关理论，既探讨山下凯伦小说中的空间与家园书写，又从较深的层面揭示后现代社会人类的生存状态以及多元文化背景下的人类生存主题。在此之前，我们有必要先了解山下凯伦的国内外研究现状及其同空间和家园的渊源。

第一节　国内外山下凯伦研究概览

山下凯伦的首部小说《穿越雨林之弧》问世至今仅有三十余年，虽然在这之前她曾发表过一定数量的短篇小说和舞台剧作，但这些作品总体上所受的关注并不多。近年来，在全球化进程和“人类命运共同体”理念的推动下，越来越多美国少数族裔文学研究学者开始关注山下凯伦作品的族裔性与世界性。山下凯伦逐渐成为继森敏雄、约翰·冈田之后较为知名的日裔美国作家。迄今为止，专门研究山下凯伦作品的著作包括加州大学凌

① “飞散”，英文为diaspora，来自希伯来语galut，原指种子或花粉“散播开来”，植物得以繁衍。自《旧约》以来，这个词长期与犹太民族散布世界各地的经历联系在一起，增添了家园以外生活而又割舍不断与家园文化的种种联系这层含义。该词语又常被译为“流散”、“离散”或“流亡”。本书采用童明的观点和译法，认为“流散”“离散”“流亡”似乎较有背井离乡的感觉，而“飞散”更符合diaspora充满创新生命力的当代含义；“流散”“离散”“流亡”是被动的，而当代意义上的“飞散”是主动的。“离散”的译法将diaspora语义凝固在以往的用法上，有温故的好处。而飞散既贴切diaspora的希腊词源本意，又准确道出希腊词源在当代文化实践中复兴的事实。参见童明. 飞散//《西方文论关键词》. 赵一凡，等主编. 北京：外语教学与研究出版社，2006: 114–115. 但本文所参考的其他论著中，亦常见“离散”“流散”等提法。为尊重原文，在引用时不对涉及此类称呼的引文进行变动。

② 英文为physical space，另常见“物质空间”“地理空间”等译法。本书倾向于采用较贴近该单词字面意思的“物理空间”。

津奇教授撰写的《越过子午线：山下凯伦跨国小说的历史与虚构》(*Across Meridians: History and Figuration in Karen Tei Yamashita's Transnational Novels*, 2012)、[①] 宾夕法尼亚州立大学岛津信子(Nobuko Shimazu)的博士论文《山下凯伦的挑战：变化环境中迁徙的移民》("Karen Tei Yamashita's Challenge: Immigrants Moving with the Changing Landscape", 2006), 以及罗伯特·李(Robert Lee)编著的论文集《山下凯伦：魔幻和记忆的小说》(*Karen Tei Yamashita: Fictions of Magic and Memory*, 2018)。另有一系列亚裔美国文学的相关学术专著或博士论文将山下凯伦及其作品列入部分章节。在期刊论文方面，近些年国内外山下凯伦小说的研究成果已有一定数量的增加，但整体上依然不多。研究对象主要集中在《穿越雨林之弧》《橘子回归线》两部小说，着重探讨作品中的叙事风格、生态思想、族裔身份及全球化主题。

对山下凯伦小说研究较为系统的学者首推加州大学洛杉矶分校的凌津奇教授。凌津奇于2006年发表论文《铸造南北视角：山下凯伦小说中的日裔迁徙》("Forging a North-South Perspective: Nikkei Migration in Karen Tei Yamashita's Novels")。该论文以山下凯伦的三部关于日本和巴西的小说，即《穿越雨林之弧》《巴西丸》《K圈循环》为切入点，从社会、历史、经济、政治等角度探讨了山下凯伦小说中日裔迁移的渊源和文学意义。论文将日裔迁移的现象置于动态的语境及复杂的时空层次中进行考察，认为"山下凯伦对于亚裔美国文学中的空间、比喻和语言等方面进行了大胆的重新定义"，[②] "通过将亚裔美国研究置于东—西，南—北两个全球化运动中相互作用的场力，山下凯伦为今后的亚裔美国文学话题研究与文化产出

① 2020年，该书中文译版在国内出版，题名为《南北回归线：凯伦·山下跨国小说中的历史与借喻》。此处标题的翻译引自朱小琳. 亚裔美国文学研究的新视野：评《越过子午线：山下凯伦跨国小说的历史与虚构》.《博览群书》, 2014 (9): 75.

② Ling, Jinqi. "Forging a North-South Perspective: Nikkei Migration in Karen Tei Yamashita's Novels." *Amerasia Journal*, 2006, 32 (3): 1.

提供了战略性的联系和相互的参照”。[①] 该论文是第一篇较为全面研究山下凯伦小说的文献。其文本细读与开放的研究方法为山下凯伦的日裔巴西移民小说研究提供了较为深入的参考，并首次展现空间移动对于山下凯伦跨国小说的研究意义。

随后，凌津奇在2012年出版了《越过子午线：山下凯伦跨国小说的历史与虚构》。该书是国内外第一部系统研究山下凯伦小说的专著。书中，凌津奇从后现代叙事形式、空间唯物论、魔幻现实主义、视觉表现手法、另类离散叙事和生态批评等角度对山下凯伦的小说进行了较为全面的探讨，讨论山下凯伦在五部小说中描绘的地理和心灵之旅。该书的第一章即以“地缘政治：亚裔美洲空间想象的转义”（“The Politics of Geography: Or a Troping of Asian American Spatial Imagination”）为题，以后现代的空间界定与地理位置的结合，探讨山下凯伦重新建构的亚裔美国文学想象的意义。该专著灵活运用萨义德的东方主义理论，认为山下凯伦“超越了历史维度上的东西方文化差异的关注，将目光投向20世纪以来更趋向多元化、全球化，更复杂的南北美洲地理维度上的日裔移民的生活全景差异”。[②] 书中还讨论了“族裔群体对家园的想象与殖民主义浸淫下的地理、文化、语境与心理定势的相互纠结”。[③] 凌津奇的专著以其深远的洞察力和文本分析意识，将山下凯伦的研究推向了较为系统的新高度，同时为少数族裔文学研究提供新的范本，而空间的移动与家园的建构正是这部专著的重要话题。正如凌津奇引用大卫·哈维（David Harvey，1935—）的历史地理唯物主义观点，“历史唯物主义必须认真对待地理”。[④] 毕竟，地理环境是人

① Ling, Jinqi. “Forging a North-South Perspective: Nikkei Migration in Karen Tei Yamashita's Novels.” *Amerasia Journal*, 2006, 32 (3): 20.

② 朱小琳. 亚裔美国文学研究的新视野：评《越过子午线：山下凯伦跨国小说的历史与虚构》.《博览群书》, 2014 (9): 75.

③ 朱小琳. 亚裔美国文学研究的新视野：评《越过子午线：山下凯伦跨国小说的历史与虚构》.《博览群书》, 2014 (9): 76.

④ Ling, Jinqi. “Forging a North-South Perspective: Nikkei Migration in Karen Tei Yamashita's Novels.” *Amerasia Journal*, 2006, 32 (3): 20.

类历史和社会发展不可忽视的因素，它不但为人类历史和社会发展提供自然条件和资源，也对人类生活产生重要影响。空间理论及其相关的文学作品研究也是如此，它可以从地理中获得更多的思想资源，开拓文学作品研究的空间维度，从而更好地理解人类经验、社会关系和历史文化。进一步说，凌津奇这部专著通过细致的文本阅读，归纳出山下凯伦五部小说的多种叙述声音。而空间的形式似乎更像一种破解山下凯伦小说的“利器”，有助于我们更有效把握山下凯伦小说的创作特点和主题意蕴。

不过，凌津奇并非第一位发表涉及山下凯伦小说研究论著的学者。在他的相关论著出版之前，多数相关的研究以比较分析为主。亚裔美国文学研究学者、加州大学洛杉矶分校蕾切尔·李的专著《亚裔美国文学中的美国性：国别与跨国的性别小说》（*The Americas of Asian American Literature: Gendered Fictions of Nation and Transnation*，1999）是最早涉及山下凯伦小说的学术论著。该书着重研究了卡洛斯·布洛桑（Carlos Bulosan）的《美国在心中》（*America Is in the Heart*，1946）、杰西卡·海基顿（Jessica Hagedorn）的《食狗肉者》（*Dogeaters*，1990）、任璧莲（Gish Jen）的《典型的美国人》（*Typical American*，1991），以及山下凯伦的《穿越雨林之弧》等四部亚裔美国女性文学作品。蕾切尔·李既从性别的角度，又从跨国的视角讨论四部小说中的“美国性”。在研究《穿越雨林之弧》的章节中，蕾切尔·李把小说中的巴西作为物理空间，并将其置于亚裔美国文学的语境加以探讨。蕾切尔·李认为，对于美国而言，“这块领地就是19世纪西部拓荒者开垦的荒地，唯一不同的是，（新）殖民的扩张不仅来自欧洲，还来自环太平洋地区”，[①] 蕾切尔·李还提到：“山下凯伦的文本挑战了新旧社区与联盟的想象架构，这是后现代性或资本主义发展后期特有的空间聚

① Lee, Rachel. *The Americas of Asian American Literature: Gendered Fictions of Nation and Transnation*. Princeton: Princeton University Press, 1999: 106.

集所形成的结果。"[①] 虽然蕾切尔·李并未采用空间理论分析《穿越雨林之弧》，但巴西作为物理空间在该论著中始终与"美国性"的历史、经济、文化等方面保持着紧密的联系，这为山下凯伦小说的空间书写研究提供了一定的启示。

弗吉尼亚大学教授卡洛琳·罗迪的论文《不可能的声音：托尼·莫里森的〈爵士乐〉与山下凯伦的〈穿越雨林之弧〉中的后现代族裔叙事》（"Impossible Voice: Ethnic Postmodern Narration in Toni Morrison's *Jazz* and Karen Tei Yamashita's *Through the Arc of the Rain Forest*"，2000）是较早提到山下凯伦作品的研究论文。论文探讨莫里森和山下凯伦在这两部小说中如何采用难以知晓一切的第一人称叙述全书的情节，以彰显其带有后现代风格的少数族裔文学思想。在该篇论文中，罗迪指出，《穿越雨林之弧》的叙事者，即主人公石丸一正额头上的球体是一个独特的知情人，它对公众的危难非常敏感。将球体带到石丸一正额头上的那场雷电令人回忆起二战期间日本广岛遭受原子弹攻击的创伤，也使人意识到"后广岛时代"人类对脆弱的自然环境的威胁。在罗迪看来，"作为叙事结构的一部分，球体似乎是整个移民故事的发动者。它从天上掉下来，并选择石丸一正作为生动的移民叙述的主角"。[②] 球体作为石丸一正身体空间的一部分，实际上体现了他所处的社会空间及其受到创伤之后精神家园的失落。

罗迪后来出版了亚裔美国文学研究专著《跨越族裔的想象：当代亚裔美国小说中的根与路》（*The Interethnic Imagination: Roots and Passages in Contemporary Asian American Fiction*，2009）。该书以比较研究的视野，从韩裔作家李昌来（Chang-rae Lee）的《说母语的人》（*Native Speaker*，1995）、华裔作家任璧莲的《应许之地的梦娜》（*Mona in the Promised Land*，

① Lee, Rachel. *The Americas of Asian American Literature: Gendered Fictions of Nation and Transnation*. Princeton: Princeton University Press, 1999: 116.

② Rody, Caroline. "Impossible Voices: Ethnic Postmodern Narration in Toni Morrison's *Jazz* and Karen Tei Yamashita's *Through the Arc of the Rain Forest*." *Contemporary Literature*, 2000, 41 (4): 127.

1996)，以及山下凯伦的《橘子回归线》这三部小说谈论作者跨越族裔的想象。罗迪认为，《橘子回归线》与山下凯伦的前两部作品《穿越雨林之弧》与《巴西丸》一样，"挑战了传统的文学类型，超越了我们乍看之下可能会将其归入的体裁和亚体裁的界限：后现代讽刺作品、魔幻现实主义、洛杉矶灾难小说、亚裔美国小说、族裔美国小说、墨西哥小说"。[①] 罗迪还通过《橘子回归线》中各个人物的不同身份、小说的生态主题，以及跨文化研究等视野，解读《橘子回归线》中超越国界、跨越种族，以及文化杂糅的"越界"想象。罗迪的两篇比较文学系列论著为全球化视域下美国少数族裔文学研究提供了较为深远的思路。而从这两篇论著所聚焦的话题，即石丸一正额头上的球体，以及不同族裔人群居住的洛杉矶城看来，身体空间、物理空间、社会空间与山下凯伦小说中的家园主题关系密切，边界空间所代表的山下凯伦眼中的流动家园也不容忽视。

物理空间在纽约城市大学教授坎德丝·朱(Kandice Chuh)的论文《南北半球与其他视野：漫游山下凯伦的文学世界》("Of Hemispheres and Other Spheres: Navigating Karen Tei Yamashita's Literary World", 2006)中再次发挥了重要的作用。在这篇论文中，坎德丝·朱认为山下凯伦是一位充满想象力和创造力的亚裔美国作家，她同时指出："尽管山下凯伦承认自己是亚裔美国作家，她的作品经常出现在亚裔美国文学选读文本中，并由于其独特的想象力和文学技巧而得到学界的青睐，然而，从小说所构建的地理背景来看，她的作品总是缺少了一些亚裔美国文学的话语。"[②] 比如，山下凯伦的前期两部小说《穿越雨林之弧》《巴西丸》都以巴西为地理背景，这让读者"考虑到亚裔美国文学与南北半球文化研究之间的相互

---

① Rody, Caroline. "Impossible Voices: Ethnic Postmodern Narration in Toni Morrison's *Jazz* and Karen Tei Yamashita's *Through the Arc of the Rain Forest*." *Contemporary Literature*, 2000, 41 (4): 628.

② Chuh, Kandice. "Of Hemispheres and Other Spheres: Navigating Karen Tei Yamashita's Literary World." *American Literary History*, 2006, 18 (3): 620.

影响”。[①] 坎德丝·朱强调了山下凯伦对于巴西这个国度的热爱，同时以《巴西丸》与《K圈循环》中的移民故事和文化融合为例，探讨了《巴西丸》中全球化背景下各个角色的叙事空间，并结合《K圈循环》中的日裔迁移（Nikkei on the Move），解读山下凯伦作品中的“跨越南北半球”主题。总之，《南北半球与其他视野：漫游山下凯伦的文学世界》一文为山下凯伦小说的跨国界、跨文化研究及跨国家园研究提供了另一个典型范例。

宾夕法尼亚州立大学博士山口合彦（Kazuhiko Yamaguchi）的论文《山下凯伦〈穿越雨林之弧〉中的魔幻现实主义、双重超消费主义与飞散主题》（“Magical Realism, Two Hyper-Consumerisms, and the Diaspora Subject in Karen Tei Yamashita's *Through the Arc of the Rain Forest*”，2006）通过深入分析《穿越雨林之弧》中的魔幻现实主义和超消费主义，重新思考了小说飞散主题的属性和意义。该文章认为，《穿越雨林之弧》首先通过魔幻现实主义的创作手法构建了飞散主题。比如，石丸一正额头上的球体虽为虚幻的形象，却代表了各种种族、国家、民族飞散者的记忆。其次，《穿越雨林之弧》中还存在着颇具后殖民色彩的两大超消费主义，一则为“美国人的生活方式”（American way of life），二则为“日本人的势利”（Japanese snobbism）。前者的典型代表为来自美国的大型企业GGG。对于GGG公司而言，“玛塔考”深入热带雨林，为公司的商业化进程带来了不断的物质资源，如服装、食物、居住地等；后者主要表现在石丸一正的堂兄宏（Hiroshi）在巴西开办的卡拉OK行业。山口合彦认为，卡拉OK与动漫、电子游戏一样，都是后现代日本文化在消费社会的完美体现；在山下凯伦的作品中，“卡拉OK行业在内心深处吸引了巴西人，很快成为巴西人日常生活中不可或缺的一部分……宏的卡拉OK行业控制了巴西人的内心”。[②]

① Chuh, Kandice. "Of Hemispheres and Other Spheres: Navigating Karen Tei Yamashita's Literary World." *American Literary History*, 2006, 18 (3): 621.

② Yamaguchi, Kazuhiko. "Magical Realism, Two Hyper-Consumerisms, and the Diaspora Subject in Karen Tei Yamashita's *Through the Arc of the Rain Forest*." *The Journal of the American Literature Society of Japan*, 2006 (2): 27.

因此，“山下凯伦描写了两种并驾齐驱的超消费主义，反映了美国和日本的消费观念对巴西的渗透：GGG 代表了超消费主义在物质上的全球网络链接，卡拉OK 则表示了精神领域的超消费主义思想”。[①] 山口合彦的论文既结合了现实与想象，具体与抽象的思维方法，又从后殖民主义、东方主义、跨国主义、多元文化主义、身份归属等方面探讨了《穿越雨林之弧》中的飞散主题，为挖掘小说中的飞散者在多重空间的家园失落主题提供了一定的启示。

加州大学科幻小说专家谢莉尔·温特（Sherryl Vint）教授的论文《橘子的县城：〈橘子回归线〉中的全球网络》（“Orange County: Global Networks in Tropic of *Orange*”，2012）将《橘子回归线》中的洛杉矶城看作一个虚拟的网络。温特认为，《橘子回归线》描写的是洛杉矶城所经历的现实与幻想之间的模糊，以及这座城市的过去、现在、将来的纠葛。温特还指出，小说中精妙的叙事技巧、复杂的人物关系与洛杉矶的多元文化无不反映了山下凯伦作品中的全球化主题。论文还引用了空间理论批评家弗里德里克·詹明信（Fredric Jameson，1934—）的话，指出在这个城市地图中，“我们可以重新抓住自己作为个人及集体主人公的位置，重获一种如今被空间与社会中和的能力，继续行动与抗争”。[②] 该论文让读者同时感受到社会空间、网络空间（cyberspace）的痕迹。关于网络空间的视角，丹麦学者布莱恩·亚泽尔（Bryan Yazell 还在其论文《移民迁徙与“乌托邦”：山下凯伦〈橘子回归线〉与莫欣·哈米德〈一路向西〉中的全球网络》（“Migrancy and Utopia: The Global Network in Yamashita’s *Tropic of Orange* and Hamid’s *Exit West*”，2023）中将移民迁徙同全球供应链、环境灾难、武装冲突等现代话题相联系，指出：“在当代小说中，移民迁徙不能仅仅通过描绘跨越国界的

① Yamaguchi, Kazuhiko. “Magical Realism, Two Hyper-Consumerisms, and the Diaspora Subject in Karen Tei Yamashita’s *Through the Arc of the Rain Forest.*” *The Journal of the American Literature Society of Japan*, 2006 (2): 27.

② Vint, Sherryl. “Orange County: Global Networks in *Tropic of Orange*.” *Science Fiction Studies*, 2012, 39 (3): 405.

个人来充分表现。移民迁徙在一个由制度和现象组成的全球网络中展开，这些制度和现象塑造了移民的故事。全球供应链资本主义、环境灾难和武装冲突反过来时而推进，时而阻碍了人们在全球各地的流动。”[1] 将《橘子回归线》中的网络空间与移民迁徙、跨越国界，以及生态灾难、武装冲突等话题相联系，无疑是全球化背景下流动家园书写的一种体现，不仅进一步扩大了小说的研究视野，也更加体现出小说的现实性、当下性与作家的社会责任。

罗伯特·维斯（Robert Wess）的论文《辞屏与生态根基：山下凯伦〈穿越雨林之弧〉的伯克视角》（“Terministic Screens and Ecological Foundations: A Burkean Perspective on Yamashita’s *Through the Arc of the Rain Forest*”, 2005）以语言哲学家肯尼斯·伯克（Kenneth Burke, 1897—1993）提出的“辞屏”（Terministic Screen）修辞概念为基础，解释前缀“生态”（eco-）与“环境”（enviro-）的异同，继而从生态批评的角度解读《穿越雨林之弧》。维斯认为人类与地球的关系是山下凯伦小说“辞屏”的一部分。该研究还指出，“玛塔考”是山下凯伦生态诗歌的破格（poetic license）[2]。它是“自然与文化的混合体”；[3] 同时，论文认为，小说的叙述者球体是整个地球的象征。“玛塔考”和球体代表了人类共同的家园，它们最终的消逝也是一个需要全人类共同关注的话题。从语言哲学的角度研究《穿越雨林之弧》文本，并将其同生态思想相联系无疑进一步证明了山下凯伦小说研究视野之开阔。

毕贡娜·塞玛尔（Begona Simal）的论文《丛林里的废墟：山下凯伦〈穿越雨林之弧〉中的跨越国界与超越自然》（“The Junkyard in the Jungle: Transnational, Transnatural Nature in Karen Tei Yamashita’s *Through the Arc of the Rain Forest*”, 2010）认为，《穿越雨林之弧》是生态文学先锋著作

① Yazell, Bryan. “Migrancy and Utopia: The Global Network in Yamashita’s *Tropic of Orange* and Hamid’s *Exit West*.” *Textual Practice*, 2023, 37 (9): 1437.

② 诗歌的破格，指的是诗歌的创作拥有不受普通文法（形式、事实等）限制的自由。

③ Wess, Robert. “Terministic Screens and Ecological Foundations: A Burkean Perspective on Yamashita’s *Through the Arc of the Rain Forest*.” *Interdisciplinary Literary Studies*, 2005, 7 (1): 109.

《花园里的机器：技术与美国的田园理想》（*The Machine in the Garden: Technology and the Pastoral Ideal in America*，1964）的升级版本。塞玛尔指出，山下凯伦在《穿越雨林之弧》中不仅通过"玛塔考"的"丛林废墟"书写延续了利奥·马克思（Leo Marx）所描绘的"花园里的机器"及其理论意义，还将生态批评的要旨置于后现代、跨国，以及超自然的文本中，使《穿越雨林之弧》一度被视为新时代生态文学的研究范本。通过对该小说生态批评思想的分析解读，一场精神家园的失落随之呈现在读者的眼前。

新加坡国立大学教授莎利尼·鲁佩诗·耶娜（Shalini Rupesh Jain）的论文《鸽子、祈祷者与污染：重构山下凯伦〈穿越雨林之弧〉中的热带雨林》（"Pigeons, Prayers and Pollution: Recoding the Amazon Rain Forest in Karen Tei Yamashita's *Through the Arc of the Rain Forest*"，2016）继续从生态批评的角度解读山下凯伦的作品，认为《穿越雨林之弧》代表了生态危机时代的环境、伦理和经济的多重困境。论文还将小说的创作手法同作者的思想相联系，指出山下凯伦在小说中采用魔幻现实主义表现生态文学批评的重要思想，这其实是对魔幻现实主义文学的一种推进。此外，沃特·戈尔顿（Walter Gordon）的论文《"深度审读"：与山下凯伦共话后殖民主义媒介特征》（"Take a Good Look at It': Seeing Postcolonial Medianatures with Karen Tei Yamashita"，2020）将《穿越雨林之弧》的生态批评解读同媒介文化、后殖民主义等话题联系，指出《穿越雨林之弧》"描绘的是一种新发现的物质，一种在亚马逊深处地下发现的特殊塑料如何发挥文化、资本和信息的对象和生产者的作用"，[①] 并以较宽阔的视野认为"山下的小说促使读者思考媒体和生态问题，以及殖民主义和新自由主义的历史和遗产"[②]。蒂姆·史密斯（Timothy Lem Smith）的论文《山下凯伦〈橘子回归线〉中

① Gordon, Walter. "'Take a Good Look at It': Seeing Postcolonial Medianatures with Karen Tei Yamashita." *Media Tropes*, 2020, 7 (2): 175.

② Gordon, Walter. "'Take a Good Look at It': Seeing Postcolonial Medianatures with Karen Tei Yamashita." *Media Tropes*, 2020, 7 (2): 179.

的全球异常现象和偏执世界》（“Global Weirding and Paranoid Worlding in Karen Tei Yamashita's *Tropic of Orange*”，2023）指出：“关于生态的恐惧来自大众对于全球变暖越来越深的认识。”[①] 华盛顿大学莫莉·华莱士（Molly Wallace）的博士论文《新生态学：当代美国小说与理论中的自然、文化与资本》（“New Ecologies: Nature, Culture, and Capital in Contemporary U.S. Fiction and Theory”，2006）、塔夫茨大学千代·克劳福德（Chiyo Crawford）的博士论文《逆流而上：二十世纪美国文学中的都市环境正义之战》（“Crosscurrents: Urban Environmental Justice Struggles in Twentieth-Century American Literature”，2012）以及加拿大曼尼托巴大学韩裔学者周熙正（Hee-Jung S. Joo）的论文《种族，灾难与历史的等候间》（“Race, Disaster, and the Waiting Room of History”，2018）也纷纷从不同方面解读了山下凯伦小说中的生态主题。可以说，生态批评在山下凯伦小说的每一次运用都是学界对小说中人物建立理想家园经历的再现。无论家园的建构最终是成功还是失败，物理空间与精神空间都扮演着重要的角色。

继凌津奇教授之后，另一位美国学者罗伯特·李（Robert Lee）于2018年编辑出版了一本名曰《山下凯伦：魔幻和记忆的小说》的论文集。该论文集收录了罗伯特·李、贝拉·亚当斯（Bella Adams）、尼古拉斯·伯恩斯（Nicholas Birns）、露丝·休（Ruth Hsu）、内森·瑞根（Nathan Ragain）等多名国际学者撰写的多篇研究山下凯伦的最新力作。该书共分为12个章节，在研究对象方面覆盖了从处女作《穿越雨林之弧》到2014年出版的《黄柳霜：表演的小说》；在切入点上，该书涉及了叙事话语、日裔迁徙、幽默色彩、环境主题、混沌理论[②]、身份归属，等等；该书还收集了山下凯伦在国际学术会议上发表的公开演讲以及一系列相关的访谈录。该书作为第一

① Smith, Timothy Lem. “Global Weirding and Paranoid Worlding in Karen Tei Yamashita's *Tropic of Orange*.” *Modern Fiction Studies*, 2023, 69 (1): 79.

② 混沌理论（chaos theory）是一种兼具质性思考与量化分析的方法，用来探讨动态系统中（如人口移动、化学反应、气象变化、社会行为等）必须用整体、连续的，而不是单一的数据关系才能加以解释和预测的行为，由美国气象学家爱德华·诺顿·洛伦茨（Edward Norton Lorenz, 1917—2008）提出。

部研究山下凯伦作品的论文集，无疑为山下凯伦的文学成就开创了更加新颖的解读路径。其出版不仅使山下凯伦小说创作中的魔幻叙述手法、跨国迁移与空间属性等特点再次得到了验证，而且进一步表明山下凯伦及其作品的研究在国外越来越受到学界的重视。

山下凯伦小说的空间与家园书写研究在许多国外博士论文研究中也有迹可循。除上文提到的两篇有关生态批评的博士论文之外，美国宾夕法尼亚州立大学岛津信子的博士论文《山下凯伦的挑战：变化环境中迁徙的移民》（"Karen Tei Yamashita's Challenge: Immigrants Moving with the Changing Landscape", 2006）从生态女性主义、后现代主义和多元文化主义分析了《巴西丸》《穿越雨林之弧》《橘子回归线》，介绍了山下凯伦这三部小说中人物流动的原因与影响。该论文认为，山下凯伦小说的主旨并不像许多亚裔文学一样，在于描写一个移民者如何适应周围环境，或如何成为一名美国人，而在于表达她对美国社会与政治的关心，美国的风景也随着移民的迁移而变化。物理空间的移动与新家园的建构历程在该研究中隐约可见。此外，印第安纳宾夕法尼亚大学特蕾莎·德里克森（Teresa L. Derrickson）的《政治全球化：当代小说中的跨国冲突与演变》（"Politicizing Globalization: Transnational Conflict and Change in the Contemporary Novel", 2002）、宾夕法尼亚州立大学山口合彦的《在后现代中反对自我表征：库尔特·冯内古特、桑德拉·希斯内罗丝、伊什梅尔·里德、山下凯伦与村上春树小说中的反代表性诗学》（"Counter-representing the Self in the Postmodern: Anti-representational Poetics in the Fiction of Kurt Vonnegut, Sandra Cisneros, Ishmael Reed, Karen Tei Yamashita, and Haruki Murakami", 2006）、弗吉尼亚大学孙崎玲（Rei Magosaki）的《鉴定城市性别：当代美国女性作家与全球大都市》（"Sexing the City: Contemporary U.S. Women Writers and the Global Metropolis", 2008），以及加拿大蒙特利尔大学德尔菲娜·贝内泽（Delphine Benezet）

的《想象的都市人：在二十一世纪之交穿越体裁与媒体的洛杉矶》（"Imagined Urbanities: Los Angeles across Genres and Media at the Turn of the Twenty First Century"，2006）等博士论文分别从不同的角度解读了城市与全球化等各具空间特色的现象在山下凯伦小说中的体现。这些博士论文的问世纷纷表明空间与家园在山下凯伦的小说中是一个值得探讨的话题。

而在我国，日裔美国作家作为一个群体，已逐渐吸引了学界的目光。厦门大学胡永洪的博士论文《发出自己的声音：论美国日裔文学的兴起》（2008）与四川大学张黎博士发表的论文《1920—2010：美国日裔文学综述》（2014）是两篇较为全面系统的国内日裔文学研究成果。前者从多元文化、文化物质主义等角度探讨森敏雄、山本久枝、约翰·冈田等日裔美国作家及其作品，认为日裔美国作家所创作的文学可视为新兴文化，不在于它的"新奇"，而是因为它对主流文化提出了挑战。后者概述从"一世"到"三世"的主要日裔美国作家，并按照时间顺序介绍不同阶段"拘留营文学"的代表性作家和作品及其对美国文学研究的影响。邓艳玲的另一篇代表性论著《日裔美国文学作品中美国民族主义思想的体现》（2020）以"文化的书写与交流、二元对立下双重身份的困境挣扎、发出抗争的声音、个性声音的回响"四个阶段为名，概述日裔美国文学不同时期的作品及其创作特点，并指出日裔作家敢于突破美国主流话语的桎梏，发出对美国社会不公的抗争声音，对主流社会权力提出挑战，从而体现日裔群体的美国民族认同。2022年，中国人民大学郭英剑教授等主编出版《美国日裔文学作品选》。书中精选35位日裔美国作家的作品，试图描绘日裔美国文学的整体发展脉络，并着力展现其对战争历史、文化冲突和身份建构的关注。该书的选读部分还涉及了多种体裁，如小说、诗歌、戏剧、传记等几大类别。可见，日裔美国文学和其他亚裔文学一样，具有丰富的研究内容以及在国内学界远大的发展前景。

山下凯伦作为当代日裔美国作家的杰出代表，有关她的研究在国内也逐渐显示出广阔的发展空间。在学术专著方面，凌津奇的《越过子午线：山下凯伦跨国小说的历史与虚构》译本于2020年引入中国学界。除此之外，国内尚未有一部专门研究山下凯伦的专著问世，仅有个别学术专著将山下的小说研究列入部分章节加以探讨。就学术论文而言，国内学界对山下凯伦的研究停留在初步探索的阶段，总体上前期成果不多，但近年来发文量逐渐增长，研究视野越来越开阔，颇具“大有文章可做”之势。

北京语言大学胡俊教授的专著《后现代政治化写作：当代美国少数族裔女作家研究》（2014）选取四名美国少数族裔女作家，即非裔作家托尼·莫里森、印第安作家莱斯利·希尔克（Leslie Marmon Silko，1948—）、墨西哥裔作家格洛丽亚·安札杜尔（Gloria Anzaldúa，1942—2004）以及山下凯伦为研究对象。在关于山下凯伦的研究部分，胡俊以《橘子回归线》为例，着重探讨山下凯伦的政治思想、城市正义、全球正义与片段式叙事。该专著具有一定的深度和较高的参考价值，北京外国语大学金莉教授在该书的序言提到：“山下凯伦的名字对于中国读者相对陌生，但她在20世纪90年代便蜚声美国文坛……她虽然出生在美国，却对于移民在他国建立理想家园的经历情有独钟。其作品具有独特的空间特点。”[①] 之后，胡俊发表了论文《〈橘子回归线〉中的洛杉矶书写：“去中心化”的家园》（2015）、《〈橘子回归线〉中后现代社会景观的流动性》（2017）。前者较详细地分析了《橘子回归线》中洛杉矶空间书写和历史书写，认为山下凯伦在小说中通过这两种城市书写，展现她构建多元文化家园的愿景。后者探讨了《橘子回归线》中流动的人物群体与变化的城市景观，指出“后现代社会景观具有流动性，而这种流动性让空间变得多元和开放，更是赋予了空间以活力和生机”。[②] 胡俊与金莉教授的观点再次验证空间与家园的主题在山下凯伦小说中的重要地位。

① 胡俊.《后现代政治化写作：当代美国少数族裔女作家研究》. 北京：中国社会科学出版社，2014: 2.

② 胡俊.《橘子回归线》中后现代社会景观的流动性.《当代外国文学》, 2017, 38 (1): 7.

山西师范大学张亚丽的论文《美国多元文化主义的陷阱——以两部日裔美国作家的作品为例》(2013)在论点方面另辟蹊径。她从山下凯伦的《橘子回归线》与另一位重要的"三世"作家露丝尾关的《食肉之年》(*My Year of Meats*, 1998)入手,通过模范少数族裔、消费主义文化、媒体塑造幻影等,指出在多元文化的光环下,受益的其实是美国的主流社会。张亚丽认为《橘子回归线》中的阮鲍比(Bobby Ngu)、曼扎纳·村上(Manzanar Murakami)等亚裔人群不远千里,带着梦想来到美国,但他们夜以继日从事的却是劳累不堪的工作。虽然他们得到了模范少数族裔的荣誉,但根本无法改变主流文化的统治地位,多元文化主义于当前注定难以实现。张亚丽的论文为山下凯伦小说的跨文化研究提出一个较为不同的角度,她的目的其实是通过揭露主流文化与族裔文化之间的不平等,进一步呼唤少数族裔群体的平等意识。正如胡俊指出的,"小说中的人物的命运不可避免地和他们居住的空间相关联,因为不同的权力力量作用于不同的空间",[①] 社会空间等因素自然而然成了该研究中少数族裔人群命运的重要立足点。

梁亚增的论文《酷儿理论视角下的〈穿越雨林之弧〉》(2016)尝试用酷儿理论挖掘小说中的潜在文本,认为主人公石丸一正的性取向是动态的。石丸一正从小很少交往异性;从起初与球体的相依为命,到最终与女佣露德丝(Lourdes)坠入爱河,其间的变化实际上代表石丸一正从同性恋到异性恋的转变。论文认为该转变是山下凯伦倡导的又一个多元文化现象。文章为山下凯伦作品的精神空间属性解读提供了另一层思路。此外,中国政法大学蔺玉清的《亚裔美国作家山下凯伦的跨国写作》(2016),湖南师范大学彭忠哲的《〈穿越雨林之弧〉中的创伤与身份建构》(2016),湖南师范大学龙娟、孙玲的《论〈穿越雨林之弧〉中的环境非正义现象》(2016),广东理工学院马慧的《发展还是毁灭——〈穿越雨林之弧〉中的后殖民主义批评》(2017),集美大学王斐的《全球化与帝国空间建构——

① 胡俊.《后现代政治化写作:当代美国少数族裔女作家研究》.北京:中国社会科学出版社,2014:149.

解读〈橘子回归线〉中的空间非正义》(2021),长安大学任和的《物质生态批评视域下〈穿越雨林之弧〉的生命共同体意识》(2022),中国人民大学李涵玥的《化石能源的现实批判——山下凯伦小说中的能源无意识》(2023),云南民族大学蔡奂、余璐的《〈橘子回归线〉中流散共同体的困境书写》(2023),四川大学王一平的《〈巴西商船〉〈K圈循环〉的移民环流与乌托邦建构》(2024)等论文都是近年来国内发表的相关论著。在这些为数不多的论著中,我们留意到不少国内学者开始关注山下凯伦小说的叙事艺术以及各种社会、生态、文化等主题意蕴,并能够提出自己的洞见,与国外学者展开一定层面的学术对话。尤值一提的是,上海外国语大学虞建华教授主编的《美国文学大辞典》(2015)收录了山下凯伦的介绍,并特别指出山下凯伦的作品是"21世纪美国文学经常谈论的话题"。[①] 这些论著的问世进一步表明山下凯伦研究在国内学界的广阔前景。

回顾国内外山下凯伦小说研究状况及其发展轨迹,我们不难发现,山下凯伦的小说既具有少数族裔色彩,同时又含有自身显著的特征。它关注了社会、经济、环境、文化等重要的主题,呼应了全球化的进程。比起单一族裔属性的美国现当代文学作品,山下凯伦的小说在叙事风格、人物建构和作品主题等方面更加宽广,堪称美国少数族裔文学作品中一道独特的景观。山下凯伦也因此在美国少数族裔作家群体中被视为独树一帜的人物。与其小说的叙事艺术和主题意蕴等相关的研究随之逐渐体现较强的广度和深度。虽然空间与家园在山下凯伦的多部小说中有着或多或少的联系,两者一直贯穿在各个文献的研究视角当中,可谓理解山下凯伦作品的关键点,正如金莉指出的,山下凯伦小说"具有独特的空间特点"。[②] 但其独特的空间究竟为何?小说中空间的建构与情节的推动及主题的建构之间又有怎样的关系?纵观以上文献,至今仍很少人深入研究。此外,同样鲜有人从家园意识的角度系统讨论山下凯伦的作品。总体而言,有三个话题依

① 虞建华,主编.《美国文学大辞典》. 北京:商务印书馆,2015: 1066.

② 胡俊.《后现代政治化写作:当代美国少数族裔女作家研究》. 北京:中国社会科学出版社,2014: 2.

然需要进一步深入探讨：其一是对于山下凯伦小说从空间视角所获得的深刻启发疏于系统梳理；其二是对于小说的家园意识缺少深入的思考和整体的观照；其三是对于小说空间和家园书写研究的跨学科价值需要更深度的总结。本书从空间和家园的角度出发，考察山下凯伦小说中少数族裔群体如何在不同的空间层面上失去家园、追寻家园及重新建构理想家园的历程，选题不仅在于回应以上话题，更在于阐释山下凯伦小说的特殊性及其对美国少数族裔文学的独特贡献。

第二节 “空间转向”与山下凯伦小说的空间属性

“空间”是一个既古老又现代的话题。说它老，自然是因为“空间”和“时间”一样是众所周知的概念。说它新，则是由于如今人文社科领域的“空间转向”带来了诸多具有创新性和跨学科特征的前沿理论。随着20世纪70年代的“空间转向”，学界开始对人文生活中的空间性刮目相看，把一度给予时间和历史等话题的关注转移给空间。21世纪以来，诸多人文领域的学者更是对空间理论展开了多方位的研究与批评工作，不断丰富空间研究话语体系，产出理论话语，建构理论体系。“空间”一跃成为文学批评与文艺理论研究中的重要维度。

尽管空间与时间作为人类生活的重要维度，共同影响着人类生活的每一个层面。但相对时间而言，空间曾经一度被人们忽略。空间理论开创者之一的法国思想家福柯曾如是说：“空间以往被当作僵死的、刻板的、非辩证的和静止的东西。相反，时间却是丰富的、多产的、有生命力的、辩证的。”[①] 诚然，在文学研究的领域中，现代主义对时间这一概念的迷惘驱使着后现代文坛开始转移目光，继而诉诸对空间的关怀。从空间的视角来研

① Foucault, Michel. *Discipline and Punish: The Birth of Prison*. Alan Sheridan trans. New York: Vintage, 1997: 70.

究和解构对象便一跃成为后现代时期人类摆脱生存困境，寻求出路的某种思想性转变，并为文学批评开辟新的视野，注入新的活力。也正因如此，对于空间的解构不仅演变成当代哲学的重要任务，还成了文学研究的一门显学，成为与文学研究和人类生存密切相关的话题。通过空间，人们可以直观地感受到每一个生命个体和群体存在的重要意义。比如在乔伊斯（James Joyce，1882—1941）的《尤利西斯》（*Ulysses*，1922）和弗吉尼亚·伍尔芙（Virginia Woolf，1882—1941）的《达罗卫夫人》（*Mrs. Dalloway*，1925）等两部意识流名著中，小说的叙事时间被压缩到了一天之内，在这短短的一天时间，主人公却走过了海滨和城市的各个角落，从不同的空间体验着平凡的生活和不平凡的内心世界。再看山下凯伦的小说，如《穿越雨林之弧》《巴西丸》《橘子回归线》《K 圈循环》《I 旅馆》等，它们常以描写书中人物跨越南北半球之间的空间移动为主。这些小说中意识流般的写作风格颠覆了传统的线型叙事，模糊与超越了传统时间概念。其多重空间的隐喻色彩与少数族裔移民的生存主题一样，都是值得学界讨论的重要话题。

在研究空间时，我们还需要厘清它与地点背景等概念的区别。对人类而言，空间可以是地球或者外星。对一个国家而言，空间可以是领土、领海、领空。对个人而言，空间可以是城市、乡村、房屋，等等。英国哲学家罗素（Bernard Russell，1872—1970）在《西方哲学史》（*The History of Western Philosophy*，1945）中就提到："它（空间）是永恒的、不容毁灭的，并且为一切被创造的事物提供了一个住所。"[①] 在这点上看，空间与地理背景是存在相同之处的。然而，或许因为空间对现代人类具有一定的普遍性，空间容易只被看作人类存在或生活的物质场所。这种从功能上对空间的理解仅仅体现了空间的外在或表面意义。实际上，空间在人的经历和体验中的重要性要远超这一层面。以下三类常见的空间值得我们关注：

① 罗素.《西方哲学史（上卷）》. 何兆武，李约瑟，译. 北京：商务印书馆，1991: 193.

第一类是被文学作品表征的真实空间，如巴黎、上海、伦敦和都柏林；第二类是无现实指涉的虚构空间，如“乌托邦”的首都亚马乌罗提城、托尔金笔下的米那斯提力斯、陶渊明笔下的桃花源等；第三类是兼具真实与虚构元素的空间，比如福克纳笔下的约克纳帕塔法县、曹雪芹笔下的大观园等。[①]

时至今日，“空间转向”已深刻影响了当代文艺理论和文学研究的走向，并被文学研究界视为整个人类社会生活发生的一场革命，其表现形式从“‘地理—物理—自然’空间渗透到‘社会—经济—历史’空间，最后进入到‘文化—心理—美学’空间”。[②] 可以说，文学或哲学意义上的空间不但是人类置身其中的场所，也堪称人类生存的基本形式。空间已经成为社会科学和人文学科不可或缺的一部分，它涉及了物质性、社会性、精神性、文化性等诸多方面。其多样性与复杂性往往意味着文本中的空间不只是简单的地理背景，还可以是一种抽象的、被赋予一定意义的元素，甚至是作品与作家的创作相互影响的重要元素。更加具体而言，当前的空间研究已经超越了传统地理学和建筑学的领域，广泛渗入到人类学、文学、跨文化、后殖民理论、女性主义批评、种族理论、历史学、生态学、社会学、哲学、经济学等学科领域之中，而以空间为导向的文学研究随之将越来越多的评论目光吸引到空间和文学的动态关系之上。本书对于山下凯伦小说的考察正是基于多重空间的视角，而非简单的地理背景。笔者希望将山下凯伦小说中少数族裔迁徙的现象置于更为广阔的空间视野加以研究，从地理、社会、文化、精神、历史等层面深入探讨山下凯伦小说之于美国少数族裔文学的传承与超越。

① 颜桂堤.“空间转向”与当代文学批评的空间性话语重构.《文艺争鸣》, 2022 (8): 111-112.

② 刘进，李长生.《“空间转向”与当代西方马克思主义文学批评研究》. 北京：社会科学文献出版社，2015: 129-130.

一般认为，文学与文化研究领域的空间理论始于20世纪中后期。法国思想家亨利·列斐伏尔、米歇尔·福柯，美国地理学家大卫·哈维、社会学家曼纽尔·卡斯特尔（Manuel Castells，1942—），以及提倡"第三空间"的都市地理学家爱德华·索亚、后殖民主义理论家霍米·巴巴，英国地理学家迈克·克朗等人常被视为空间理论的领军人物。列斐伏尔于1974年出版的《空间的生产》（*The Production of Space*）被普遍视为引起人们关注空间概念的第一部系统著作。之后，福柯的《不同空间的正文与上下文》（*Des Espaces Autres*，1984）①，爱德华·索亚的《后现代地理学：重申批判社会理论中的空间》（*Postmodern Geographies: The Reassertion of Space in Critical Social Theory*，1989）、《第三空间：去往洛杉矶和其他真实想象地方的旅程》（*Third Space: Journeys to Los Angeles and Other Real and Imagined Places*，1996），迈克·克朗的《文化地理学》（*Cultural Geography*，1998）等为空间问题的深入探讨再次奠定了坚实的理论基础。除此之外，霍米·巴巴在《文化的定位》（*The Location of Culture*，1994）中提出的第三空间——"既不是这个，也不是那个（自我或他者），而是之外的某物"②为空间批评研究提供了更多的思路。自此以后，文学研究、文化研究与社会研究中的空间问题开始引起人们的普遍关注。"空间问题正在形成学术研究的一个新的热点，成为研究社会的一个新的视角。"③关于空间问题的思考也从文化地理学和城市社会学的层面上升到哲学理论的高度，对社会生活、文化政治和学术思想产生了重大的影响，使"存在与空间"的哲学思考取代了"存在与时间"的传统命题。文化地理学、地缘政治学、空间社会学、空间符号学、后现代地理学等一个个交叉学科或新兴术语也随之应运而生。这些研究突破了传统封闭的单一研究模式，将哲学、政治学、社会学、地理学、城市学、文艺学等学科与空间理论的研究有机融合在一起，继

① 英文题名为：Text/Contexts: Of Other Spaces。又译"另类空间"或"论他者空间"。

② Bhabha, Homi. *The Location of Culture*. New York: Routledge, 1994: 28.

③ 吴冶平.《空间理论与文学的再现》. 兰州：甘肃人民出版社，2008: 1.

而促进人们更加深刻地关注文学如何与空间互动，并改变人们对文学与当代文化实践的考察方式。空间理论的思考逐步转变成“当代西方学术研究的热点题域……成为理解、分析和批判当代社会的最重要场域”。[①] 正如陆扬所说，“空间批评（Spatial Criticism）还不是一个约定俗成的术语，但是我们在这里给它命名，希望空间批评有了名称，也就能够开启自己的光明学科前景”。[②]

在空间批评的理论中，与本研究较为相关的几个概念包括物理空间、精神空间、社会空间、文化空间、“异托邦”空间、“第三空间”、网络空间、身体空间、边界空间等。这些空间概念看似交错复杂，实则融会贯通。它们在地理、精神、文化等焦点的作用下，共同汇集成文学作品的社会关系，使得空间成为文学批评和文化研究中的一个关键概念。这也是为何列斐伏尔反对传统的社会理论单纯视空间为社会关系演变的容器或平台，并指出空间是社会关系至为重要的组成部分。在列斐伏尔看来，空间既是在历史发展中生产出来的，又随历史的演变而重新结构和转化。列斐伏尔曾提到我们关注的空间，“首先，物质的（the physical），自然和宇宙；第二，精神的（the mental），包含逻辑和正式的抽象；第三，社会的（the social）”。[③] 这三种空间在相关的理论体系完整之前，据列斐伏尔观之，都是以零散的知识形式存在。而空间的知识理应将物理的空间、精神的空间和社会的空间相互联结起来，这样才能使主体游刃有余于各个空间。比如，一个研究空间问题的学者也必须理解“物理空间如何成为冲突与和谐的社会空间”。[④] 空间不仅具有人们能看得见、摸得着的实体性质，更重要的是它还生产出人们无法通过感官识别的，又弥漫于各个角落的社会关系、权力运

① 谢纳.《空间生产与文化表征：空间转向视阈中的文学研究》. 北京：中国人民大学出版社，2010: 17.

② 陆扬. 空间批评的谱系.《文艺争鸣》, 2016 (5): 86.

③ Lefebvre, Henri. *The Production of Space*. Donald Nicholson Smith, trans. Cambridge: Basil Blackwell Ltd., 1991: 11.

④ Morgan, Nina Y. "Topographies of Power: Minority American Literature and the Politics of Space." Diss. University of California, Riverside, 1994: 11.

作，乃至人的思想观念与意识形态等方面的内容。在物理、精神、社会三个空间中，列斐伏尔认为社会空间最为重要。即便如此，空间仍然是这些观念形态转化为实际的关键，因而空间和意识形态是一种互相生产、互为表征的，密不可分有机结合的关系。空间理论强调文学空间不仅是背景、场所、容器的静态形式，而且更是承载社会关系、意识形态，具备生产力的空间。将空间思想纳入文学研究与批评领域，可以更好地理解人类经验、社会关系和文化生产。这些相关的理论和观点无不体现空间在文学研究中的重要作用。

列斐伏尔还深刻揭示了身体与空间的关系，他认为："空间的生产，开端于身体的生产。"[①] 在列斐伏尔的研究领域里面，身体一直是他很重视的话题。身体不仅是空间建构的基石，也是日常生活节奏的重要构成。列斐伏尔强调，应该用身体去体验、想象空间，用身体时间的展开体现、构成空间。"整个（社会空间）都从身体开始，不管它是如何将身体变形以至于彻底忘记了身体，也不管它是如何与身体彻底决裂以至于要消灭身体的。只有立足于最接近我们的秩序——身体秩序，才能对遥远的秩序的起源问题做出解释。"[②] 列斐伏尔的空间理念与身体理论是密不可分的，如列斐伏尔所说："身体是空间中无法消除的组成部分。"[③] 身体是空间性的，而空间也是身体性的。"从空间观点上看，在身体内部，感觉（从嗅觉到视觉，它们在不同的领域被区分对待）所构造的一个又一个层次预示了社会空间的层次和相互关系。被动的身体（感觉）和能动的身体（劳动）在空间里聚合。"[④] 以《穿越雨林之弧》为例，小说采用集科幻色彩和魔幻现实主义的手

① Lefebvre, Henri. *The Production of Space*. Donald Nicholson Smith, trans. Cambridge: Basil Blackwell Ltd., 1991: 173.

② Lefebvre, Henri. *The Production of Space*. Donald Nicholson Smith, trans. Cambridge: Basil Blackwell Ltd., 1991: 405.

③ Lefebvre, Henri. *The Production of Space*. Donald Nicholson Smith, trans. Cambridge: Basil Blackwell Ltd., 1991: 166–167.

④ Lefebvre, Henri. *The Production of Space*. Donald Nicholson Smith, trans. Cambridge: Basil Blackwell Ltd., 1991: 405.

法描写了一些在身体构造上颇为奇特的飞散者，如额头上挂着一个球体的主人公日裔青年石丸一正、来自美国的企业高管、“三只手”怪人乔纳森·特卫普（Jonathan B. Tweep），以及有着三个乳房的法国鸟类学家米歇尔·玛贝里（Michell Mabelle）等。结合小说中人物的结局及其表现的主旨，我们发现飞散者身体空间的自然属性和社会属性值得深入探讨。

在《网络社会的崛起》（*The Rise of the Network Society*，1996）一书中，曼纽尔·卡斯特尔提出了“空间不是社会的拷贝，空间就是社会”[①] 的重要言论。在卡斯特尔看来，“空间是一个物质产物，相关于其他物质产物包括人类而牵涉于‘历史地’决定的社会关系之中，而这些社会关系赋予空间形式、功能和社会意义”。[②] 关于空间与社会的关系，卡斯特尔与列斐伏尔的观点相似，皆认为空间不是社会生产的结果，空间就是社会的生产。在网络空间的世界里，传统的、以物理空间或文化空间为纽带的、组织化的社会被一种通过各种接点而相互连接的、全新的社会形式所取代。而这样一种高度开放、不断变化发展的网络社会，其组成的社会关系则成了一种自由游走在网络空间中的动态性关系。网络空间视域下，传统空间观被打破，空间不再是实在的物理空间，而是充满异质特征的空间碎片。物理距离、社会距离、经济距离都在一种接近于光速传播的网络空间中趋零。卡斯特尔还认为，网络社会是围绕着流动性建立起来的。这些流动包含着“资本的流动、信息的流动、技术的流动、组织性的流动以及文化表征的流动等等”。[③] 在网络的空间里，传统的身份认同模式也遭到了危机，因为它“是建立在权力与经验在不同时空结构中相分离的基础上的”。[④] 网络空间也是“生态主义者、女性主义者、宗教的基本教义派、民族主义者及地狱主

① [美]卡斯特尔.《网络社会的崛起》. 夏铸九，王志弘，等译. 北京：社会科学文献出版社，2001: 504.
② [美]卡斯特尔.《网络社会的崛起》. 夏铸九，王志弘，等译. 北京：社会科学文献出版社，2001: 504.
③ 刘进，李长生.《“空间转向”与当代西方马克思主义文学批评研究》. 北京：社会科学文献出版社，2015: 129-130.
④ 刘进，李长生.《“空间转向”与当代西方马克思主义文学批评研究》. 北京：社会科学文献出版社，2015: 132.

义者”[①]进行斗争的场域。以《橘子回归线》中的洛杉矶城为例，本书将借助网络空间的相关理论讨论山下凯伦的创作，继而使读者从内部感受一个更为立体的、多元化的城市空间。通过研究我们可以看到，小说中的几个主要人物，例如电视新闻记者艾米（Emi）、报社记者加布里埃尔（Gabriel Balboa）、热爱收音机的流浪汉巴茨沃姆（Buzzworm），他们都与洛杉矶新闻媒体构成的网络空间息息相关。由于这些人物的存在，洛杉矶的城市文化同电视、报纸、无线电、互联网、卫星、高速公路、城市地图等网络空间的场所形成互动的画面，山下凯伦笔下的洛杉矶也因此由一个片段的、疏离的城市面貌向复杂性和多元文化性转变。不得不说，在网络信息更加泛化的今天，空间视域下的山下凯伦小说研究尤其值得关注。

“第三空间”是爱德华·索亚在福柯的“异质空间”和列斐伏尔的“空间三元辩证法”的基础上整合而来的。它是20世纪末“空间转向”以来空间理论的集中和延伸。传统的二元空间观念认为，空间由第一空间（即物理空间）与第二空间（即构想的空间）组成。索亚的“第三空间”指的是包含异质空间在内的多元空间，强调的是对异质空间的正视，以及多元空间之间并置的、复杂的空间关系。索亚“第三空间”的出现，打破了空间的整一观念，揭示出在二元对立的空间观念下被遮蔽的现实空间。在索亚“第三空间”的视域中，文学与空间的关系不再是简单的前者对后者的再现。具体而言，文学通过空间书写的方式介入现实，继而构建作品中的社会空间。

后殖民主义理论大师霍米·巴巴也提出了“第三空间”的同名理论。巴巴的“第三空间”是他在名著《文化的定位》中与其代表性的“杂糅”（hybridity）观点共同提出的。在分析殖民者与被殖民者的关系时，霍米·巴巴强调双方可以在“杂糅性”的指引下互相依存、互相建立起彼此的主体性，并指出“所有的文化陈述和系统都建立于一个模糊的、杂合的、

① 刘进，李长生.《“空间转向”与当代西方马克思主义文学批评研究》. 北京：社会科学文献出版社，2015: 133.

发声的空间”。[1] 霍米·巴巴将“第三空间”同“杂糅”理论一起，看作后殖民话语中消除两极话语对立的策略。可以说，无论是爱德华·索亚还是霍米·巴巴的“第三空间”，都凭借其开放性和各自的特点，成为文化批评的一副利器。空间经验也因两个“第三空间”理论的出现，发生了从稳定统一到多元流动的转变，既使文学作品的空间解读获得了新的视角，也使空间与人的生活、城市化、全球化、政治等交相辉映。基于“第三空间”的主要观点，本书认为，虽然山下凯伦笔下的许多族裔人群来自不同的文化背景，但他们共同在这两个抽象的“第三空间”中追寻着自己的理想。各种传统在彼此的冲突与融合中又相互影响和渗透，形成一个多元文化并置的空间。如《穿越雨林之弧》《巴西丸》中的巴西、《橘子回归线》中的洛杉矶城，都是山下凯伦眼中想象与现实空间的合体，既含有“不同文化”的第三空间，又不乏想象建构的“异托邦”式第三空间。这份虚实结合的空间属性使山下凯伦小说的多元文化色彩更加突出。

边界空间是空间理论与叙事研究的另一个热门话题。早在 1960 年，美国城市规划家凯文·林奇（Kevin Lynch，1918—1984）就在其名作《城市意象》（*The City of Image*）一书中提到了“边界”这个概念。林奇认为，边界是城市空间中联系相邻区域的部位。它与路径（path）、标志（landmark）、节点（node）、区域（district）并列为城市意象的五个要素。无论边界以屏障、河岸、山体、围墙或任何形式出现，它都是不同空间相互叠加、渗透与作用的产物。“城市是空间的建筑。”[2] 随着空间理论的发展，人们将边界的概念与空间研究联系在一起，“边界空间”一词应运而生。毫无疑问，文学作品中的城市边界空间能够扩展为跨国边界空间，这个特殊的空间也能够促进不同空间、不同地区、不同文化之间的对话和交流，增强相关地区的跨文化体验。山下凯伦在《橘子回归线》的开篇便将故事的

① Bhabha, Homi. *The Location of Culture*. New York: Routledge, 1994: 37.

② Lynch, Kevin. *The Image of the City*. Cambridge: The Massachusetts Institute of Technology Press, 1960: 1.

地点设定在美国与墨西哥交界的一栋海边度假别墅里，屋内还生长着一棵标记着北回归线的橘子树。书中的海边别墅，以及北回归线，乃至这棵神奇的橘子树，都具有一定的边界空间意义。据此，我们有理由相信边界空间在《橘子回归线》中扮演着极其重要的角色。

在文学批评的实践过程中，读者可以探究空间背后的社会历史因素。通过对空间属性的解读，研究作品中的社会、政治、历史意义以及人物的身份问题。国内族裔文学知名学者徐颖果教授就说过："把解读族裔文学的视野延伸至空间，对于族裔文学中的文化解读和身份认同解读也许能开启新的视野。"[①] 鉴于此，本书试将山下凯伦的创作与以上空间理论批评家的主要观点相联系，研究山下凯伦的小说如何对各种各样的空间理论加以吸收和利用。本书认为，山下凯伦的小说既包含了空间理论的思想精髓，又不乏属于作者自身的创作艺术。在此基础上，山下凯伦的作品更好地实现了"超越地理和意识形态意义上的切确地域观，为亚裔美国人创造了一种能自我审视的外部空间"。[②] 而山下凯伦在作品中建构的那些开放的、包容的、流动的空间恰恰展现她的全球视野及其对于民族间互动互联的企盼。

第三节　族裔与空间语境下的家园

"家园"是空间理论在少数族裔文学研究视野中常被提及的一个概念。毕竟，"族裔文学的话语紧密连接了'家园'与'世界'两个概念"。[③] 迈克·克朗在《文化地理学》一书中提到："人们总是把家园看作理所当然的事物，

① 徐颖果，主编.《离散族裔文学批评读本：理论研究与文本分析》. 天津：南开大学出版社，2012: 35.
② 徐颖果，主编.《离散族裔文学批评读本：理论研究与文本分析》. 天津：南开大学出版社，2012: 270.
③ Lim, Shirley G. "Narrating Terror and Trauma: Racial Formations and 'Homeland Security' in Ethnic American Literature". In: *A Companion to American Literature and Culture*. Paul Lauter, ed. Malden: Blackwell Publishing Ltd., 2010: 510.

因为它太为人们所熟悉了。然而，不能因为某些事情平常得像一道日常景观，就将它视若无物。"[1] 迈克 · 克朗认为："我们应该跨越时间和空间，对不同形式的家园进行观察与研究。"[2] 实际上，家园意识经常伴随着空间批评研究、文化研究和生态批评研究，一同成为少数族裔文学研究的重要话题。

值得留意的是，文学作品中关于家园的理念其实自古有之。古希腊荷马史诗《奥德赛》（*Odyssey*）通过描绘奥德修斯离开家园、漂泊数载、最终返乡的故事开创了西方文学史上回归家园的母题。《圣经》中的伊甸园表现出希伯来文化对家园意识的一种阐释。伊甸园一词在希伯来语中意为"快乐""喜悦"，这是该乐园的本质，同时代表着人类对于美好事物的追求、对于失去美好家园的悲痛和思考。因此，亚当与夏娃被逐出伊甸园的故事使家园的失落与重建成为一个具有永恒意义的话题。对于美国少数族裔文学作品而言，其记载的飞散者通常在各个空间维度丧失了家园，或主动或被动地远离了故土，漂泊于他乡。其后，他们

> 游走于主流文化的边缘，在主流文化群体和亚文化群体之间进行抉择，或认同或排斥，在异质文化的碰撞中构建新的文化身份和家园。因而，对"飞散者"而言，家园不是一个固定不变的场所，而是一个"选择性包容与排他模式"，是"故土/故乡"、"国家/祖国"和"民族/共同体"的同义词，呈现在地理、物质和心理三个层面上。[3]

家园意识作为空间理论的一个重要话题，同样关注了地理学和文化意义上的空间。它是依据有意义的地理、社会及心理的界限做出区分或强化

---

① Crang, Mike. *Cultural Geography*. London: Routledge, 1998: 28.

② Crang, Mike. *Cultural Geography*. London: Routledge, 1998: 28.

③ 赵秀兰.《奥吉 · 马奇历险记》中的家园叙事.《北京第二外国语学院学报》, 2017, 39 (4): 96.

后，凝聚而成的复杂精神体系。它不仅可以指代一个地理学意义上的存在，如一间房子、一个村庄、一个地区乃至一个国家，也可指代一个情感意义上的存在，如愉快或悲伤的记忆、亲密的家庭关系，等等。在少数族裔文学研究的领域，“家园、归属、记忆、流放、回归是关于飞散族裔群体研究中常见的概念，但它们并不是单一性的，因为长期以来它们都受到后结构主义、后殖民主义、后现代主义的影响”。[①] 不但如此，它“加强了文化与集体属性建构之间的联系”。[②] 笼统而言，家园包括乡土家园、文化家园、精神家园等层面。家园既可以是失去的故土，也可能是苦苦寻觅而来的避难所，或是自己创建的一个简单安宁的空间。正如迈克·克朗在《文化地理学》中提到的：

> 一篇文章中标准的地理，就像游记一样，是家的创建，不论是失去的家还是回归的家……主人公离开了家，被剥夺了一切，有了一番作为，接着以成功者的身份回家……“家”被看作可以依附、安全同时又受到限制的地方……仔细阅读后会发现，空间结构在创造“家”时的重要……数不清的故事不断证明着返家是多么的困难。[③]

按照迈克·克朗的观点，家园既可以是地理意义上或物理空间层面的构建，也可以是其他空间维度的构建。家园“不仅是一个物理空间，在其物质生产过程中，包含着人类对‘家园’的情感体验与意义建构，所以家园是一个具有意义价值的文化空间，它成为一种象征，一种符号，一种

① Lim, Walter S. H. *Narratives of Diaspora Representations of Asia in Chinese American Literature*. New York: Palgrave Macmillan, 2013: 5.

② Streeby, Shelley. "Multiculturalism and Forging New Canons". In: *A Companion to American Literature and Culture*. Paul Lauter, ed. Malden: Blackwell Publishing Ltd., 2010: 112.

③ Crang, Mike. *Cultural Geography*. London: Routledge, 1998: 48.

意义，即具有文化表征意义的空间”。[①] 著名美国华裔作家哈·金在《移民作家》(*The Writer as Migrant*)中以“代言人和民族”(The Spokesman and the Tribe)、“背叛的语言”(The Language of Betrayal)和“个人之家”(An Individual's Homeland)三个部分为题，阐述了移民作家为祖国和人民代言，采用杂糅的语言文化创作及其在异域构建精神家园的特点，表现出在异国他乡追寻和建构新家园的重要意义。在现代移民生活的语境中，传统意义上的家园概念已逐步被解构，并在新的时空中得以重构，显示出新的意义。一方面，移民或少数族裔群体内心排斥地理家园的改变，并借助各种方式书写家园的失落；另一方面，他们渴望追寻和重构一个理想家园，并试图以此应对各种心理焦虑以及文化认同危机。对于祖籍为日本，生长在美国，又具有长年的巴西生活经历，融合东西文化，跨越南北半球的山下凯伦而言，物理空间上的家园显然并不一定指她的故国日本。《穿越雨林之弧》和《巴西丸》中的巴西,《橘子回归线》中的洛杉矶，乃至《I旅馆》中的旧金山都可以是移民或少数族裔群体追寻的家园。

作为一种文学母题，家园意识在中外文学作品的精神空间也常有所体现。英国浪漫主义时期的“湖畔派”诗人威廉·华兹华斯(William Wordsworth, 1770—1850)认为只有回归大自然，人类才能找到心灵的家园。现代主义作家T. S. 艾略特(T. S. Eliot, 1888—1965)在《荒原》(*The Waste Land*, 1922)中以一幅满目荒凉的画面描述了现代人无家可归的状态，表达其对于重建人类家园的希望。家园作为东西方文学艺术共有的集体原型意象，对于每个人，特别是飞散者而言，无疑是内心深处最永恒的依恋。家园作为一个人长久的栖身之所，也应是恬静的，并且与大自然和谐共处的地方。因此，家园意识的主旨常与生态批评的要点不谋而合。回归家园不但是飞散者永恒的渴望，也是全人类共同的愿望，国内生态美学

① 谢纳.《空间生产与文化表征：空间转向视阈中的文学研究》. 北京：中国人民大学出版社，2010: 79.

家曾繁仁教授指出："家园意识在浅层次上有维护人类生存家园、保护环境之意……从深层次上看，家园意识更加意味着人的本真存在的回归与解放。"[1] 对此，本书认为山下凯伦的小说崇尚充满和谐的生态理想的精神家园。尤以《穿越雨林之弧》和《橘子回归线》为例，这两部作品经常被学界以生态批评或精神空间的视角重新解读。

家园也可以被看作一个包含民族、国家、自然等多种元素的统一体。无论哪一种元素的家园都堪称人们内心深处最浓烈的渴望。基于这份浓厚的家园意识，文学作品中的人物才能找到心灵的归宿，寻回自己疗伤止痛的精神乐土。家园意识还是一种泛文化现象，是作家难以释怀的文化情结。家园在给人们以安全、依赖的同时，也意味着某种限制和束缚。在文学创作的实践过程中，家园意识具体表现为对家族苦难历史的追溯，对家族思想传统的继承和对家族文化的弘扬，对理想家园的探寻与构建，对故乡山水的赞美，以及对破坏大自然家园的伤痛和谴责等主题。为此，本书探讨的家园书写包含了各个空间维度上失去、追寻和构建的家园，也囊括少数族裔飞散者与全人类，个人居住的小家园和全人类共享的大家园等研究对象。

以日裔美国人为例，他们在二战期间被赶到拘留营，在经济、文化、家庭等方面受到了重大的打击。面对困境，日裔美国人一度只能保持沉默，因为他们知道激烈的反抗只会导致更加灾难性的后果。即使到了战争结束，被放出拘留营之后，大部分日裔移民家庭仍然无法找回失去的财产和家园。日裔美国人的遭遇同样验证了空间理论家所认为的："身处不匹配的空间中，少数族群更容易失业，承受更遥远的通勤路程，获得更低的就业报酬。"[2] 他们离散于美国各地，背井离乡，失去了往昔的辉煌，甚至被迫

① 曾繁仁. 试论当代生态美学之核心范畴"家园意识".《温州大学学报(社会科学版)》, 2010, 23 (3): 7.

② Easley, Janeria. "Spatial Mismatch beyond Black and White: Levels and Determinants of Job Access among Asian and Hispanic Subpopulations." *Urban Studies*, 2017, 55 (8): 1802.

回答诸如是否愿意参军，是否愿意背弃日本，是否愿意效忠美国等难以抉择的问题。我们甚至可以说，日裔美国人同犹太裔美国人、非裔美国人一样，都是美国社会中典型的受压迫的少数族裔群体。人们认为："他们的劳动力廉价，对他们的人权也有所质疑。"① "他们挣扎着，想要融入北美的社会与经济之中，但绝不想成为一个间接的他者。"② 因此，在日裔美国文学作品中，涌现出了以"二世"作家约翰·冈田笔下的"不-不仔"山田一郎（Ichiro Yamada）为代表的，敢于对以上问题都回答"不"的日裔美国人，"在文学创作中探讨着关于'忠诚'的二元结构"。③ 虽然这些飞散者终身被排斥于美国主流文化之外，遭受着各种歧视，挣扎于社会的最底层，但他们并没有屈服于社会地位的卑微或沉溺于精神与文化上的自我感伤，也不以返回日本为日思夜想的目标，而是敢于在美国这片土地上追逐梦想，期待有朝一日能够重建破碎的家园。著名作家托马斯·索威尔（Thomas Sowell，1930—）在《美国种族简史》（*Ethnic America: A History*，1981）中写道：

> 日裔美国人的历史，是一个悲喜交集的故事。移居美国的众多种族中，很少有像日本人那样坚定而执着地充当模范公民。日本人遭受的冷眼和遇到的隔阂也堪称最甚，包括第二次世界大战时被投进了拘留营。可是，日本人比其他种族更出色地战胜了所有困难，在经济、社会及政治各方面都取得了巨大的胜利。④

---

① Nguyen, Viet. *Race and Resistance: Literature and Politics in Asian America*. Oxford: Oxford University Press, 2002: 68.

② Palosanu, Oana-Meda. "Adaptations of Japanese Linguistics in North American Diaspora Literature." *International Journal of Arts & Sciences*, 2015, 8 (8): 131.

③ Kobayashi, Junko. "Bitter Sweet Home: Celebration of Biculturalism in Japanese Language Japanese American Literature, 1936–1952." Diss. The University of Iowa, 2005: 18.

④ Nguyen, Viet. *Race and Resistance: Literature and Politics in Asian America*. Oxford: Oxford University Press, 2002: 68.

实际上，日本人移居美国最早可追溯至19世纪20年代。彼时，德川幕府统治下的日本派系林立，老百姓长期挣扎在温饱线上下，底层人民生活苦不堪言。为了寻求一线生机，一些走投无路的日本农民千里迢迢，漂洋过海移民到美国。遗憾的是，当时他们多数人根本无缘进入美国内地，而只能在夏威夷的种植园里劳作。从某种意义上讲，这些日裔美国人的生活条件和种植园里的黑奴相差无几。不过，我们可以推算，当日本偷袭美国珍珠港，太平洋战争正式爆发时，大多数日裔美国人已是“二世”，甚至“三世”，虽然祖上来自日本，但他们大多在美国出生，在美国的社会环境下长大，很多日裔美国人早已融入美国社会，而那个远在大洋彼岸的故国日本或许只是一个虚无缥缈的概念。这或许能够解释为何“日本人那样坚定而执着地充当模范公民”，即使他们“遭受的冷眼和遇到的隔阂也堪称最甚，包括第二次世界大战时被投进了拘留营”，但他们却“比其他种族更出色地战胜了所有困难”。作为日裔“三世”作家，山下凯伦在小说创作中继承和发扬了“一世”“二世”作家的家园意识。和以上这段话中描写的日裔美国人一样，山下凯伦虽然把日本当作自己的祖国，但她并不认为日本是唯一的地理家园。在诸多的小说中，山下凯伦也通过主人公在异国他乡的生活描写展现了后现代社会中更为多元化的、宏阔的家园意识。这些描写包含着主人公在异国他乡失去家园的痛苦，追寻家园的历程和重新建构家园的艰辛。也正是因为山下凯伦眼中的家园意识不只限于回归故里，而是基于各种空间维度的积极构建，本书才得以呈现更加重要的理论和现实意义。

鉴于此，本书将打破以地理属性为主导的家园概念，结合物理空间、社会空间、精神空间等概念提出更为全面的家园理念，深入解读山下凯伦小说的家园意识及其美学意义和文化意义。同时，本书力图呈现家园意识在不同的空间维度的表现方法和形式。如个人居住或追求的物理空间家园，代表着文化、阶级、人际关系的社会空间家园，以及人与自然、人与自我之间和谐共处的精神家园，等等；此外，本书还将结合身体空间、第三空间、边界空间等诸多的空间理论分支，以及后殖民理论、文化研究、生态批评等理论，通过山下凯伦小说的家园意识在不同空间维度的深度解读，进一步展现家园意识与个人，以及家园意识与社会之间的关联互动。

第一章
《穿越雨林之弧》：家园的失落

比起黄玉雪（Jade Snow Wong，1922—2006）的《华女阿五》（*Fifth Chinese Daughter*，1945）、莫妮卡·曾根的《二世女儿》、莫里森的《最蓝的眼睛》（*The Bluest Eye*，1970）、汤亭亭的《女勇士》（*The Women Warrior*，1976）、谭恩美（Amy Tan，1952—）的《喜福会》（*The Joy Luck Club*，1989）等美国少数族裔文学作品，山下凯伦的小说受到学界的关注明显较少，这或许因为她的作品并不注重少数族裔作家经常提及的"如何成为美国人"的普遍话题。然而，作为日裔美国人，山下凯伦与其他族裔作家一样具有双重身份，对于自己的母国日本一样有着割舍不断的情感，对移民生活中的身份认同危机和文化冲突一样有着深刻的感受。在一个个空间中描写家园的失落、追寻、重构同样是贯穿于山下凯伦作品中的重要主题。对此，有学者坦言："从表面上看，山下凯伦的小说并不直接聚焦于美国种族问题，但她所构造的地理景观又时常把我们拉到亚裔美国人所关注的类似话题之中。"[①] 本章将以山下凯伦的第一部小说《穿越雨林之弧》为研究文本，探讨山下凯伦的小说如何表现"家园失落"的主题。我们先从

① Hsu, Ruth. "Review of *Brazil-Maru* by Karen Tei Yamashita." *Manoa: A Pacific Journal of International Writing*, 1993, 5 (2): 189.

山下凯伦的人生轨迹谈起。

山下凯伦1951年出生于加利福尼亚州奥克兰市。其外祖父于19世纪末20世纪初从日本名古屋移居美国旧金山。1906年旧金山大地震发生后，他与其外祖母在旧金山的日本城（Japan town）以开杂货店为生。其祖父则来自日本岐阜县（Gifu）中津川市（Nakatsugawa）附近的一个小乡村，20世纪初到美国学习裁缝，之后在奥克兰开了一家裁缝店谋生，其间返回日本省亲时结识了其祖母。两人在东京完婚后，一起来到奥克兰共同经营裁缝店并在此定居。二战期间，两个家庭都被关押在犹他州的托帕兹拘留营（Topaz Concentration Camp）。在拘留营的日子里，两个家庭同其他日裔美国人一样，"不但被夺去尊严，还失去了原本位于西海岸的家园，因为拘留营的服刑期一直持续到二战结束"。[①] 山下凯伦的父母也在遭受剥削与压迫的环境之下相识相知。从拘留营释放出来后，山下一家被流放到爱德华州、内布拉斯加州、密歇根州、芝加哥、费城、纽约、圣罗伊斯……战后才回到奥克兰。作为饱经风霜的日裔移民后代，山下凯伦出生于美国本土，她的父母将作为传统日本女性的外祖母的名字"Tei"[②] 赐予山下凯伦。这一名字表明父母希望山下凯伦不忘自己的移民身份。据山下凯伦的回忆，这段家族的移民经历"影响了我的写作"。[③] 可以说，山下凯伦的家园意识很大程度上受到了祖辈移民生活的影响。这段风雨飘摇的移民经历，加之她在成长过程中接触的日本传统文化、战争苦难以及日本人移民巴西的历史，等等，一同构成了山下凯伦作品的创作素材。正是如此，读者时常看到在山下凯伦所创作的小说、剧作、回忆录等作品中，家园往往更像是一个失去的乐园。家园的失落成了山下凯伦小说经常表现的一个引人注目的主题。

---

① Thornton, Brian. "Heroic Editors in Short Supply during Japanese Internment." *Newspaper Research Journal*, 2022, 23 (2): 100.

② 日文假名"てい"的音译。

③ Shan, Te-hsing. "Interview with Karen Tei Yamashita." *Amerasia Journal*, 2006, 32 (3): 123.

虽身为日裔“三世”，山下凯伦却“把自己当作新的美国移民，这个独特的观点来自她自己的飞散经历”。① 如在奥克兰、东京、巴西、洛杉矶等城市间跨越南北的迁移使她具备了少数族裔作家的飞散特征和家园情结。在明尼苏达州的卡尔顿学院求学时，山下凯伦主修英语文学和日本文学。20世纪70年代，在赴东京当交换生之前，山下凯伦听取了美国黑人作家阿力克斯·哈利（Alex Haley，1921—1992）关于自己家族史的讲座。彼时，阿力克斯·哈利的名著《根》（*Roots: The Saga of an American Family*，1976）尚未公开出版，山下凯伦便表示“阿力克斯是个引人入胜的故事作家，虽然讲座持续了两三个小时，但我被他的故事迷住了。自此以后，我便开始思考关于根源和移民的问题”。② 随后，山下凯伦到东京的早稻田大学学习，其间她对自己的日本家族历史表现出极大的兴趣。本着“绝不放弃寻找日本的根”③ 的精神，在一位求学于东京大学的亲戚的热心帮助下，山下凯伦用了几个月的时间，翔实地翻译了自己的“家族史”④，将自己的家族故事追溯到近十四代之前。其中一段回忆写道：“我不知道我的写作是否从那时开始，但关于历史的思考以及超出美国之外的联想很可能当时就形成了。”⑤ 这一寻根经历无疑使山下凯伦的家园意识更加浓厚，也促使她在创作时选择移居、迁徙的“飞散者”作为主要描写的对象。少数族裔“飞散者”的家园意识自此已经在她的作品中扎下了“根”。2017年，山下凯伦出版文集《给记忆的信》，该作品主要讲述二战期间山下家族的故事，书中的大部分内容基于家书、政府公文，以及在世亲戚朋友的生平整理而成。该书分为五个部分，分别提名“给贫穷的信”（Letters to Poverty）、“给

① Shimazu, Nobuko. “Karen Tei Yamashita's Challenge: Immigrants Moving with the Changing Landscape.” Diss. Indiana University of Pennsylvania, 2006: 3.

② Shan, Te-hsing. “Interview with Karen Tei Yamashita.” *Amerasia Journal*, 2006, 32 (3): 124.

③ Yamashita, Karen T. “Reimaging Traveling Bodies: Bridging the Future/Past.” In: *Karen Tei Yamashita: Fictions of Magic and Memory*. Robert Lee, ed. Honolulu: University of Hawaii Press, 2018: 166.

④ 此处原文为kakeiji，即日语“家族谱”之意. 详见Shan, Te-hsing. “Interview with Karen Tei Yamashita.” *Amerasia Journal*, 2006, 32 (3): 124.

⑤ Shan, Te-hsing. “Interview with Karen Tei Yamashita.” *Amerasia Journal*, 2006, 32 (3): 124.

现代性的信”（Letters to Modernity）、“给爱情的信”（Letters to Love）、“给死亡的信”（Letters to Death）、“给笑容的信”（Letters to Laughter）。所有信件中的故事皆以其祖父母、母亲和父亲为主人公，再次证明了家园意识在山下凯伦心中的重要地位。

传统观点认为，家园是一个人安顿自己身体和灵魂的地方，也是其祖祖辈辈的栖息之所，是一个人的根之所在，也是一个人魂牵梦萦的心灵港湾。海德格尔（Martin Heidegger，1889—1976）在解读荷尔德林（Friedrich Hölderlin，1770—1843）的诗歌《返乡——致亲人》时曾说：家园“指这样的一个空间，它赋予一个处所，人唯在其中才能有‘在家’之感，因而才能在其命运的本已要素中存在”。[①] 在海德格尔看来，所谓“家园”是一个生命个体所居住的空间与处所，这个处所使其有在家之感，并获得一种本真的存在。但实际上我们知道，从亚当、夏娃被逐出伊甸园的故事开始，人类就开始了漫长的飞散和迁徙的历程；如今，随着全球化思想的广泛深入，物理空间层面上的家园并不一定指传统意义上的祖国或出生地，正如童明所言，“家园不一定是自己离开的那个地方，也可以是跨民族关系中为自己定位，为政治反抗、文化身份的需要而依附的地方”。[②] 例如，兰斯顿·休斯（Langston Hughes，1902—1967）、理查德·赖特（Richard Wright，1943—2008）、弗拉基米尔·纳博科夫等，在他们的作品中，家园所在的物理空间并不仅限于故土非洲或故国俄罗斯。相反，这些作家及其作品中的人物原有的生活已被切断，故土的往日已经疏离，家园对他们而言已经是故土之外的另一个物理空间。

与其他少数族裔文学作品一样，山下凯伦小说的主要人物主要也是少数族裔飞散者。虽然山下凯伦小说中的人物众多，来自更多不同的国家，曾跨越过更多的文化界限，但这些角色大部分仍然是遭遇过无家可归境遇的人，抑或是在异乡环境中格格不入的人。他们当中既包含在故国以外的

① [德] 海德格尔.《荷尔德林诗的阐释》. 孙周兴，译. 北京：商务印书馆，2014: 15.
② 童明. 飞散//《西方文论关键词》. 赵一凡，等主编. 北京：外语教学与研究出版社，2006: 116.

家园空间生活却割舍不断与家园文化联系的移民，又不乏宁愿翻山越岭、漂洋过海到异国他乡建立新家园的飞散者。在山下凯伦的大多数小说中，读者并不经常看到空间和家园两个词语，但从她所描绘的人群中，我们却能感到一种浓厚的空间属性和深藏于内心的家园使命感。无论这些人物是从日本飞散到巴西，或从巴西返回日本，又或从巴西到美国，他们都是在一个特定的物理空间经历了家园的失落，又梦想着追寻和重构理想家园的人。比如，我们在山下凯伦的另一部小说《K 圈循环》中看到，当饱经风霜的日裔巴西劳工返回日本时，却因为被日本主流社会看作非"纯粹的日本人"（pure Japanese）而不受待见，甚至遭受压迫。故国日本对日裔巴西劳工而言，已经失去了构成家园的精神基础。"作为日裔移民，他们既被接受又被拒绝，被看作混血儿、社会经济地位低等的劳工，而不是同胞兄弟。"[①] 因而在研究一部文学作品的家园书写时，我们并不一定过度关注其所在的物理空间，而应该结合故事所属的社会空间和精神空间，如其民族、社会、生态等属性展开研究。关于这点，我们不得不提及山下凯伦第一部小说《穿越雨林之弧》中最耐人寻味的物理空间"玛塔考"。

第一节 "玛塔考"：地理家园的破碎

列斐伏尔认为，物理空间是故事发生的地理学空间，如同小说的地理背景。它常常以地域、建筑、场景等形式出现在小说中。关于物理空间的重要性，后殖民主义理论大师萨义德（Edward Said，1935—2003）也直言："多数文化历史学家，当然也是理所当然的文学家，他们时常忽略构成同一时代西方小说、历史书写、哲学话语基础的地理标记、理论地图和领土

① Rivas, Zelideth M. "Mistura for the Fans: Performing Mixed-Race Japanese Brazilianness in Japan." *Journal of Intercultural Studies*, 2015, 36 (6): 713.

绘制。”[①] 作为一名具有飞散者身份特征的作家，山下凯伦对小说的地理环境极为关注。她在作品中深切地表达着自己曾经涉足的每一寸土地与亲身经历的每一份文化的感受。在一次采访中，山下凯伦曾提到：“对我而言，地理并不仅限于土地，它也可以指人。”[②] 纵观山下凯伦的多部小说，物理空间一直扮演了极其重要的角色，它时常作为连接小说中主要人物命运的场所而存在。位于日本、巴西、美国、墨西哥等国度的城市或乡村的物理空间互相联系，一并成了构建人物主体身份的核心场域。这些物理空间当中，最常被人乐道的当属《穿越雨林之弧》中构建的“玛塔考”。

《穿越雨林之弧》是山下凯伦的小说处女作，该书以南美洲巴西亚马逊雨林的经济开发为背景，以一个神奇的球体为叙事声音，运用魔幻现实主义的写作风格探讨了全球化语境下的经济、环境、文化等问题。小说描绘了身处第三世界的原始热带雨林如何难逃厄运，成为来自第一世界人们贪欲的对象。《纽约时报》书评栏目如是评价这部小说：“在她的这部处女作中，山下凯伦夫人批判了人类所制造的垃圾以及表现出的愚蠢，而她的语言流畅、饱含诗意，同时极具震慑力。”[③] 日本庆应大学知名学者巽孝之教授（Takayuki Tatsumi）也认为，《穿越雨林之弧》“勇敢地探索了控制整个行星的神秘力量，使作者得以媲美赫尔曼·麦尔维尔、库尔特·冯内古特与托马斯·品钦”。[④]《穿越雨林之弧》自出版以来受到读者的普遍欢迎。学界主要从族裔特征、叙事手法以及生态伦理等方面解读该作品。作为小说构建的一个奇特空间，“玛塔考”历来也是各个批评流派的必经之地。《穿越雨林之弧》中的“玛塔考”是一个虚构的地名。从空间的角度看，它颇似冯内古特在《五号屠场》（*Slaughterhouse-Five*，1969）中独撰的特

① Said, Edward. “Secular Interpretation, the Geographical Element, and the Methodology of Imperialism”. In: *After Colonialism: Imperial Histories and Post-colonial Displacements*. Gyan Prakash, ed. Princeton: Princeton University Press, 1995: 36.

② Shan, Te-hsing. “Interview with Karen Tei Yamashita.” *Amerasia Journal*, 2006, 32 (3): 132.

③ 胡俊.《橘子回归线》中的洛杉矶书写：“去中心化”的家园.《前沿》, 2015 (10) : 74.

④ Tatsumi, Takayuki. “Introducing Karen Tei Yamashita.” *Leviathan*, 2016, 18 (1): 62.

拉法玛多星球（Tralfamadore）[1]。后者不但隐喻着以《五号屠场》主人公比利·皮尔格林姆（Billy Pilgrim）为代表的人类饱受创伤，无奈只能到外星球寻觅他们的精神家园，同时表明在一个家园失落的世界里，"彼岸的家园和此岸的家园也没有什么区别"。[2]

尽管巴西并非山下凯伦的生长之地，但她曾于大学毕业后获得资助在巴西圣保罗居住了九年之久，其间她专注于日裔巴西移民的人类学田野调查，并与一位巴西建筑师罗纳尔德（Ronaldo Lopes de Oliveira）结婚生子，直至 1984 年回到美国定居洛杉矶。此番生活的经历足以让山下凯伦将巴西当作内心深处的一个家园。关于巴西在她心中的家园属性，山下凯伦曾坦言：

> 比起一成不变的日本属性以及我拒绝成为的"不纯的"日裔美国人，巴西文化是一个受欢迎的空间。尽管我在日裔巴西移民社区受到了热情的接待，但我认为居住于此的我必须对自己作为陌生人（局外人），抑或是养女的角色保留一份适度的尊重。[3]

在山下凯伦的内心深处，巴西的地位或许不亚于日本和美国。尽管碍于日本人的属性和日裔美国人的身份，山下凯伦只能谦虚地把自己当作巴西人的养女，但从整句话的语义而言，巴西明显是这位"不纯的"日裔美国人的另一个家园。在巴西期间，山下凯伦发现，"人类学研究难以展示在巴西的日本移民的丰富生活"，[4] 因而她选择了文学作品作为表现形式，通过文学作品描写她心中的一个个家园。山下凯伦的前两部小说《穿越雨林之弧》与《巴西丸》便取材于她在巴西的生活经历。小说中位于巴西

① 又常见译为"541 号大众星"。

② 曹山柯. 论《五号屠场》的家园意识.《英美文学研究论丛》, 2011 (2): 244.

③ Yun, Lisa. "Signifying 'Asian' and Afro-Cultural Poetics: A Conversation with William Luis, Albert Chong, Karen Tei Yamashita, and Alejandro Campos García." *Afro-Hispanic Review*, 2008, 27 (1): 204.

④ Shan, Te-hsing. "Interview with Karen Tei Yamashita." *Amerasia Journal*, 2006, 32 (3): 129.

热带雨林的"玛塔考"首先具有强烈的空间属性。在一次谈及这部小说的访谈中，山下凯伦曾引用丈夫的话："或许你曾经到过一个占地面积很小的偏远乡村，那里的人们费尽艰辛，好不容易买了一台冰箱，却没有电源启动这该死的东西。如此一来，冰箱有何用？好吧，打开冰箱的时候，你发现它就是一个储藏柜而已。"[①] 她将丈夫口中的冰箱定义为"橱柜空间"（cupboard space）：

> 这就是橱柜空间。所有的床单和毛巾都被整洁地存放于冰箱内，这正是《穿越雨林之弧》极力刻画的：关于生活在一个既属于发展中国家，又属于发达的国度——一个拥有未被开发，或即将逝去的印第安土著文化的国度；与此同时，这个冰箱既拥有浓厚的大都市色彩与模仿性的城市文化，又拥有着一个不管通过跨国交流的方式或自给自足的途径，都以将科技带到自己国家为政策导向的政府。所有的一切都存在于这难以置信的、颇具奇幻色彩的混杂物之中，也很真实。[②]

显而易见，《穿越雨林之弧》中的"玛塔考"就是山下凯伦口中那个由无法启动的冰箱演变的"橱柜空间"。正如文中描述，"所有的床单和毛巾都被整洁地存放于冰箱内"，"橱柜空间"是一个封闭的空间意象。这个"橱柜空间"既是家园式空间场所中的一部分，同时又作为独立存在的空间意象在小说叙事中发挥重大作用。在《穿越雨林之弧》的故事中，"玛塔考"这个位于偏远地区的"橱柜空间"激活了小说中主要人物的关系。它既是发达和欠发达的国家或文明的混合体，又拥有着跨文化的特质。加拿大韩裔学者周熙正所言极是："小说的主要角色是'玛塔考'，因为它是一条线，

① Murashige, Michael S. "Karen Tei Yamashita: An Interview." *Amerasia Journal*, 1994, 20 (3): 50.
② Murashige, Michael S. "Karen Tei Yamashita: An Interview." *Amerasia Journal*, 1994, 20 (3): 50.

将书中不同人物的命运编织在一起。"[①] 在这个物理空间里，所有的一切都"存在于这难以置信的混杂物之中"。这份混杂物"代表了殖民主义与帝国主义的话语，也包含了许多二元对立的现象，比如自我和他者、文明与野蛮、发达和发展中、主导性和边缘性、全球性和地方性"，[②] 从而呈现出具有后殖民特色的文化空间。就此而言，"玛塔考"堪称山下凯伦眼中的一个带有"床单"和"毛巾"的、具有家园性质又带着多元文化色彩的"橱柜空间"。

在《穿越雨林之弧》的故事中，山下凯伦淋漓尽致地描写了每个小说人物的创伤经历和情感变化。每一次的创伤描写都可以说是"玛塔考"这个物理空间下小说人物追寻地理家园理想的破碎。首先，"玛塔考"的空间意象及家园失落的主题呈现在羽毛学专家马内 · 佩纳（Mane Da Costa Pena）的故事中。马内 · 佩纳是生活在巴西热带雨林的土著居民。人们发现"玛塔考"之前，那里曾经是马内 · 佩纳耕作的田地。与生活在热带雨林的其他土著居民一样，佩纳一家过着日出而作、日落而息的生活。尽管所获不多，但对于佩纳一家而言，能够拥有这样一片养家糊口的田地，或许已经让他收获了和谐的家园气息。况且佩纳还在"玛塔考"发现了他梦寐以求的神奇羽毛，用小说中人称天使的奇科 · 帕克（Chico Paco）的话说，"'玛塔考'是个神圣的地方，这是马内 · 佩纳有机会在这里发现羽毛的唯一理由"[③]。从家园书写的角度看，"玛塔考"这个"由某种难以穿透的材料"[④] 构成的物理空间实际上完全能够被视为马内 · 佩纳心中的理想家园。

然而，本该自此成为佩纳美好家园的"玛塔考"，却在公之于众之后不

① Joo, Hee-Jung S. "Race, Disaster, and the Waiting Room of History." *Environment and Planning: Society and Space*, 2018, 38 (34): 12.

② Yamaguchi, Kazuhiko. "Counter-representing the Self in the Postmodern: Anti-representational Poetics in the Fiction of Kurt Vonnegut, Sandra Cisneros, Ishmael Reed, Karen Tei Yamashita, and Haruki Murakami." Diss. The Pennsylvania State University, 2006: 84.

③ Yamashita, Karen T. *Through the Arc of the Rain Forest*. Minneapolis: Coffee House Press, 1990: 24.

④ Yamashita, Karen T. *Through the Arc of the Rain Forest*. Minneapolis: Coffee House Press, 1990: 17.

久便遭当地政府的侵占。他们用火、锯和推土机清理了森林，表面上宣称是为了农民，实则强行将其征为开发地。随后，政府并没有找来所谓的农学家教农民种地，而是将其卖给了私人旅游公司。“大批的旅客踩踏过‘玛塔考’，把它视为世界古迹之一，能在这里享受日光浴也成了一种时髦。”[①]原本应该是世外桃源般的热带雨林一角瞬间遭到生态环境的破坏。大量植物遭到砍伐，地表裸露在风雨和烈日之中，环境变得越来越糟，继而导致当地居民无田可耕，无家可归。直到后来，旅客“发现了佩纳和他家人内心深处的感受，亚马逊雨林已经成为一个腐朽的地方，所有的营养都被贪婪的动植物就地吸收，没有为可怜的土地留下任何东西”。[②]“作为民族和国家利益的代表和实现机构的政府，竟然表现出对环境保护的无视，放纵人们对大自然的过度开发。生活在这个国度的人们对环境破坏现象的麻木和纵容造成了环境问题的进一步恶化。”[③]非但如此，

> 他们被西方的发展主义所迷惑，被经济利益所吸引，身为被殖民者却又把当地居民当作“他者”进行利用。而被统治，被剥削的正是被开发地区的人民，他们面对大量涌入的外来者以及随之而来的“先进”的文明，并没有抵触，反而争相追随，根本没有批判性思考的能力。[④]

于此条件下，以佩纳为代表的平民百姓丝毫没有话语权，只能默默服从政府的安排，“住在一栋位于‘玛塔考’周边，又挨着河岸的廉价的公寓”。[⑤]他们别无选择，只能在这种受污染的环境下继续生活。无助的佩纳只能勉强认为自己，“比那些一生在此处耕耘，却丢掉一切的人更加幸

① Yamashita, Karen T. *Through the Arc of the Rain Forest*. Minneapolis: Coffee House Press, 1990: 17.
② Yamashita, Karen T. *Through the Arc of the Rain Forest*. Minneapolis: Coffee House Press, 1990: 98–99.
③ 龙娟，孙玲. 论《穿越雨林之弧》中的环境非正义现象.《邵阳学院学报（社会科学版）》, 2016, 15 (6): 89.
④ 马慧. 发展还是毁灭：《穿越雨林之弧》中的后殖民主义批评.《青年文学家》, 2017 (30): 117.
⑤ Yamashita, Karen T. *Through the Arc of the Rain Forest*. Minneapolis: Coffee House Press, 1990: 17.

运”。[1] 森林对于佩纳来说已经变得陌生，他只能叹道：“当我们到达‘玛塔考’的时候，我们想在一片处女地耕耘，但她的水管很早前就被连接上了。”[2] 家园的失落似乎从“玛塔考”被发现的那一刻起就注定是小说刻画的主题之一。

需要指出的是，家园不仅意味着物理空间上的家之所在，它也使人们意识到自己获得关爱和承认的、精神层面的家，即精神意义上的现代家园意识。小说也特地强调，作为“玛塔考”的发现者，佩纳遭受的家园失落也体现在精神空间方面。带着心爱的羽毛，在“玛塔考”历经生活中的诸多苦难后，佩纳摇身一变，成为受人敬仰的“羽毛学之父”和神奇的羽毛疗法大师。成名之后的佩纳每天在电视台等各种场合发表演讲，经常在各种会议和采访中夸夸其谈。随着故事的发展，妻子奥古斯提娅（Augustia）无法忍受丈夫糜烂的名人生活，毅然决定带着孩子弃他而去。佩纳曾坚信，魔力羽毛具有治愈百病功能，然而这份信仰最终在病灾面前轰然倒塌。可见对于佩纳而言，“玛塔考”所属的物理空间无疑是个失落的家园，在这里他曾经拥有过、热爱过的一切要么不复存在，要么面目全非。终于佩纳死于那场由魔力羽毛引起的病毒灾难。山下凯伦通过对“玛塔考”这个破碎空间的描写首先表现了马内·佩纳家园的失落。而结合小说中其他人物的经历，读者不难断定“玛塔考”不是小说中来自各地的飞散者的理想家园。

“玛塔考”蕴含的家园失落主题在《穿越雨林之弧》的主人公，作为日裔飞散群体典型代表的石丸一正的故事中也得到了淋漓尽致的展现。我们知道在家园小说中，主人公与家园的分离或表现为主动的离弃，或表现为被家园放逐，但不管怎样，它通常是家园小说描写的一个重要阶段。《穿越雨林之弧》也不例外，小说中的石丸一正由于经济和生活等原因离开了自己的祖国。从家园的角度看，这已经是一份明显的失落，尽管它并不意味着石丸一正不爱自己生长的家园。石丸一正放弃已有的生活，试图

① Yamashita, Karen T. *Through the Arc of the Rain Forest*. Minneapolis: Coffee House Press, 1990: 17.

② Yamashita, Karen T. *Through the Arc of the Rain Forest*. Minneapolis: Coffee House Press, 1990: 17.

去另一个国度寻找新的家园，这份动机其实反映出的是石丸一正内心深处对于建立理想家园的信念。正如日本学者山口合彦所言，"石丸一正之所以离开日本不是因为政治或经济原因，也不是为了寻找住在巴西的价值，他只是去往巴西"。① 在"玛塔考"石丸一正的天真追求却面临着支离破碎，连从小陪伴自己的球体也缓慢衰竭，最终石丸一正只能面对球体的消失却无能为力。从物理空间的角度看，"玛塔考"存在的本意其实是为居住在该少数族裔移民社区的土著或移民提供保护，使得他们免受外界的歧视和伤害；只不过随着时间的推移，人们对于"玛塔考"的坚守逐渐衰退，失去了朝气和生命力，从而远离了祖辈先人建立该地区的初衷。或许"玛塔考"的消逝对于像石丸一正那样的飞散者而言，预示着理想的家园仅仅是一场虚无缥缈的美梦，一份心灵寄托的幻灭。

当然，在"玛塔考"遭受家园失落的人物不止上文提到的佩纳和石丸一正。随着故事的发展，"玛塔考"这一充满了各种失落的物理空间里又相继迎来了更多悲剧性人物。从原始的荒地到一度的宗教朝圣地，再到最终整个家园的失落，"玛塔考"这个破碎的空间关联了书中所有来自异国他乡的飞散者，包括"三只手"的怪人特卫普与他的"三只乳房"的妻子米歇尔、迷恋鸽子的德杰潘夫妇、天使一般的朝圣者奇科・帕克与带同性恋情结的吉尔伯特，等等。尽管他们个个外表异于常人，但他们本质上都是怀揣着梦想来到巴西亚马逊雨林追寻家园的飞散者。毋庸置疑的是，与祖国社会环境格格不入的他们，从离开祖国的那刻起，已经经历了一次家园的失落。然而在巴西他们依旧得不到人们的完全认可，无法消解"他者"的身份。在物理空间层面他们难以适应新的环境的生活，在社会空间层面无法获得归属感，在精神空间层面情感无所依托，这一切所导致的生存困境使他们最终走向各自事业的失败，乃至生命的终结。比如，小说的最

① Yamaguchi, Kazuhiko. "Counter-representing the Self in the Postmodern: Anti-representational Poetics in the Fiction of Kurt Vonnegut, Sandra Cisneros, Ishmael Reed, Karen Tei Yamashita, and Haruki Murakami." Diss. The Pennsylvania State University, 2006: 82.

后，石丸一正被人胁迫与追杀，他目睹了奇科·帕克因自己而被杀害，此刻读者再次看到“玛塔考”这个空间的意象：“他的膝盖贴在‘玛塔考’的地面上，鲜血从他的心脏涌出，沾满了粉碎的仪器。人们抓住绑匪，毫不留情地揍他，将他身体的每一个部位都压倒在‘玛塔考’。”① 此番描写足以让读者感受到石丸一正在社会空间的家园破灭。可以说，家园的失落主题在小说人物的身上自始至终得到了淋漓尽致的展现。

“玛塔考”的命名取自葡萄牙语中的“Matacão”，意为漂砾，即被冰川带到别处的大小不一的石块。它位于巴西热带雨林的一个不知名的地方，因人们在此地发现了一种比不锈钢和钻石还要坚固的新材料而得名。《穿越雨林之弧》中的“玛塔考”被看作一片神秘的地方，“具有非凡的自然属性，是某种为外星人的降落而准备的飞船跑道”。② 在介绍“玛塔考”的章节中，山下凯伦就用了较为明快的笔调描绘这一神秘的物理空间，并将空间的描写与整个地球家园的命运联系在一起：

> 自从被发现的那一日起，“玛塔考”就是科学界一个充满好奇与困惑的根源。在这里，地质学家、天文学家、物理学家、考古学家、化学家似乎都陷入了工业革命之前的状态。科学真理的基本因素仿佛正经历着某种转变，就像爱因斯坦重新定义牛顿的世界。③

在“玛塔考”，人们发现了一个具有磁力的神坛，发现了各种铁制的垃圾、钉子、铝罐头、塑料包装和塑料罐头，等等：

> 所有这些发现都呈现于激动与争论的气氛当中。“玛塔考”从何处而来？它是如何形成的？在亚马逊雨林中拥有怎样的力量才能造

① Yamashita, Karen T. *Through the Arc of the Rain Forest*. Minneapolis: Coffee House Press, 1990: 196.
② Yamashita, Karen T. *Through the Arc of the Rain Forest*. Minneapolis: Coffee House Press, 1990: 96.
③ Yamashita, Karen T. *Through the Arc of the Rain Forest*. Minneapolis: Coffee House Press, 1990: 95.

就如此完美的塑料？塑料又为何拥有如此强大的磁性？靠近赤道的巨大磁性对地球意味着什么呢？对于地球在整个太阳系的重力呢？对于森林的生态系统呢？对于人类文明呢？对于宇宙中的外星生命体呢？……接着，在80年代末、90年代初出现了人们对臭氧层空洞和温室效应的争论。那段日子里，不论是否给予理解，人们都责怪巴西烧毁树林，又用清闲漫步的牛群和四处飘散的二氧化碳取代了释放氧气的植物生命体。人们说，巴西没有任何权力破坏地球……从不关注贫穷的、无家可归的林中居民，濒临灭绝的印第安人，以及地球上的诸多物种…… “玛塔考”的出现改变了一切。[①]

这一系列的疑问和描写成为近年来学界从生态批评的角度解读《穿越雨林之弧》的切入点，也倾注了作者对整个人类生活家园的关注，似乎预示着人类需要合理利用“玛塔考”的神秘力量，否则地球将不是人类美好生活的家园。毕竟，纵观古今中外文学，很多鲜明的例子已经证明，无论人类关于地理家园的意识多么浓烈，如果对精神方面的家园意识淡漠，那么其自身的生存也将面临困境，因此精神意义上的现代家园意识应得到同等的重视。这也是家园书写的研究在精神领域与生态批评的要点不谋而合的主要原因，正如美国学者莫莉・华莱士所说：“没有任何地理位置，像热带雨林那样具有全球生态的象征，热带雨林被构建成原始自然的空间，各种各样的动植物必须与自然和平共处。”[②] 从这个意义而言，“玛塔考”作为《穿越雨林之弧》中的飞散族裔人群费尽心思而不可得的家园，它“不仅腐蚀了自然和人工的界限，也腐蚀了地方性和全球性的界限”。[③]

① Yamashita, Karen T. *Through the Arc of the Rain Forest*. Minneapolis: Coffee House Press, 1990: 97–98.

② Wallace, Molly. “New Ecologies: Nature, Culture, and Capital in Contemporary U.S. Fiction and Theory.” Diss. The University of Washington, 2006: 34.

③ Simal, Begona. “The Junkyard in the Jungle: Transnational, Transnatural Nature in Karen Tei Yamashita's *Through the Arc of the Rain Forest.*” *The Journal of Transnational American Studies*, 2010, 2 (1): 10.

列斐伏尔认为，空间不是孤立于人类生活而单独存在的，而是各种各样的人类生活在其中的物理场所、社会关系和精神领域，因此空间必然包含着人们日常生活中的方方面面。在《穿越雨林之弧》的故事中，"玛塔考"是个到处潜伏着生态危机的物理空间，居住于此的人们却依然寻找着属于自己的理想家园。小说接下来描写道："很多动物和植物都在这里找到了家园，在这个独特的堆积场发现了食物的来源或生活的方式。"[①]"很多夫妇声称，在'玛塔考'他们一见钟情，坠入爱河；一对夫妻决定在'玛塔考'繁衍后代；一位老妇人决心在此节食，因为'玛塔考'是她心目中的一片神圣的土地，她要在这里完成生命的循环。'玛塔考'已经成为经历生死的舞台。"[②]然而，身处在这样一个没有生态环境的物理空间已经注定了书中人物最终的结局是家园的失落。

《穿越雨林之弧》共由六大篇章组成，分别以"起初"（The Beginning）、"发展的世界"（The Developing World）、"更多发展"（More Development）、"失去天真"（Loss of Innocence）、"失去更多"（More Loss）、"回归"（Return）为题，从时间的角度看，这六个篇章的标题明显表现了事物的整段发展历程。从空间的角度看，它似乎更暗示着作者将"玛塔考"看作诸如伊甸园的物理空间，描绘了"玛塔考"从最初的兴起、发展，到最终遭受破坏的过程。有学者因此指出《穿越雨林之弧》"创造了一个与环境思想、伦理哲学相关的崭新空间"。[③]小说的主人公石丸一正像《圣经》中的诺亚一样，目睹了整个人类家园的破灭。而"玛塔考"这个物理空间也拥有与生俱来的家园色彩。作为一个"荒野的、原始的伊甸园"，[④]"玛塔考"既代表了人类赖以生存的整个地球家园，也是土著居民曾经居住的地方、耕作的田野，

---

① Yamashita, Karen T. *Through the Arc of the Rain Forest*. Minneapolis: Coffee House Press, 1990: 101.

② Yamashita, Karen T. *Through the Arc of the Rain Forest*. Minneapolis: Coffee House Press, 1990: 102.

③ Jain, Shalini. "Pigeons, Prayers, and Pollution: Recoding the Amazon Rain Forest in Karen Tei Yamashita's *Through the Arc of the Rain Forest*." *A Review of International English Literature*, 2016, 47 (3): 70.

④ Marx, Leo. *The Machine in the Garden: Technology and the Pastoral Ideal in America*. Oxford: Oxford University Press, 2000: 87.

以及从美国、日本等国度移居巴西的少数族裔飞散者试图建立的家园。"玛塔考"不但充当小说人物活动的主要场所，还具体显现出人际关系的冲突，构成情节展开的场景，推动了情节的发展，并制造出戏剧化的场面，对人物性格的形成、情节的发展状态起着直接的作用。小说人物的命运，各自家园的破碎都发生于"玛塔考"这个具有地理属性的舞台空间。在题为"玛塔考"的章节开篇，山下凯伦引用了英国著名作家刘易斯·卡罗尔（Lewis Carroll，1832—1898）的一段话语：

见到沙滩的一切，
他们放声大哭，
谁能把黄沙清除？
堪称世间积福。
海象问木匠：
"如果七名少女拿着七个扫把，
不停打扫，
那么半年内可否把沙子清走？"[①]

这段引用取自卡罗尔原名为《镜中奇遇：爱丽丝在那儿的所获》（*Through the Looking Glass, and What Alice Found There*,1871）的小说。山下凯伦特地将题目省去了"爱丽丝在那儿的所获"（what Alice found there），仅保留"镜中奇遇"（through the looking glass），使整段话语无形中增添了一份强烈的失落感。《爱丽丝镜中奇遇》作为《爱丽丝梦游仙境》（*Alice in Wonderland*，1865）的姐妹篇，自然不乏儿童文学与科幻小说的特点。书中的爱丽丝走进了"异托邦"空间一般的镜子中，时光发生了倒流，许多奇怪的情景浮出水面。沉默的花草动物竟然开口说话。而在花草动物的眼

① Yamashita, Karen T. *Through the Arc of the Rain Forest*. Minneapolis: Coffee House Press, 1990: 94.

里，人类才是真正可笑又低能的怪物。山下凯伦把该章节的主要描写对象"玛塔考"同"镜中奇遇"相联系，意味着《穿越雨林之弧》其实是一部充满时空变换色彩的科幻小说，小说通过描绘"玛塔考"这样一个失落的空间，实际上映射了人类的生态罪行及整部小说"一无所获"的结局。

值得一提的是，黄沙在以上引文的字里行间已明显失去了存在于沙滩的价值，甚至形成了一幅生态失衡、家园失落的画面，导致"见到沙滩的一切，他们放声大哭"。沙子的意象恰恰呼应了《穿越雨林之弧》的开头对奇科·帕克家乡的描绘。那儿曾经到处都是五颜六色的美丽沙子。帕克记得："在他的家乡，有一个母亲将五颜六色的沙子装在小瓶子里，送给正在圣保罗饱受思乡之苦的儿子，给居住在遥远城市的儿子带去了快乐。"[①] 接着，人们看到那孩子似乎成了艺术家，每日用他的才华，将彩色的沙子丢进小瓶中形成各种各样的图案，用这样的方式寄托着他对未来的憧憬。帕克记得瓶子里的第一批图案是"家乡的情景"。[②] 然而，这位青年艺术家把绘制沙子的艺术当作商机，离开家乡，将其四处变卖。不久之后，"有人认为他使用的已不再是真正的沙子，而是按照自己的想象力创造的合成物品。也有人说他将沙子同黄色和白色的颗粒混合起来"。[③] 由于利欲熏心，沙子所代表的纯洁的家园色彩已不复存在，取而代之的是需要由七名少女合力清除的意象。从这个意义上说，"玛塔考"的家园失落在该章节的开篇便一览无余。

家园意识在对待人与自然关系的这一层面常与生态批评的要点异曲同工。作为人类长久的栖身之所，家园是安宁、纯净的地方，它代表着温暖和宁静。在美国少数族裔文学研究的视野中，家园经常是一个飞散者灵魂与身体最终的归宿。或浓或淡的家园意识时常驱使着他们渴望拥有完全属于自己的安身之所。然而，许多后现代文学家的笔下经常呈现着与完

① Yamashita, Karen T. *Through the Arc of the Rain Forest*. Minneapolis: Coffee House Press, 1990: 24.

② Yamashita, Karen T. *Through the Arc of the Rain Forest*. Minneapolis: Coffee House Press, 1990: 25.

③ Yamashita, Karen T. *Through the Arc of the Rain Forest*. Minneapolis: Coffee House Press, 1990: 25.

美家园形成鲜明对照的生存危机。在这些作品中，人物的现实居所充满着喧嚣、丑恶、肮脏、孤独、荒诞甚至死亡。这点在《穿越雨林之弧》的环境主题，以及“玛塔考”这个物理空间所传递的生态责任等方面发挥得淋漓尽致。比如，书中所描写的亚马逊雨林，在19世纪一度被欧洲殖民者认为是“在自然资源方面未被开发的、自由自在的空间”。[①] 而到如今，书中被派往“玛塔考”的科研人员在该地区的外围发现当地许多生态失衡的画面，有稀有的淡红色蝴蝶，它们以生锈的水和有毒的金属物质为食；还有一些“变异的，对毒物免疫的硕大的老鼠。除了一种类似于秃鹫和秃鹰杂交的新品种鸟，其他以这些老鼠为食的动物都会立刻死去”[②]；以及“被机关枪子弹打得千疮百孔的猴子的头骨”[③]；等等。整个物理空间的自然生态环境是那么恶劣，完全丧失了一个美好家园该有的灵性。“玛塔考”的生态恶化不仅体现在自然环境方面，连生活于这片土地的居民也是异化的产物，成为社会生态和精神生态失衡的体现，令读者对家园的失落一目了然。不但如此，科研人员还发现：

> 然而，有人在“玛塔考”方圆约72公里处发现了一个类似大型停车场的区域。那里堆满了各种废弃的飞机和车辆。飞机和车辆几十年前就被丢弃在那里，被掩藏在盘根错节的藤蔓植物之下。在场地的另一端，车辆似乎正渐渐被腐蚀成一堆又一堆的灰色黏稠物质，也就是后来人们发现的，某种胶态汽油的主要成分。
>
> 在众多的旅行者中，一支由昆虫学家组成的小分队在追逐某种稀有的蝴蝶时，误闯入并发现了这片满是金属的废墟。被发现的机械都

① Bahng, Aimee. “Extrapolating Transnational Arcs, Excavating Imperial Legacies: The Speculative Acts of Karen Tei Yamashita’s *Through the Arc of the Rain Forest*.” *MELUS*, 2008, 33 (4): 128.

② Yamashita, Karen T. *Through the Arc of the Rain Forest*. Minneapolis: Coffee House Press, 1990: 100.

③ Yamashita, Karen T. *Through the Arc of the Rain Forest*. Minneapolis: Coffee House Press, 1990: 101.

> 属于50年代末和60年代初的产品——F-86佩刀式的战斗机、F-4鬼怪式战斗机、休伊眼镜蛇攻击直升机、利尔和小熊号喷气机、凯迪拉克、大众、道奇、多种储油装备，以及军用吉普车和红十字救护车。车辆被丢弃在森林已有多年，开始破碎成锈迹斑斑的金属尘埃。偶尔一声直冲树梢的哐当巨响，吓得鹦鹉和猴子四处逃窜。而这只不过是普利茅斯63号卡车上的一只车门脱落，碰到停在旁边的雷鸟车上，或是直升机转轮掉到了伪装起来的吉普车的顶部发出的。①

多么凄凉的画面。如此恶劣的生态环境催生着毫无生机的人和动植物，令人不禁感到“玛塔考”除了贫穷之外实则一无所有。曾经的巴西热带雨林充满着勃勃生机；如今人们看到的只是满目疮痍、衣不蔽体、食不果腹的景象，与曾经的闲适温馨可谓相差甚远。小说中的飞散者离开了自己的本土家园，漂泊到这片了无生趣的土地，把一个堆满了废弃物，甚至出现变异物种的地方当作了自己的家园，足见家园的失落表现得多么明显。这种生存环境的恶化绝不单是自然现象。究其实质，它与人的生存抉择、文明取向、社会理想等问题息息相关。其实，成堆的废弃物大部分是来自战争的现代化武器。细数起来，这些武器全部产自美国，它们从侧面验证了美国对巴西的武力干预。“‘玛塔考’的生态灾难不仅仅是商业资本主义不加以节制的结果，也是无所不在的帝国主义暴行的产物。”② 它“不仅是塑料污染向周边地区不规则位移的一个象征，也是由于石油经济资助的基础设施项目、政府发展计划，以及环境破坏而剥夺农民土地的一则寓言。”③ 无论从生态灾难，还是从帝国主义的暴行等方面，此处对“玛塔考”的描绘都让我们不由想起冯内古特《五号屠场》（*Slaughterhouse-Five*，

① Yamashita, Karen T. *Through the Arc of the Rain Forest*. Minneapolis: Coffee House Press, 1990: 99-100.

② 徐颖果，主编.《离散族裔文学批评读本：理论研究与文本分析》. 天津：南开大学出版社，2012: 278.

③ De Loughry, Treasa. “Petromodernity, Petro-finance and Plastic in Karen Tei Yamashita’s *Through the Arc of the Rainforest.*” *Journal of Postcolonial Writing*, 2017, 53 (3): 334.

1969）中经过德累斯顿（Dresden）大屠杀后留下的战争废墟。德累斯顿曾是一个完美家园的象征。这座城市曾经充满和谐、美丽，生活物资充足，城里长着树木和鲜花；城中曾经住着女人、孩子、动物，却在二战期间被同盟国轰炸成一片废墟。一切有机物、一切能燃烧的东西都被火吞没了，整座城市沦为了名副其实的屠宰场，数以万计的平民百姓失去了他们美好的家园。山下凯伦和冯内古特一样，试图从失去家园的角度，通过虚实结合的写作方式，抨击美国政府失信于平民百姓，欠人民一个公平公正的家园；或者政府所做的一切反而对世界和平构成了威胁，破坏了整个地球的生态家园；同时通过小说告诫人们尽量避免战争灾难，建设和谐世界和自由平等的理想家园。如果人类不懂得停止战争，而是继续滥用科技，人类的未来也是可以预言的。地球将不再是人类生活的美好家园，最终只能沦为高科技武器或者疯狂理性摧残后的荒原。

从另一个层面说，"玛塔考"的家园失落表现了以少数族裔飞散者为代表的边缘化人群在社会、文化、环境等方面所受到的"他者化"对待和丧失的话语权。对此，山口合彦指出："'玛塔考'可以被看作超乎国度之外的跨文化空间，但若将它视为'乌托邦'空间，那就显得过于简单了。因为在这个空间里，许多关于自我的差异被人接受，不同的价值观百家争鸣，也不排斥他者。"① 或许在山口合彦眼中，山下凯伦已经对小说中的"他者"身份进行了模糊处理，并将后果放大。也就是说，《穿越雨林之弧》关于"玛塔考"的文本通过构建以全球生态环境为主的家园意识，实现了对少数族裔文学作品的传承和超越，"阐释了她对于当代全球化的理解"。② 小说的最后，"玛塔考"见证了"地球上最后一块处女地"③ 的消失，连故事的叙述

① Yamaguchi, Kazuhiko. "Counter-representing the Self in the Postmodern: Anti-representational Poetics in the Fiction of Kurt Vonnegut, Sandra Cisneros, Ishmael Reed, Karen Tei Yamashita, and Haruki Murakami." Diss. The Pennsylvania State University, 2006: 84.

② Thoma, Pamela. "Traveling the Distances of Karen Tei Yamashita's Fiction: A Review Essay on Yamashita Scholarship and Transnational Studies." *Asian American Literature: Discourses and Pedagogies*, 2010(1): 11.

③ Yamashita, Karen T. *Through the Arc of the Rain Forest*. Minneapolis: Coffee House Press, 1990: 202.

者——紧贴在石丸一正前额上的神秘小球最终也萎缩消失。"玛塔考"俨然成了一个死寂腐烂的绝命之地："'玛塔考'慢慢地，但确实一步步地被腐蚀，由'玛塔考'塑料制作的其他一切事物也是如此。建筑物被谴责，道路和桥梁遭到堵塞。无辜的人们常于不经意间受到伤害，被崩塌的物体砸伤或压死……"[①] 与此同时：

> 如今，你可以朝对面的空地看。空地里散落着蜡烛灰、黑色的鸡毛以及枯萎的花朵，一大堆被遗弃乱扔的甘蔗与白兰地，被上百个跳舞般的脚步踏平的灰尘……一阵阵掺杂在臭汗和白兰地中的，难闻的烟味渗透了清晨的空气……
>
> 在遥远的地平线上，你可以看到曾经富有现代化气息的高层建筑与办公楼的破碎残余物。所有的物质要么生锈，要么发霉。弯弯的、带有毒性的藤叶蜿蜒缠绕着正在下沉的阳台。树木围着窗台。一朵预示着即将全年雨水的乌云，伴随着雾霾，带着令人视线模糊的色彩，盘旋于万物的上空……再也无法恢复起初的模样。[②]

与多数的家园小说不同，《穿越雨林之弧》的文本中令人宾至如归的家园描绘非常罕见，取而代之的通常是满目疮痍、一片狼藉的生存环境。这是身处"支离破碎"境况的后现代作家的文学创作特征之一。在《穿越雨林之弧》中，山下凯伦运用后现代派的创作手法，将自然环境的恶化和随之而来的人类精神方面的异化加以放大和变形，充分表达自己对家园失落的一份忧虑。蜡灰、黑色的鸡毛、枯萎的花朵、被遗弃的白兰地、生锈发霉的物质、难闻的烟味、有毒的叶子、雾霾等，令人不禁感慨，破灭的家园与本该恬静美丽的热带雨林之间的落差是多么明显。哈佛大学著名学者劳伦斯·布伊尔（Lawrence Buell）在其成名的生态批评读本《环境批评的

① Yamashita, Karen T. *Through the Arc of the Rain Forest*. Minneapolis: Coffee House Press, 1990: 207.

② Yamashita, Karen T. *Through the Arc of the Rain Forest*. Minneapolis: Coffee House Press, 1990: 212.

未来：环境危机与文学想象》(2005)中特地以《穿越雨林之弧》为例，表明：

> 山下凯伦的生态启示录颠覆了传统的推理小说的方法，它倾向于描绘基于科技伎俩、充满紧张感的，又在道德层次上真诚地倡导着一个"我们必须拯救世界"的剧作(we-must-try-to-save-the-world drama)。对于山下凯伦而言，嘲笑所谓的现代文明的疯狂同样具有重要的意义。毕竟，从表面上看，人们并不像愿意为它做点什么。[①]

"玛塔考"就是这样一个代表家园破碎的空间。它之所以在读者的脑海中留下深刻的印象，正是由于它曾是书中的人物乃至读者心中逝去的理想家园。值得关注的是，家园小说中主人公与家园的分离时而表现为主动的离弃，时而表现为被动的放逐，山下凯伦在《穿越雨林之弧》中通过"玛塔考"的家园失落主题，特地构建了一群因主观原因导致家园失落的人物，试图使小说的家园意识更加深入。在"玛塔考"，甚至整个巴西热带雨林地区，等待这些人物的首先是与其寻找心灵归宿的家园理想形成鲜明对照的生存危机。此外，从地理家园的角度看，这份家园的失落也表现在他们对于自然和生态环境的无知，导致丧失了自己和土地及自然的联系，丢掉了生存的基本保障和继续发展的可能。最终由于相似的原因，他们或是葬身在"玛塔考"，或是带着悲伤与痛苦离开了这个物理空间和社会空间。"玛塔考"和巴西热带雨林对于书中的人物而言俨然成了可望而不可及的家园。书中人物的家园失落故事似乎又在告诫读者，以破坏生存环境为代价的家园之梦注定是难以长久的。面对小说结尾中球体语重心长的发问："这到底是谁的回忆呢？"，[②] 我们完全有理由回答，由于这段回忆包括了书中所有人物的家园失落和创伤经历，它更应该被认为是所有经历了生态灾

---

① Buell, Lawrence. *The Future of Environmental Criticism: Environmental Crisis and Literary Imagination*. Malden: Blackwell Publishing Ltd., 2005: 60.

② Yamashita, Karen T. *Through the Arc of the Rain Forest*. Minneapolis: Coffee House Press, 1990: 212.

难的人们的集体回忆。毕竟，“关于家园的记忆总是与外界的记忆大相径庭”。[①] 正如霍米·巴巴曾言，“记忆从来不是一场平静的回顾或自省”。[②] 或许我们也能将该问句延伸成“谁要对人类在地球上的记忆负责呢？”[③] “玛塔考”的成功构建俨然使《穿越雨林之弧》成为一部涉及全人类的家园小说。

总之，“玛塔考”这个由兴起到衰败的异域空间集合了人世间的千奇百态，见证了书中的土著居民以及飞散人群，乃至整个后现代社会人类的绝望和悲剧。在这个异域空间中，人们承受着“一段痛苦的记忆，重新拼装着支离破碎的过去，将过去与现在相联系，借此诠释着现实的创伤”。[④] 在《穿越雨林之弧》中，山下凯伦也借助“玛塔考”这个失落的家园，将关乎人类精神生态危机的主题和意蕴淋漓尽致地显现了出来，继而呼吁人们无论身处怎样的异境，都要齐心合力，保卫自己的安身之所。

第二节 石丸一正的多重空间：飞散者的家园失落

山下凯伦在《穿越雨林之弧》中采用了巴西的肥皂电视剧（soap opera）的形式，以魔幻现实的创作技巧和科幻小说的情节描写了一群土著居民与飞散者对巴西热带雨林造成的毁灭性影响，让读者目睹了一个家园从有到无的过程。小说中，土著居民与来自不同国度的飞散人群，如日本人、美国人、法国人等齐聚巴西热带雨林，试图构建一个其乐融融的家园。然而好景不长。由于他们的贪婪和无知，梦寐以求的家园面临着巨大的变故，

① Lytovka, Olena. *The Uncanny House in Elizabeth Bowen's Fiction*. Frankfurt am Main: Peter Lang, 2016: 28.

② Bhabha, Homi. *The Location of Culture*. New York: Routledge, 1994: 63.

③ Rody, Caroline. "Impossible Voices: Ethnic Postmodern Narration in Toni Morrison's *Jazz* and Karen Tei Yamashita's *Through the Arc of the Rain Forest*." Contemporary Literature, 2000, 41 (4): 637.

④ Bhabha, Homi. *The Location of Culture*. New York: Routledge, 1994: 63.

甚至遭到了致命的解构，从乐园跌落到失乐园。纵观整部小说，读者看到一幅荒芜凄凉的人类现实家园景象跃然纸上，触目惊心，不寒而栗。除了“玛塔考”所代表的地理家园的破碎，书中另一个表现家园失落的典型例子是具备多种空间属性的主人公石丸一正。在日本感受不到家园气息的石丸一正听从了母亲的建议，漂泊到巴西寻找新的自我，却照样经历了一次次的家园失落。以下我们从身体空间、家庭空间、社会空间、精神空间等多个维度展开，探讨石丸一正作为一名飞散者在多重的空间领域经历的家园失落。

提起主人公石丸一正，读者印象最深的莫过于一直悬挂在他额头上的球体。球体是石丸一正身体空间的独特部位。虽然球体是石丸一正童年时被海边的不明物体撞击所至，但纵观全书，我们发现石丸一正自始至终将球体当作身体的一部分。球体能给石丸一正带来一切，石丸一正也深深地关爱着球体，他给球体量身定做过“衣服”，他们一起愉快地唱着卡拉OK，一起跳舞，言行一致，感觉一致，犹如一个浑然天成的整体。球体与石丸一正的关系容易令读者联想到空间理论中的身体空间。空间理论认为，空间不仅包括人们看得见摸得着的物理空间，更重要的是，它还生产出无影无形，却又弥漫于各个角落的社会关系、权力运作乃至人的思想观念等。身体空间经常被视为社会空间的一部分。它的主要观点认为，人的身体具有作为社会实践的空间属性，也不再是纯粹的肉体存在。或者说，“空间的生产不仅仅是物质生产，而且是广义的身体化的空间生产。空间不是抽象思维形式或纯粹精神意义的领域，而且是身体实践的过程”。[①] 据此，我们可从身体空间的角度阐释石丸一正的家园失落。

在漫长的历史长河中，身体与社会文化、生活方式、活动方式等形成了彼此内在的关联。列斐伏尔在谈及什么样的身体能够掌控社会空间时曾特地指出，那是“一个身体，既非笼统意义上的身体，也不是作为肉体

① 刘进，李长生.《“空间转向”与当代西方马克思主义文学批评研究》. 北京：社会科学文献出版社，2015: 119.

存在的身体，而是具有特殊意义的身体；一个能通过某种姿势为人指明方向，只需一转身就能定义何谓旋转，为空间分清界限，指引方向”。[①] 石丸一正额头上旋转的球体常为他的工作生活指明道路，恰好符合了列斐伏尔眼里的抽象空间。球体作为山下凯伦特地构建的身体空间的重要部分，其社会历史意义不言而喻。它由来自“玛塔考”的一些莫名金属凝聚而成，从某种程度上扮演着“玛塔考”的社会和历史的角色，既表现着人类活动和自然界之间的碰撞，又形象地展现着身体空间的自然属性和社会属性。关于这点，列斐伏尔也曾提到：“我们越认真地审视空间，不是仅仅用眼睛、智力，而是用所有的感官、整个身体来理解空间，就越能清楚地认识到空间内部所蕴含的矛盾。”[②]

从精神家园的角度看，球体的存在似乎代表了以《穿越雨林之弧》为例的科幻小说对于重新创造人类精神家园的意义，“人们在现实中找不到生命的意义，只能在虚幻的小说里寻找，说明后现代人为了克服精神上的荒凉，只有转向心灵内部继续寻找上帝的替代物，以求得归属与和谐，抵达心灵的家园”。[③] 最终，山下凯伦将球体的记忆提升到全人类的记忆，预示了发生于“玛塔考”的生态灾难与家园失落有可能发生在世间的每一个角落。鉴于此，石丸一正的身体空间可以看作“玛塔考”这一物理空间的实践产物，同“玛塔考”的命运息息相关。难怪伴随着“玛塔考”代表的地理家园的失落，石丸一正的精神家园也在球体的消逝中慢慢失落：

> 今天看上去很不平衡……我的旋转不再精力充沛，也不再那么准确无误，而是带着某种晕头转向，不知所终的转动，仿佛一颗丢掉四周恒星的行星。露德丝和一正发现我不再是圆形的，看起来浑身

---

① Lefebvre, Henri. *The Production of Space*. Donald Nicholson Smith, trans. Cambridge: Basil Blackwell Ltd., 1991: 170.

② Lefebvre, Henri. *The Production of Space*. Donald Nicholson Smith, trans. Cambridge: Basil Blackwell Ltd., 1991: 391.

③ 高莉莉．家园与荒原：《五号屠场》的空间解读．《外国语言文学》，2014, 31 (4): 284.

是洞……是真的，有什么东西正吞噬着我，一口一口地，啃出许多小洞，使我浑身上下伤痕累累。我承认，我只是感到自己一块块、一点点地消失，我的世界正在崩塌。面对这样的情景，一正心如刀割。日复一日，一正看着我的身影渐行渐远。我的转动越来越慢，越来越漂浮不定。可是一正没有办法，眼看着心爱的球体离奇消失，一正无力阻止。[①]

在《空间的生产》中，列斐伏尔把身体视作一台使用能量的机器。他认为空间视域中的身体正在哲学、话语和理论之外进行牢固的自我塑造，建立自身。在列斐伏尔的眼中，“身体虽然占据一定的物理空间，但它不是凝固的，而是蕴含着流动的能量，它的作用通过能量得以发挥，它与空间的关系也以这种能量为中介”。[②] 列斐伏尔还提到，身体对能量的使用又遵循两大特征：一个是消耗的特征，另一个是能量使用不均匀的特征。对于第二个特征，列斐伏尔认为最理想的状态当属两种能量和谐运作，只不过两者经常产生矛盾，“导致知识与行动、头脑与生殖器、欲望与需要之间的冲突”。[③] 倘若我们试将列斐伏尔对身体空间能量的观点与《穿越雨林之弧》中关于球体消失及其社会与历史的原因相联系，则不难发现，球体与“玛塔考”一样，其最终的消失都是由于人类对自然资源的过度消耗，或者基于某种“知识与行动”“欲望与需要”之间的冲突，以及某种能量使用的不均匀等原因。它“既是生产的工具，也是消费的工具；既是统治的工具，也是抵抗的工具”。[④] 换言之，石丸一正的身体空间隐喻着“自然在抵抗，并且有无限的深度，但它还是被击败了。它只能等待最终的毁灭”。[⑤] 球体

① Yamashita, Karen T. *Through the Arc of the Rain Forest*. Minneapolis: Coffee House Press, 1990: 205–206.

② 路程. 列斐伏尔空间生产理论中的身体问题.《江西社会科学》, 2015, 35 (4): 1.

③ Lefebvre, Henri. *The Production of Space*. Donald Nicholson Smith, trans. Cambridge: Basil Blackwell Ltd., 1991: 196.

④ 汪民安.《身体、空间与后现代性》. 南京：江苏人民出版社, 2015: 103.

⑤ 汪民安.《身体、空间与后现代性》. 南京：江苏人民出版社, 2015: 103.

消失是石丸一正的家园失落在身体空间，乃至社会空间上的一次深层的体现。正是如此，“石丸一正遇到的每个人都带着某种身体上的残缺，在他们身上都存在需要修补的部分”。[①] 联系小说情节不难发现，石丸一正及书中不少人物在身体空间维度的残缺在某种程度上代表了山下凯伦在《穿越雨林之弧》中的家园失落主题。

球体作为身体空间要素的另一个作用表现在它的叙事声音上。《穿越雨林之弧》通篇采用了第一人称叙事方式，让石丸一正额头上的球体充当叙事者，以回忆的方式、旁观者的身份及全知全能的视角讲述了一群移民巴西的飞散者和生活在热带雨林的土著居民在“玛塔考”建立新家园的失败经历。小说开篇写道：“由于一次古怪的命运，我被记忆带了回来。记忆是个很强大的东西，尽管在使自己重新踏入世界的时候，我压根就没有注意到这个事实……被记忆带回来，我已经成为一份记忆。因此，我要为你承担起一个变成记忆的职责。”[②] 在小说的结局，山下凯伦再次将笔锋转回了球体对记忆的阐述：“现在回忆已经完成，我要跟您说再见了。您会问是谁的记忆呢？的确，这到底是谁的记忆呢？”[③] 其实，以球体为主的叙事空间是别有深意的。球体是来自“玛塔考”的一块由聚乙烯合成的垃圾，它从环绕地球飞行的一大团残片中掉落，击中了石丸一正的头部，整个故事俨然象征了由人类造成的生态灾难在时空中的自由穿梭，颇具大卫·哈维时空压缩论（time-space compression）的特色。

时空压缩论是美国著名人文地理学家大卫·哈维于1989年出版的《后现代的状况：对文化变迁之缘起的探究》（*The Condition of Postmodernity: An Enquiry into the Origins of Cultural Change*）中提出的。该论点辩证地看待时间与空间的关系问题，认为后现代的消费社会导致周转时间的加速与空间范围和领域的减缩。现代化发展使人们认为时间周转期越来越短，而

① Yamashita, Karen T. *Through the Arc of the Rain Forest*. Minneapolis: Coffee House Press, 1990: 86.

② Yamashita, Karen T. *Through the Arc of the Rain Forest*. Minneapolis: Coffee House Press, 1990: 3.

③ Yamashita, Karen T. *Through the Arc of the Rain Forest*. Minneapolis: Coffee House Press, 1990: 212.

由于各种交通信息方式的发展，“地球村”的出现也使得空间范围愈来愈小。时间和空间不再是此消彼长的关系，反而共同支撑了现代化的社会空间。在此基础上，学界普遍认为：“球体既可看作是‘玛塔考’的记忆，又可看作地球的故事中关于‘玛塔考’的一切片段，这个‘行星’一样的球，很可能就是地球的象征。”① 山下凯伦也在一次演讲中提到：“地球本身就是石头。虽然没有生命，但总是能够发声。每当聆听话语的时候我们总是保持沉默，但正是这样的视角使不同的声音得到表达。”② 通过构建了一个能说会道的球体，《穿越雨林之弧》使“我们回到了言语和书面无法表达的东西，回到了文学的存在理由和诗歌的游戏意义”。③ 小说让球体以回忆的叙事方式记载了自己的消失，同上文探讨的“玛塔考”的消失相比，在家园的主旨意义上就显得交相辉映了。两者共同渲染的家园失落主题覆盖了个人居住的小家园和全人类共享的大家园，试图从思想根源上唤醒人类对大家园与小家园的追求、热爱与保护。正如美国知名学者卡洛琳·罗迪教授所说，“对于山下凯伦，这颗奇特的球似乎产生于一个对全球性声音的渴望——一个后殖民、后现代，以及‘后种族’的全球性声音”。④ 纵观整部小说，读者感受到球体用意识流般的过去回忆叙述着诸如科幻小说般的未来，其对传统时间概念的超越潜藏了作者对多重空间主题的追求。尤其在当代社会，通讯、网络和交通的快速发展，导致了一种“地球变小”的直观感觉，山下凯伦在这部小说中着重描写球体的声音就显得更加应景了。球体作为石丸一正身体空间的一部分，淋漓尽致地展现了山下凯伦的空间叙事技巧。她巧妙将空间的思想融入时间的变换之中，从身体空间的角度使读者共同见证了石丸一正家园失落的主题。最终，山下凯伦将球体的记忆

① Wess, Robert. “Terministic Screens and Ecological Foundations: A Burkean Perspective on Yamashita's *Through the Arc of the Rain Forest*.” Interdisciplinary Literary Studies, 2005, 7 (1): 112.

② Yamashita, Karen T. “Respond to Me Ishimaru.” *Leviathan*, 2006, 18 (1): 91.

③ Yamashita, Karen T. “Respond to Me Ishimaru.” *Leviathan*, 2006, 18 (1): 90–91.

④ Rody, Caroline. “Impossible Voices: Ethnic Postmodern Narration in Toni Morrison's *Jazz* and Karen Tei Yamashita's *Through the Arc of the Rain Forest*.” *Contemporary Literature*, 2000, 41 (4): 637.

提升到全人类的记忆，也预示了发生在“玛塔考”的生态灾难可以发生于世界的每一个角落。

日本学者岛津信子认为：“石丸一正移民巴西，该决定本身表明了他对于在日本能够享受到的物质财富和舒适不感兴趣。他抛开了一切，为了寻求精神上的自由与富裕而来到巴西这个家园。”① 其实，从精神空间的角度看，石丸一正为追寻精神家园来到巴西这一点无可厚非，但如果换从社会空间的角度思考，该观点的第一句话就略显不妥了。我们知道，社会空间理论体现了社会群体之间和个体之间的关系。它认为，人总是要走进社会，同社会进行交流，不同人物在社会交流中形成一部作品的社会空间。社会空间不仅指人们的活动场所，重要的是人们在社交场合交流中所体现的非物质空间，比如他在社会空间中的行为方式和结果等。性别、种族、阶级等因素经常是社会空间讨论的话题。小说中的石丸一正被球体撞击后很快恢复了知觉，没过多久就上了学校。中学毕业后，十六七岁的石丸一正到铁道部门上班。在额头上球体的特异功能的帮助下，石丸一正“通过刻苦的、准确的关于铁道脱轨概率的计算，拯救了几百条，或许几千条生命”，② 他曾一度受到政府的嘉奖和重视，赢得了人民的尊敬，并成为列车的安全检查员。此时此刻的故国日本对石丸一正而言是美好的家园。我们看到：

> 从那一刻起，一正极少看得见日本以外的家园。而另一方面，他通过球体，看见火车经过的日本的每一寸土地，从北方堆满白雪的北海道府，到南部温暖港湾般的长崎县。石丸一正跟球体一起，有时在日本乡村，有时沿着海岸，有时又在拥挤的城市间追赶跑跳。③

① Shimazu, Nobuko. “Karen Tei Yamashita's Challenge: Immigrants Moving with the Changing Landscape.” Diss. Indiana University of Pennsylvania, 2006: 125.

② Yamashita, Karen T. *Through the Arc of the Rain Forest*. Minneapolis: Coffee House Press, 1990: 10.

③ Yamashita, Karen T. *Through the Arc of the Rain Forest*. Minneapolis: Coffee House Press, 1990: 8.

然而好景不长，随着铁路系统的解体，政府部门允许私营企业签约和投标的做法剥夺了石丸一正和球体的工作热情。政府还鼓励人发明了具有类似功能的电子球体，以降低雇佣成本的理由取代了石丸一正和他额头上的球体，石丸一正遭到了解雇。石丸一正从社会空间的角度讲，无形中已成了被呼之即来，挥之则去的社会底层人物。他发现自己所置身的社会空间变得愈发狭小，不利于他的成长，家园的失落日渐明显，正如书上所说，“如今他感到沮丧，而球似乎悲伤地在他的鼻梁上悬挂着，是时候该改变了”。[①] 初到巴西之时，石丸一正便找到了另一份铁道部门的工作。尽管石丸一正和球体发现“巴西的铁路系统虽规模巨大，但效率不佳，并且总是被官僚、腐败和贫穷包围”，[②] 但是球体坚信：“带着乐观的精神和适应的能力，石丸一正接受了生命中的巨大改变。如今的一切比在东京铁路系统工作的时候更加美好。”[③] 石丸一正此时的状态与之前“极少看得见日本以外的家园”形成了鲜明的对比。他在故国日本成了找不到归属感的飞散者，巴西成了他在故国以外重新建构的另一个家园。而位于“玛塔考”的家园破碎，理所当然成了石丸一正的第二次家园失落。

母亲对球体的态度也促使石丸一正意识到家园的失落。从空间与家园的角度看，母亲的形象可以视为家庭空间的一部分。作为社会空间的细化，家庭空间一直以来包含了人与人之间最丰富、最细腻的情感与最亲近的社会关系。按照传统的观点来看，如果石丸一正有机会长期依偎在母亲身边，那么和谐的母子关系不至于让他丢失精神家园。然而，球体的出现使石丸一正与母亲产生了隔阂：

> 母亲并不愿意让儿子被视为全国人民谈论的对象，也不愿他被当

① Yamashita, Karen T. *Through the Arc of the Rain Forest*. Minneapolis: Coffee House Press, 1990: 10.
② Yamashita, Karen T. *Through the Arc of the Rain Forest*. Minneapolis: Coffee House Press, 1990: 10.
③ Yamashita, Karen T. *Through the Arc of the Rain Forest*. Minneapolis: Coffee House Press, 1990: 10.

作试验的小白鼠。她只是希望儿子跟其他人一样，在学校考个好成绩，将来考上一所好大学，毕业之后找份待遇不错的工作。可是如今一阵突然，球体仿佛一颗粗暴的行星，出现在她和儿子之间，破坏了父母与孩子的联系，使他们恍若一世之遥。①

本着尊重孩子的想法，父母亲逐渐接受了球体的存在，可接下来我们又看到，石丸夫人似乎并不像许多日本女性那样抱有狂热的爱国主义热情，认为大和民族永远高人一等，只有居住在日本才算拥有永恒的家园。在了解儿子的处境和失业的原因后，母亲开始担心儿子在日本是否能够找到"真正幸福的将来与真正快乐的本质"；② 石丸夫人还留意到，作为叙事者的球体"悲伤地在一正的鼻子上闲晃"，③ 随即建议石丸一正移民到巴西的圣保罗城，因为"儿子在日本的幸福感已经耗尽，超出了那些小岛的极限"。④ 从家园的角度看，母亲的言行和思想是石丸一正在故国日本遭遇家园失落的一层体现。

关于母亲对日本的态度以及石丸一正离开日本的原因，有学者认为"小说中最想离开祖国的不是主人公，而是他的母亲"，⑤ 毕竟在石丸夫人的眼里，巴西似乎是一个能够接纳不同事物的国度。另有人指出："在母亲的内心深处，儿子其貌不扬的外表在诸如日本这样的国家看来是一种巨大的罪恶。只有像巴西那样开放和包容的国家才能接受他。"⑥ 从《穿越雨林之弧》中石丸一正在巴西所遇到的人和事看，巴西确实一度是石丸一正梦寐以求的家园。很大程度上，在与母亲组成的家庭空间的推动之下，石

① Yamashita, Karen T. *Through the Arc of the Rain Forest*. Minneapolis: Coffee House Press, 1990: 4–5.

② Yamashita, Karen T. *Through the Arc of the Rain Forest*. Minneapolis: Coffee House Press, 1990: 10.

③ Yamashita, Karen T. *Through the Arc of the Rain Forest*. Minneapolis: Coffee House Press, 1990: 10.

④ Yamashita, Karen T. *Through the Arc of the Rain Forest*. Minneapolis: Coffee House Press, 1990: 10.

⑤ Yamaguchi, Kazuhiko. "Magical Realism, Two Hyper-Consumerisms, and the Diaspora Subject in Karen Tei Yamashita's *Through the Arc of the Rain Forest*." *The Journal of the American Literature Society of Japan*, 2006 (2): 21.

⑥ Shimazu, Nobuko. "Karen Tei Yamashita's Challenge: Immigrants Moving with the Changing Landscape." Diss. Indiana University of Pennsylvania, 2006: 123.

丸一正离开了本该属于自己的故国家园日本，成了一名到异国他乡寻找新家园的飞散者。通过描绘石丸夫人的言行，山下凯伦试图表达她内心深处的一份家园失落，“比起巴西文化的友好和慷慨，日本文化显得既沉闷又压抑”[①]。两种文化的鲜明对比，从某种意义上更加彰显了以石丸一正和石丸夫人为例的日本人内心深处的家园失落。

如果说石丸一正由于失去工作及母亲的劝导而离开日本是一次社会空间意义上家园的失落，那么在巴西重获事业后，石丸一正的精神家园并没有得到明显的升华。母亲建议一正前去投奔堂兄宏（Hiroshi），一正接受了母亲的安排，住在宏的公寓里。宏本应是一名大学生，在参加了大学入学考试并录取于庆应义塾大学后，到南美旅行。行至里约城，宏被该地区的自然美景和风土人情所吸引，毅然放弃了日本的大学，决定在巴西定居。当所有人都对宏的选择感到不解的时候，只有石丸一正的母亲“私底下赞美了他的勇气”。[②]或许因为山下凯伦作为巴西人的儿媳，心中早已把巴西当作自己的家园，她在小说中构建了石丸夫人与宏钟情于移民巴西的思想，又刻画了日本人和日裔巴西人之间千丝万缕的族裔和情感纽带。这样一来，将巴西视作石丸一正的另一个家园也并无不妥。随后我们看到，堂兄宏介绍一正到圣保罗的市立铁路系统谋得了一份新的工作，使“他开始对这个新的国家产生了一份特殊的亲密”；[③]从球体的叙述中，我们又感受到石丸一正从小到大都被同伴孤立，“女孩们都害羞地躲开他，只是微笑着远远地和他打招呼。没有人真正关心额头上连着球体的一正”；[④]除了额头上的球体能与之交心，一正并没有朋友。从小孤僻的他，即使此刻与堂哥住在一个公寓里，也只能静静看着别人，不敢与之交流，只是“朝着

① Shimazu, Nobuko. “Karen Tei Yamashita’s Challenge: Immigrants Moving with the Changing Landscape.” Diss. Indiana University of Pennsylvania, 2006: 123.

② Yamashita, Karen T. *Through the Arc of the Rain Forest*. Minneapolis: Coffee House Press, 1990: 10.

③ Yamashita, Karen T. Through the Arc of the Rain Forest. Minneapolis: Coffee House Press, 1990: 11.

④ Yamashita, Karen T. *Through the Arc of the Rain Forest*. Minneapolis: Coffee House Press, 1990: 6.

窗外，看着街道上与房屋底下的景色”。[①] 对于球体而言，“石丸一正并不知晓，茶余饭后透过窗户观赏屋外的景色对他的未来意味着什么”。[②] 或者说，此刻的石丸一正依然以为如今的生活缺乏意义。家园本是给人以归属和安全的地方，但是从石丸一正的反应，此刻的家园对他而言更像一种囚禁，把他同周围的人群隔离。相反，细心的球体留意到石丸一正在经常沉思之际，观察着“房子一端的走廊之后”[③] 那片属于巴西文件处理员巴蒂斯塔·德杰潘（Basista Djapan）的地盘，了解到德杰潘饱受对妻子塔利娅（Tania）的相思之苦。夫妻二人彼此相爱，却时常因为鸽子而吵架。两人的关系经常因为一只受伤的鸽子从热情到骚动，又从吵闹重归和谐。石丸一正只能反复目睹他与妻子“热情地相爱，又经常吵架”，[④] 看到一群市井游民为了等候传说中能够“未卜先知”的鸽子，将德杰潘家门口围得水泄不通，一份充满着孤独与异化的画面无形中为石丸一正的家园空间再添失落的色彩。

其实，从空间与家园的角度看，《穿越雨林之弧》中的巴西与美国少数族裔文学作品中的美国大同小异。有学者指出：“从严格的地理意义而言，巴西与美国是平等的。她同样被建构成一片处女地，一个新世界；同样见证了无数移民者，包括石丸一正重生的时刻。”[⑤] 对石丸一正而言，他所憧憬的家园同样集合了巴西和日本两个国度所属空间的文化属性，与其他族裔文学经常探讨的家园也是异曲同工。比如，石丸一正所爱的菲律宾女佣露德丝曾经为一个日本家庭工作，一正的妹妹在巴西嫁给了“二世”日裔巴西人，以及他在巴西认识的巴蒂斯塔·德杰潘，其姓氏“Djapan”颇能表现其日本人血统的身份。从这点上看，作者以巴西充当石丸一正追求的家

① Yamashita, Karen T. *Through the Arc of the Rain Forest*. Minneapolis: Coffee House Press, 1990: 11.

② Yamashita, Karen T. *Through the Arc of the Rain Forest*. Minneapolis: Coffee House Press, 1990: 15.

③ Yamashita, Karen T. *Through the Arc of the Rain Forest*. Minneapolis: Coffee House Press, 1990: 11.

④ Yamashita, Karen T. *Through the Arc of the Rain Forest*. Minneapolis: Coffee House Press, 1990: 12.

⑤ Simal, Begona. “The Junkyard in the Jungle: Transnational, Transnatural Nature in Karen Tei Yamashita's *Through the Arc of the Rain Forest*.” *The Journal of Transnational American Studies*, 2010, 2 (1): 15.

园就情有可原了。只不过，从日本到巴西的物理空间转换并没有为石丸一正带来明显的幸福感，反而引来了一系列新的悲剧。换言之，石丸一正的理想家园在巴西又一次遭到了失落。无论是日本，还是巴西热带雨林，无论从物理空间，还是从精神空间和社会空间的角度都反映了石丸一正家园失落的伤痛。作为一名无助的飞散者，石丸一正在故国找不到归宿，在新的居住空间苦苦追求的家园最终失落，沦落为一个无家可归的夹缝人。

值得一提的是，石丸一正家园失落结局的表现方式与书中其他人物不尽相同。遇到心爱的人露德丝之后，石丸一正便开始感受到家园的幸福。露德丝带着一正去她的家里做客，一正发现她的房屋麻雀虽小，五脏俱全，认定露德丝是个富有生活情趣的人，“他很想告诉她，自己多么享受和她在一起的日子。想告诉她，刹那间这个新的国度已经成为他的新家园”。[①] 在小说的结尾，当“玛塔考”被摧毁后，石丸一正和露德丝搬往农村隐居。两人最终喜结连理，儿孙满堂。石丸一正亦被描写成像孩童一般，围着露德丝奔跑：“在巴西关于爱情和生活的往昔幸福又回来了。”[②] 岛津信子认为：“《穿越雨林之弧》中石丸一正的故事关乎着在一个新地点寻找新家园的经历——通过叙述后现代移民者石丸一正的故事，山下凯伦描绘了一次成功的移民经历。”[③] 从严格的家园意义来看，石丸一正之所以隐居山林，既不带着诸如爱默生（Ralph Waldo Emerson，1803—1882）、梭罗（Henry David Thoreau，1817—1862）、华兹华斯等名人雅士投身自然的心境，也不像塞林格（J. D. Salinger，1919—2010）那样带着功成身退的隐士精神，而是被“玛塔考”所遭受的破坏逼得无处可躲。纵观整部小说的描写，石丸一正所受的心灵创伤占据了绝大部分篇幅。从小就表现出孤僻性格的石丸一正，最终还目睹了与自己相依为命的忠实伙伴，即作为叙事者

① Yamashita, Karen T. *Through the Arc of the Rain Forest*. Minneapolis: Coffee House Press, 1990: 44.

② Yamashita, Karen T. *Through the Arc of the Rain Forest*. Minneapolis: Coffee House Press, 1990: 211.

③ Shimazu, Nobuko. "Karen Tei Yamashita's Challenge: Immigrants Moving with the Changing Landscape." Diss. Indiana University of Pennsylvania, 2006: 124.

的球体逐渐消失却无能为力，其处境犹如一个被边缘化的属下（subaltern）和低级的他者（the other）。

石丸一正的家园失落还体现于自己在“玛塔考”生活的社会空间。由于购买彩票，一正获得了一笔财富。他广结善缘，无私地把奖金与当地的居民分享。生性善良的石丸一正虽做了许多慈善活动，却依然满足不了当地居民的贪婪欲望，仅得到诸如“日本圣诞老人”（Japanese Santa Claus）与“日本罗宾汉”（Japanese Robin Hood）的称号，从未被当作一名正常人对待。人们甚至把他当作傻子，一次又一次向他索取财物。石丸一正也只是“倾听着别人的诉说与需求，竭尽全力了解人们的所需或所谓的生活必需品”。[①] 更有甚者，在石丸一正失踪的时候，还有人把他当作获利的手段敲诈堂兄，全然不顾自己曾经受到的恩惠。由于额头上的球体对“玛塔考”的磁性作用，石丸一正的生活总是难以保持平衡。他加盟的GGG跨国公司领导，“三只手”怪人J. B. 特卫普认为球体是一把钥匙，能通向藏身于“玛塔考”的自然资源，百般蛊惑他加入开发“玛塔考”塑料的行动。天真的石丸一正以为自己的帮助可以促进人类创造更好的生活，以为特卫普只是利用塑料进行非营利的、有助于环保事业的科学研究，以为自己可以“在自己的新家园中认识更多的人”，[②] 欣然帮助特卫普寻找“玛塔考”的磁性塑料矿地；殊不知，以特卫普为代表的贪婪的人类却将他当成开垦荒地，掠夺大自然财富的工具。随即我们看到，“玛塔考”因被人类过度开垦，终究难以成为石丸一正的理想家园，“石丸一正看到、闻到、感受到、尝到了一切。他目睹土地的美丽，闻到腐烂的臭味，感到森林火灾的热，尝到人们劳动的汗水”。[③] 不久之后，再度遭受家园失落的石丸一正意识到：“贪婪是可怕的东西。”[④] 石丸一正对于自己的家园失落已经无力回天，唯有默默

① Yamashita, Karen T. *Through the Arc of the Rain Forest*. Minneapolis: Coffee House Press, 1990: 81.

② Yamashita, Karen T. *Through the Arc of the Rain Forest*. Minneapolis: Coffee House Press, 1990: 145.

③ Yamashita, Karen T. *Through the Arc of the Rain Forest*. Minneapolis: Coffee House Press, 1990: 144–145.

④ Yamashita, Karen T. *Through the Arc of the Rain Forest*. Minneapolis: Coffee House Press, 1990: 145.

地思考着:“自己在繁忙的世界中孤身一人,除了球体,无人可以说话,无人可以相信。”[①] 石丸一正实际上是“玛塔考”破碎的无辜受害者。在其亲朋好友般的球体消失之后,即使与露德丝组建了新的家庭,石丸一正也难以构建完整的精神家园,甚至可能再次面临居无定所的生活。可以说,石丸一正自始至终都在经历着家园的失落。

综上所述,山下凯伦在《穿越雨林之弧》中通过构建如石丸一正一般天真善良,又孤立无助的飞散者形象,表现她对于被边缘化和孤立的少数族裔人群的关怀。石丸一正失落于物理、社会、精神等各个空间的家园理想也是山下凯伦笔下少数族裔群体生存困境的典型案例。由于石丸一正这一角色的构建,人们常把《穿越雨水之弧》同梅尔维尔(Herman Melville, 1819—1891)的《白鲸》(*Moby Dick*, 1951)相提并论[②]。对此,山下凯伦曾经在一篇题为《叫我石丸》(“Call Me Ishimaru”)的文章中提到:“从日本执行外交政策的那一刻起,19 世纪美国历史对我而言就成了一种特殊的亲身经历。这部小说似乎同梅尔维尔笔下的历险记的象征意义一道,与我们山下家族的移民生活紧密相连。”[③] 在这篇文章中,山下凯伦还自称,日本明治维新以后,其祖父山下木城(Yamashita Kishiro)“既是另一个为了躲避债务被遣送出国,而千里迢迢寻找新家园的石丸一正,又像一个在美国繁衍新的山下家族的以什玛尔(Ishmael)”。[④] 结合山下凯伦的言辞和小说的主旨不难发现,石丸一正这个角色在多重空间维度的构建对于作者本

① Yamashita, Karen T. *Through the Arc of the Rain Forest*. Minneapolis: Coffee House Press, 1990: 145.

② 石丸,Ishimaru,从日语的发音及拼写上均与英语的“以什玛尔”(Ishmael)相似。加之石丸一正与《白鲸》中的以什玛尔一样,是一个较为无辜的人与自然冲突的见证者,山下凯伦借此将《白鲸》的开篇“Call me Ishmael”戏仿为“Call Me Ishimaru”。此外,作为对山下凯伦这篇短文的一份回应或共鸣,东京外国语大学今福龙太(Imafuku Ryuta)曾提出:Ishimaru 一词可能另一个戏仿,即 Maru-Ishi,意为“圆石”,是一万年前日本某个村庄的农民所崇拜的圣物。传说中,圆石可以保佑该地区风调雨顺。况且,“圆石”又符合了石丸一正额头上球体的形象。因而这两个戏仿颇具双关的含义,从较为抽象的角度共同体现了石丸一正这个角色的精神家园特征。参见 Imafuku, Ryuta. “A Castaway Ishmael Who Turned to Stone in the Amami Islands.” *Leviathan*, 2016, 18 (1): 84-89.

③ Yamashita, Karen T. “Call Me Ishimaru.” *Leviathan*, 2016, 18 (1): 67.

④ Yamashita, Karen T. “Call Me Ishimaru.” *Leviathan*, 2016, 18 (1): 67.

身而言具有极为深刻的家园含义。毕竟，作为日裔巴西移民之一的石丸一正，其追寻家园梦想的最终失败或许可以理解成山下凯伦对她的祖先远离日本，移居海外，却又历经多重磨难的一份记录。

第三节 J. B. 特卫普的精神异化：破坏者的家园迷失

新加坡学者莎利尼・鲁佩诗・耶娜指出：《穿越雨林之弧》中关于巴西热带雨林的环境叙事“加强了同一社区的邻居和朋友的紧密联系，同时也连接了他们周围的海洋和森林，以及主导他们日常生活的精神”。[①] 诚然，由于环境的主题，小说人物在“玛塔考”所属的空间遭遇的家园失落可以视为连接他们命运的一条主线。正是如此，山下凯伦在《穿越雨林之弧》中特地将主题的关注点从日裔巴西人自我的成长经历放大到全体少数族裔飞散者，乃至整个后现代社会人类的生存状况，将小说的描写对象从个体扩展到群体，从个人的家园扩散到全人类的家园。我们看到，除了主人公石丸一正外，《穿越雨林之弧》中的众多人物在“玛塔考”经受着家园的破碎，包括土著居民马内・佩纳、来自纽约的“三只手怪人”J. B. 特卫普、来自法国的，有着三个乳房的鸟类学教授米歇尔・玛贝里（Michell Mabelle）、被誉为天使的荷兰殖民者后裔奇科・帕克，以及混有日本、非洲、印第安、葡萄牙血统的巴提斯塔・德杰潘与妻子塔利娅，等等。为了“寻找认同感及实现家园的可能性”，[②] 小说中的飞散者带着自己的人生目标，从日本、美国、法国等地漂洋过海，齐聚巴西，分别从事着诸如鸽子事业、朝圣之旅、魔力羽毛、塑料产业、跨国企业发展等方面的业

① Jain, Shalini. “Pigeons, Prayers, and Pollution: Recoding the Amazon Rain Forest in Karen Tei Yamashita's *Through the Arc of the Rain Forest.*” *A Review of International English Literature*, 2016, 47 (3): 82–83.

② Chuh, Kandice. “Of Hemispheres and Other Spheres: Navigating Karen Tei Yamashita's Literary World.” *American Literary History*, 2006, 18 (3): 630.

务。伴随着“玛塔考”的消逝，家园的追寻对于他们而言举步维艰，等待他们的也只有家园的失落。只不过，就家园失落的内在原因而言，J. B. 特卫普精神空间领域的家园失落与其他的飞散者存在着较大的差异。

如果说额头上旋转着球体的石丸一正是“玛塔考”家园失落中无辜的受牵连者，那么以“三只手”怪人特卫普为代表的环境破坏者最终的家园失落就是咎由自取。特卫普是小说中另一个令人印象深刻的飞散者形象，他在精神空间领域的家园破碎也值得我们深入探讨。特卫普这个GGG跨国公司的高管是导致“玛塔考”发展与毁灭的始作俑者之一，从某种程度上可以看作美国殖民主义与帝国主义在巴西的代言人。换句话说，特卫普颇有反派角色的倾向，尽管在山下凯伦的眼里，她并无意将特卫普刻画成一个纯粹的帝国主义殖民者般的扁平人物（flat character）。然而，特卫普本人和石丸一正一样，是一名从北半球远道而来、试图建立家园的飞散者。正如石丸一正的姓氏发音与拼写容易使读者联想起《白鲸》的叙事者以什玛尔，三只手特卫普的出现，也从另一个角度促使学界将《穿越雨林之弧》视为山下凯伦对的《白鲸》的戏仿。山下凯伦曾经坦言道：“特卫普从某种意义上而言，就是当代的亚哈船长（Ahab）；只不过亚哈船长丢了一条腿，特卫普却多了一只让他感到方便的胳膊，其欲望与掠夺的对象正是‘玛塔考’。”[①] 由此可见，特卫普在山下凯伦的眼里时常以一名破坏者和掠夺者的形象存在于小说文本之中。

倘若我们把特卫普看作诸如亚哈船长之类的反派形象，那么他与《老人与海》（“The Old Man and the Sea”，1952）中的老渔夫圣地亚哥（Santiago）[②] 似乎也存在着精神空间层面上共通之处。或者说，从精神层面上讲，特卫普与亚哈船长、圣地亚哥一样，既是生态环境的破坏者，也是在人与自然的斗争中的失败者，还是迷失在自己的精神空间中，苦苦追寻一份精神家园而不可得的可怜人。正如学界普遍认为的，在《白鲸》中，亚

① Yamashita, Karen T. “Call Me Ishimaru.” Leviathan, 2016, 18 (1): 65.

② 《白鲸》与《老人与海》常被学界相提并论，因为两者皆是表现人与自然关系的海洋小说。

哈船长带领“皮阔德号”（*Pequod*）经历的漫长捕鲸之行，不仅仅是为失去的一条腿报仇雪恨，还是船长与船员们对真理的追寻。以叙事者以什玛尔为代表的船员为例，他们力图摆脱精神疾病的困扰，追求平日在陆地上无缘领略的海洋魅力，从而实现先苦后甜的快乐，到达内心深处的彼岸家园。从空间的角度看，“皮阔德号”的船员们关于捕鲸之行的追求无疑具有在流动的空间追求理想家园的特征。对于老渔夫圣地亚哥而言，他对大海及海洋生物时常保持着一份强烈的热爱之情。即使 84 天的捕鱼一无所获，老渔夫圣地亚哥的心中始终坚持着那份永不言败的信念，以此表现他在船上和大海上的精神家园追寻。更为异曲同工的是，特卫普、亚哈船长与圣地亚哥的家园追寻皆以失败告终。基于这份对比，山下凯伦赞同学界将《穿越雨林之弧》中的“玛塔考”同《白鲸》中的“皮阔德号”捕鱼船的空间意义相提并论。她甚至将“玛塔考”与“皮阔德号”的空间属性相互联系，强调这是一个“异国的、可怕的、晦涩难懂的象征空间，诸如约瑟夫·康拉德的刚果①、洛佩·德·阿吉雷的亚马逊②、T. E. 劳伦斯的撒哈拉③、赫尔曼·梅尔维尔的日本、与三只手特卫普的‘玛塔考’”。④ 可以说，从空间的角度而言，特卫普同亚哈船长、圣地亚哥、库尔兹、阿吉尔、T. E. 劳伦斯一样，既是某个物理空间的征服者，又在这个物理空间中失去了自己苦苦追寻的精神家园。究其原因，莫过于特卫普在追求家园的过程中迷失了方向，既抵挡不住诱惑，又不懂得约束自己的行为，继而导致了精神的异化。

① 约瑟夫·康拉德（Joseph Conrad，1857—1924），波兰裔英国作家，擅长写海洋冒险小说。康拉德的许多代表作描写叙事者或主人公在神秘的刚果河上航行，如《黑暗的心》（*Heart of Darkness*，1902），主要讲述了叙事者马洛（Marlow）在非洲期间所认识的一个叫库尔兹（Kurtz）的白人殖民者的故事。库尔兹从最初一个矢志将“文明进步”带到非洲的理想主义者，后来堕落成贪婪的殖民者。

② 洛佩·德·阿吉雷（Lope de Aguirre，1510—1561），一名活跃在南美洲的西班牙殖民者，曾在 1560 年率 300 名西班牙人征服了亚马逊河流域。

③ T. E. 劳伦斯（Thomas Edward Lawrence，1888—1935），被誉为“阿拉伯的劳伦斯”，因在 1916 年至 1918 年的阿拉伯大起义中充当英国联络官角色而闻名。劳伦斯著有关于阿拉伯大起义的回忆录《智慧的七柱》（*Seven Pillars of Wisdom*，1926）及其精简版《沙漠革命记》（*Revolt in the Desert*，1927）。

④ Yamashita, Karen T. “Call Me Ishimaru.” *Leviathan*, 2016, 18 (1): 65.

特卫普的第三只手不同于石丸一正额头上的球体，它不会发出叙事的声音，但在身体空间及社会空间的意义上，两者却有一定的相似之处。第三只手不但使特卫普的外表异于常人，还成为塑造特卫普善恶并存的两面形象，及促使特卫普追寻家园到无家可归的一个潜在因素。日本学者岛津信子曾言，这位来自美国的三只手怪人，从外表上看，"解构了美国人历来以压倒性的成功为主导的刻板形象"。[①] 毕竟在特卫普的眼里，第三只手不是身体上的畸形，而是一份优势与骄傲。特卫普"从不以他身体的特殊结构为耻"，[②] 他甚至认为这只手是"与生俱来的，伴随着获得诺贝尔奖资格的基因"。[③] 特卫普相信自己的第三只手是人类进化的最新阶段，普通人只有两只手的身体，在他看来反而是尚未进化的，甚至是低下的"他者"。对于某些愚昧的巴西人而言：

> 他们无疑是崇拜或向往发达国家的，人们惊异于J. B.的三只手，认为那是美国人先进的象征，他们甚至好奇美国人会不会有多于巴西人的三只脚或者其他东西，因为西方人是优越的，可能优越到了身体都比其他地区的人们进化到更高阶段的程度。[④]

与此同时，山下凯伦"把特卫普刻画成一个工作狂，认为他终究会改善自己的物质生活"。[⑤] 尽管特卫普为人"默默无闻，处事低调"，[⑥] 但他敢于追求，从不因为外表妄自菲薄。在进入GGG公司之前，特卫普就曾利用第三只手做过高效率的正当工作，比如在麦当劳烤汉堡的时候，他能一

① Shimazu, Nobuko. "Karen Tei Yamashita's Challenge: Immigrants Moving with the Changing Landscape." Diss. Indiana University of Pennsylvania, 2006: 129.

② Yamashita, Karen T. *Through the Arc of the Rain Forest*. Minneapolis: Coffee House Press, 1990: 30.

③ Yamashita, Karen T. *Through the Arc of the Rain Forest*. Minneapolis: Coffee House Press, 1990: 30.

④ 马慧.发展还是毁灭：《穿越雨林之弧》中的后殖民主义批评.《青年文学家》, 2017 (30): 117.

⑤ Shimazu, Nobuko. "Karen Tei Yamashita's Challenge: Immigrants Moving with the Changing Landscape." Diss. Indiana University of Pennsylvania, 2006: 129.

⑥ Yamashita, Karen T. *Through the Arc of the Rain Forest*. Minneapolis: Coffee House Press, 1990: 31.

次做出三个汉堡；他也做过不正当的事，比如当过扒手。每当有人问他正在做什么，或者有什么生活的目标时，他总会简单地回答"找一份工作"。[①] 正如石丸一正额头上的球体帮助他指明方向，甚至在火车上拯救上百名乘客的生命，特卫普异于常人的第三只手是他高效率处事的一个象征，使他能够在处理电脑文件时达到常人难以媲美的"不可思议的速度"，[②] 从而在公司谋得了高管的职位。由此看来，将特卫普视为同石丸一正一样背井离乡追寻新家园的飞散者并不为过。从身体空间的角度而言，特卫普的第三只手也和石丸一正额头上的球体一样，既与社会空间紧密联系，又展示出空间的开放性和实践性。只不过，在社会空间领域处于上层建筑的特卫普，却在精神空间领域表现出了异化，继而导致他在追寻家园道路上的迷失，甚至成为小说中最典型的反面人物。特卫普咎由自取、罪有应得的行径最终导致了他的家园失落，更是在无形中成为山下凯伦笔下无家可归的飞散者的反面素材。

精神空间理论认为，一个人的精神空间是表征人物情感与思想特征的空间，内含人物典型特质的活动场所与其个人心理场所，其中用以表征的地理景观往往成为人物内心世界的外化。从这个角度看，特卫普内心深处的家园失落，即他从一个追求家园的飞散者到迷失精神家园的无家可归者的过程，可以从他所属的物理空间移动的描写得到体现。在获得GGG的高管职位后，特卫普开始掌管这个位于巴西的跨国公司分部。他坚信自己和公司之间存在着一种默契，能够给彼此带来一份馈赠。特卫普下令在"玛塔考"地区的周围建造一个与GGG公司纽约总部相同的办公室以及一模一样的二十三层办公楼，他对新建办公楼空间的建筑要求伴随着移动景观的特点：

从铁夹子到木地板，这个宏伟华丽的大剧院引进了从英格兰到位

① Yamashita, Karen T. Through the Arc of the Rain Forest. Minneapolis: Coffee House Press, 1990: 31.
② Yamashita, Karen T. Through the Arc of the Rain Forest. Minneapolis: Coffee House Press, 1990: 32.

于亚马逊雨林的玛瑙斯市的每一个细节，又像是从日本一路航行到亚马逊雨林的路德维格之船停靠在茂盛的热带雨林。为了将一切搅拌成上万吨有用的纸张，它变成了一座大型的造纸厂。①

尽管这个高达二十三层的豪华办公楼空间较之“玛塔考”具有一定的生机与活力，毕竟后者所属的一切时常给人一种更深的空间压抑感，但无论从英国到亚马逊州的首府玛瑙斯市，或从日本到亚马逊雨林，此番描写的字里行间透漏的是地理景观的变化，其间伴随着欧美殖民者为了建筑楼房和生产纸张，对热带雨林的原始生态环境造成的严重破坏。玛瑙斯剧院是巴西人仿照巴黎歌剧院于1896年修建的典型欧式建筑。在该剧院的建造过程中，玛瑙斯人穷其金钱，除了以硬木作地板，其他一切材料都是从欧洲进口而来的。再看美国富商丹尼尔·路德维格(Daniel K. Ludwig)，他为了制造成千上万吨的纸张，竟不惜千里迢迢，于1978年将一整个建好的纸浆厂用两艘大船从日本运往巴西。除此之外，玛瑙斯剧院和路德维格之船不禁让人想起美国曾经的汽车大亨亨利·福特(Henry Ford)。福特耗费了巨资，在巴西的热带雨林购买了大片的土地，建立了橡胶园，以期为自己的汽车制造业提供源源不断的材料，并试图建立了一座称为“福特之城”(Fordlandia)的“乌托邦”式小镇，以美国人的理念在巴西成立一个微型的美国资本主义社会。遗憾的是，福特的梦想最终由于生产方式、价值理念以及气候不适的原因逃不过被废弃的命运。《穿越雨林之弧》中特卫普的野心与带着一大堆工业垃圾的“玛塔考”的幻灭，似乎是山下凯伦对于这段带有文化殖民性质的历史再现。我们看到，特卫普的办公室既在建筑方式和材料上仿造了玛瑙斯剧院，又欲在该建筑空间实现如大型纸浆厂一般的利益。特卫普的办公室金碧辉煌的外表和资本扩张的思想，从某种程度上也暗示了欧美帝国主义文化对巴西原始丛林的殖民侵入。毕竟，这

① Yamashita, Karen T. *Through the Arc of the Rain Forest*. Minneapolis: Coffee House Press, 1990: 76.

个办公楼空间并不给人以温馨淳朴感觉的家园，反倒让读者容易从精神的领域联系到发达国家对欠发达地区的殖民行为与资源掠夺，乃至人类对大自然进行的生态帝国主义。正如艾梅·巴赫格（Aimee Bahng）所言，"从戏剧院到流动的工厂，不同队列的帝国已经从历史的源头上将亚马逊雨林变成思索的空间"。[①] 就这点来看，特卫普对精神家园的追求从此刻起已经开始朝着迷失或堕落的方向转化，一跃成为殖民主义的象征。从过度开发自然资源和捕杀鸟类到"玛塔考"的消逝，特卫普对小说故事的发展和结局都有着不可推卸的责任。伴随着"玛塔考"生存环境的破坏过程，特卫普所追求的家园势必遭遇无可挽回的失落。

列斐伏尔认为，空间的转向"并不意味着微观层面变得没那么重要"，[②] 只不过它将诸如日常生活的微观层面及其异化的现象纳入空间的视域之中。在这个空间化的抽象世界中，人类对一切事物的商业化崇拜时常对伦理道德造成了不同程度的扭曲，人们因此丧失了自我，丧失了自身与大自然及外部世界的关系；人与人、人与社会、人与自然之间的关系以及人的生命本真因此遭到了异化，导致了人们情感家园的迷失。正如曹山柯教授把家园意识的精神层面归为三个主要特征："1. 家园是一种深藏在人们心中的良知。2. 家园是主体意义的体现。3. 家园是人是否被异化为外在手段和工具的圭臬。"[③] 在此条件之下，特卫普的精神家园可谓全面迷失，其心中良知的丧失和精神空间的异化更是折射出他所属的现实世界的负面形象。"特卫普是那种什么事情都想试试，却什么事情都只求第二的人。没有什么事情是他没试过的；但出于某种原因，并没有什么事情是他一直以来特别想做的。如果有说哪个头衔最适合他，那很可能就是半吊子。"[④] 然而，特

① Bahng, Aimee. "Extrapolating Transnational Arcs, Excavating Imperial Legacies: The Speculative Acts of Karen Tei Yamashita's *Through the Arc of the Rain Forest*." MELUS, 2008, 33 (4): 135.

② Lefebvre, Henri. *The Production of Space*. Donald Nicholson Smith, trans. Cambridge: Basil Blackwell Ltd., 1991: 366.

③ 曹山柯．论《五号屠场》的家园意识．《英美文学研究论丛》, 2011 (2): 232.

④ Yamashita, Karen T. *Through the Arc of the Rain Forest*. Minneapolis: Coffee House Press, 1990: 30.

卫普在"玛塔考"考察该地区的商业价值的时候，发现了"'玛塔考'的塑料能够给现代生活的每一个缺口带来商机"，[①] 如鞋子、衣服、珠宝、玩具、车辆等，都能通过"玛塔考"的塑料加工，从而获取高额利润。野心勃勃的特卫普当上高管之后，连作为叙事者的球体也认为他不可一世，他"已经不亚于国王，却也高不过一个CEO"。[②] 自此以后，利欲熏心的特卫普开始企图大肆开发"玛塔考"的塑料。他把自己装扮成一个环境保护者的角色，企图在冠冕堂皇的理由之下，一步步实现其异化的精神世界和膨胀的权力欲望。他利用石丸一正额头上球体的特殊功能在全球范围内开采有限的资源，并且利用高科技垄断开发，再加工技术和销售市场。"为了实现他的目标，对一切事物毫不留情，将GGG的网线越拉越长，不顾任何在我们前面的阻碍。"[③] 动物、植物、公路、水路、铁路，乃至土著居民的家园都遭到了破坏；从家园的角度讲，特卫普的行为严重违背了自然规律，对原始雨林的生态环境造成了极大的影响，导致了"玛塔考"这片本应是美好家园的土地销声匿迹；整个GGG公司也因特卫普的精神迷失遭到了自然的报复，还连累了像石丸一正和球体那样的无辜受害者。不久之后，一种未知的病菌开始侵蚀所有由这种磁性塑料造成的事物，如汽车、建筑、信用卡、整形手术的填充物、人造器官等都被侵蚀消散，整个人类的生活陷入瘫痪和恐慌。这一切无不彰显了特卫普精神空间的崩溃和令人悲痛的家园失落。

除了过度开发塑料，特卫普咎由自取的家园失落还源于他对魔力羽毛（magic feather）的过度索取。自从马内·佩纳在"玛塔考"发现了能治疗各种伤痛，满足人们各种需求的魔力羽毛之后，当地政府就开始抢占并开发这片荒地。消息传入位于"玛塔考"周围的GGG公司后，已经出现精神空间异化的特卫普将羽毛视作同塑料一样具有巨大的市场潜力的商品。野心勃勃的特卫普决定让GGG公司垄断羽毛市场。他以为，只要让魔力

① Yamashita, Karen T. *Through the Arc of the Rain Forest*. Minneapolis: Coffee House Press, 1990: 143.
② Yamashita, Karen T. *Through the Arc of the Rain Forest*. Minneapolis: Coffee House Press, 1990: 76.
③ Yamashita, Karen T. *Through the Arc of the Rain Forest*. Minneapolis: Coffee House Press, 1990: 144.

羽毛成为公司的产品进军美国市场,GGG公司将会像可口可乐公司那样轰动一时。出于对经济利益的无限追求,特卫普把魔力羽毛当作商品进行推广,企图使之成为炙手可热的流行物品。一味追求物质目的的特卫普,完全不曾考虑巨大的利益会导致所有人的精神空间产生异化,从而诱使所有人开始贪得无厌地掠夺动物的羽毛。果不其然,在听闻魔力羽毛对于人们的工作、社交、私生活方面所谓的惊人效果之后,有些人一跃成了狂热的羽毛崇拜者,继而给鸟类带来了严重的生存危机。魔力羽毛的交易在黑市变得极其猖獗,人们利欲熏心,滥杀野鸟家禽现象一发而不可收拾。凡是能被人们想到的鸟儿都被剥去了羽毛,甚至有人将鸡毛染色成鹦鹉的羽毛,通过各种渠道销往各地。从羽毛贩卖到羽毛盗窃,形势愈演愈烈。里约动物园里最漂亮的亚马逊鸟遭到了洗劫,养鸟的私人家庭不得不给鸟装上了结实的鸟笼。鸟类遭遇了前所未有的绝种危机,甚至连死鸟的羽毛都未能被放过。读到这里,我们不由想起关于家园意识中关于敬畏生命的良知,想起法国著名环境哲学家史怀泽博士(Albert Schweitze,1875—1965)"敬畏生命"的理念:

> 它(家园)所关心的是人的内在精神世界和精神活动。如果人的精神世界是健康向善的,那么他就会敬畏和尊重生命,就会把其他生命看得像自己的生命一样珍贵和重要。这时,生命的理念像一道光芒照进了他的精神家园,使里面的各种机能和元素都活跃起来,协调起来,并形成一股强大无比的力量,作用于现实家园的形态,让它在人文精神的观照下不断趋于完美。[①]

在史怀泽看来,精神家园是一种深藏在人们内心深处的良知。然而,特卫普的精神家园并非如此。在精神家园的视域中,特卫普对于鸟类的

① 曹山柯.论《五号屠场》的家园意识.《英美文学研究论丛》, 2011 (2): 233.

杀戮完全违背了史怀泽关于敬畏和尊重生命的理念，更与完美精神家园的要求背道而驰。更加讽刺的是，不久之后，一场斑疹伤寒一夜之间爆发，曾经让人们你争我夺的羽毛竟是传播病毒的主要载体，于是政府宣布喷洒毒气消灭所有鸟类。小说临近尾声，热爱鸽子的德杰潘与塔利娅夫妇打开门窗，放走鸽子时语重心长地说道："飞走吧。趁一切还未为时过晚。"[①] 此番话语，从敬畏生命的精神角度讲别有一番意味。只可惜，在天空盘旋了一阵子后的鸽子"几个小时后又飞回来了，回到它们多年以来接受训练时所住的家"。[②] 山下凯伦曾在《穿越雨林之弧》的扉页上如是写道："我曾经听到巴西儿童说，任何东西穿越了彩虹的弧度，都将成为它的背面。那鸟的背面是什么呢？或者就那而言，是人类吗？"[③] 整句话从天真无邪的儿童的眼光点明了故事的基调与结局。在毒气的笼罩下，"不仅鸟类死亡，连各种各样的小动物、家禽、昆虫，甚至因不知情跑去看飞机的小孩都未能幸免于难"。[④] 如此的画面让人深深地感受到作者对于鸟类被捕杀，甚至整个人类家园被毁的同情与无奈，让人不禁联想到美国著名生态文学家雷切尔·卡森在代表作《寂静的春天》开篇中描述的：

> 一种奇怪的寂静笼罩了这个地方。比如说，鸟儿都到哪儿去了呢？许多人谈论着它们，感到迷惑和不安。园后鸟儿寻食的地方冷落了。在一些地方仅能见到的几只鸟儿也气息奄奄，它们战栗得很厉害，飞不起来。这是一个没有声息的春天。这儿的清晨曾经荡漾着乌鸦、鸫鸟、鸽子、樫鸟、鹪鹩的合唱以及其他鸟鸣的音浪；而现在一切声音都没有了，只有一片寂静覆盖着田野、树林和沼地。

---

① Yamashita, Karen T. *Through the Arc of the Rain Forest*. Minneapolis: Coffee House Press, 1990: 201.

② Yamashita, Karen T. *Through the Arc of the Rain Forest*. Minneapolis: Coffee House Press, 1990: 201.

③ Yamashita, Karen T. *Through the Arc of the Rain Forest*. Minneapolis: Coffee House Press, 1990: i.

④ Yamashita, Karen T. *Through the Arc of the Rain Forest*. Minneapolis: Coffee House Press, 1990: 202.

……

不是魔法，也不是敌人的活动使这个受损害的世界的生命无法复生，而是人们自己使自己受害。[①]

作为一种象征性动物，鸟类在文学与文化作品中一直扮演着重要的角色，也一直是人类想象力和创造力的一股源泉。从英美浪漫主义文学阶段开始，“鸟儿对于表现许多先贤的自然观非常重要”。[②] 诸如华兹华斯的《致布谷鸟》（“To the Cuckoo”，1802）、雪莱（Percy Bysshe Shelly，1792—1822）的《致云雀》（“To the Skylark”，1820）、济慈（John Keats，1795—1821）的《夜莺颂》（“Ode to the Nightingale”，1819）、布莱恩特（William Cullen Bryant，1794—1878）的《致水鸟》（“To the Waterfowl”，1815）等诗歌都通过诗人对于小鸟的赞美，表现了一种令人神往的精神家园的收获。然而在《穿越雨林之弧》中，我们看到的却是以残害鸟类为例的家园破坏的画面。这一幕幕杀鸡取卵般的场景，都是以特卫普为代表的人类精神异化的结果。它造成了自然生态、社会精神与精神生态的全面失衡，使得居住在“玛塔考”周围的人类因此面临无家可归的生存危机。然而，特卫普对于所犯之过错却毫不自知。面对特卫普对鸟类的杀戮，特卫普的妻子，即三个乳房的法国鸟类学家米歇尔·玛贝里劝他迷途知返。在她看来，“世界上一半的鸟儿住在亚马逊雨林”。[③] 倘若持续这份杀戮，鸟类迟早濒临灭绝。特卫普不愿意听从妻子的劝告，盲目相信通过“玛塔考”的神奇塑料可以复制出失去的一切。因此，米歇尔与迷失于精神家园的特卫普在价值观上产生了巨大的差异，“他们关于自然

① ［美］卡森. 寂静的春天. 吕瑞兰，译. 北京：科学出版社，1979: 4—5.

② Gamber, John B. “Dancing with Goblins in Plastic Jungles: History, Nikkei Transnationalism, and Romantic Environmentalism in *Through the Arc of the Rain Forest.*” In: *Karen Tei Yamashita: Fictions of Magic and Memory*. Robert Lee, ed. Honolulu: University of Hawaii Press, 2018: 48.

③ Yamashita, Karen T. *Through the Arc of the Rain Forest*. Minneapolis: Coffee House Press, 1990: 200.

和科技的争论永无止境”；[①] 最终米歇尔留下了一句“你是个怪物”，[②] 悲愤地回到了法国。最终，特卫普也由于羽毛事业和塑料产业的破产，从公司高楼上一跃而下，自杀身亡。这对夫妻原本有望成为天作之合，他们的家庭乃至整个家园却因特卫普的精神空间异化而破碎。正如前文所言，特卫普既是一名生活在异国他乡的飞散者，同时也是一名代表帝国主义对第三世界的殖民入侵者，及现代文明对原始自然环境的破坏者。特卫普这一形象的构建，既展现了少数族裔文学作品中飞散者家园的失落主题，也书写了生态文学作品中整个人类的地球家园遭受破坏的困境。通过特卫普家园失落的故事，山下凯伦试图告诫读者，对于人类社会和自然环境的破坏者而言，其精神空间是异化而空虚的，其精神家园必遭到不可避免的迷失，终究走上毁灭的道路。

山下凯伦是一位有着浓厚家园情结的作家。与其他少数族裔作家一样，她的作品也充满了对于家园失落的描写。山下凯伦虽然生长于美国，并不经常返回日本，但她不会忘记自己的日裔血统，更不会忘记日裔移民在美国和巴西的苦难史和奋斗历程。作为一名“飞散”作家，山下凯伦的作家中不乏“流放”之感，但她在书写飞散者的家园失落时，总是积极寻求一种独特的文学修辞，以表现自身的经历和体验，并为同时代同类作家提供精神滋养的“共同体”。在她的笔下，每一个飞散者都经历着故国家园的失落，而他们所谓的家园实际上更贴近一种精神的寄托。不同的是，这位兼具东西文化属性，又曾跨越南北半球的少数族裔作家所描绘的家园不仅包括飞散者在异国他乡的地理家园，还涉及全人类共同居住的地球家园。虽然《穿越雨林之弧》的故事发生在巴西，但纵观小说中的每一个人物，其生活方式、情感形态、人生道路和个人命运等等都与日本、美国乃至全球其他地方有着千丝万缕的联系。在《穿越雨林之弧》中，山下凯伦透过“玛塔考”这样一个从美好家园到失乐园的多重空

① Yamashita, Karen T. *Through the Arc of the Rain Forest*. Minneapolis: Coffee House Press, 1990: 204.
② Yamashita, Karen T. *Through the Arc of the Rain Forest*. Minneapolis: Coffee House Press, 1990: 204.

间描写，不但迎合了美国少数族裔文学作品中关于飞散者家园失落的常见主题，还书写着一曲挽歌，哀悼那行将消逝的，遭受生态环境破坏的地理家园。《穿越雨林之弧》描绘的大多数人物“似乎生活在一种介于文明与荒野，现代与反现代，以及冲突与和谐之间的边缘化方式之中”。[①] 在小说的叙事技巧上，山下凯伦利用一个会说话的球体，以回忆的方式记载着全人类未来可能面临的家园失落。这种时空错乱的写作手法，加之一个既具备科幻色彩又全知全能的叙事者，似乎预示着一个地区的灾难终将演变成全球性的灾难。同时，山下凯伦通过构建天真无邪的主人公石丸一正，迷失在精神空间的“三只手”怪人特卫普，以及马内·佩纳、奇科·帕克等其他角色的家园失落，揭示了地理家园失守的各种深层原因，既对飞散者在各个空间维度的无家可归抱以同情，又批判了工业文明给当代人类带来的生存困境。可以说，“小说结尾的社会和经济崩溃具有复杂的驱动因素，由人类（社会、经济和政治）和非人类（生态和细菌）现象组成”。[②] 从更深的层次讲，山下凯伦试图以此为戒，提醒人类在追寻家园的历程中避免误入歧途，从而防止其最终沦落到无家可归的境遇；并鼓励人们在各个空间维度共同探索一条能够在后现代社会的“废墟”上重建家园的道路。这正是山下凯伦对少数族裔作家笔下家园失落描写的一份传承与超越。

① Gamber, John B. “Dancing with Goblins in Plastic Jungles: History, Nikkei Transnationalism, and Romantic Environmentalism in *Through the Arc of the Rain Forest*.” In: *Karen Tei Yamashita: Fictions of Magic and Memory*. Robert Lee, ed. Honolulu: University of Hawaii Press, 2018: 49.

② Rose, Andrew. “Insurgency and Distributed Agency in Karen Tei Yamashita’s Through the Arc of the Rainforest.” *Interdisciplinary Studies in Literature and Environment*, 2019, 26 (1): 126.

第二章
《巴西丸》：家园的追寻

家园不但具有以物理空间为特点的外在表现形式，即体现在乡村、城市、建筑、街道、田野等空间层面的物体上，它还应该具有精神意识层面上的存在，并从某个方面反映出人类精神世界的寄托之地。它不仅是人物生命的起点和梦想的出发点，是个体生长和生活的地方，也通常是小说叙事的出发地和目的地。伴随着列斐伏尔等人的空间理论在文学界的广泛应用，精神家园作为涉及人类精神或心理层面的空间维度，逐渐成了空间与家园书写研究中一个不可或缺的话题。对于美国少数族裔文学而言，家园意识常与飞散者的“寻根”意识画上等号。尽管美国作为文化大熔炉吸引了来自不同国家的移民群体，美国文化也在整个文化空间中占据了最为重要的地位，但“这并不意味着所有的少数族裔文化均已被吸收”。[①] 比如，几乎被灭绝的犹太人、饱受种族歧视的黑人、带有一定文化差异的亚洲人等，他们的族裔移民群体初到美国往往难免与周遭的物理空间和文化空间格格不入，继而成了后殖民主义理论家萨义德和霍米·巴巴口中无家可归的“他者”。因而，对于根的追寻，即精神家园的重建一直以来都是

① 张龙海.《属性与历史：解读美国华裔文学》. 厦门：厦门大学出版社，2004: 3-4.

这些飞散者心中梦寐以求的理想，以此折射出他们对于故乡和祖国深深的精神依恋。美国学者约翰·艾伦（John Allen）在《美国文学中的“无家可归”：浪漫主义、现实主义与证词》（*Homelessness in American Literature: Romanticism, Realism and Testimony*，2004）一书曾指出，追寻家园的故事在欧美文学与文化领域中自古有之，如《圣经》中的亚当、夏娃便是最早记录的失去家园、无家可归的人物；萨尔曼·拉什迪（Salman Rushdie，1947—）的《撒旦诗篇》（*The Satanic Verses*，1988）令人联想到撒旦被赶出天国时无家可归的心境。而从早期殖民者到达美洲大陆的那一刻起，他们已经可以被看作无家可归的飞散人群。在约翰·艾伦看来，“无家可归在美国文学中作为一种主题或修饰，应该被给予深入的探讨，因为它在家园、工作、仁爱以及美国身份等话题上呈现出独特的视角”。[①] 于此条件下，渴望回归地理家园、重建精神家园、恢复自身文化属性的夙愿无疑成了少数族裔文学研究的一个近乎永恒的主题。

此外，随着人类交流范围的扩大与多元文化的互相融合，“美国多元文化文学作为一个文学范畴引起了更多思想层次的研讨”，[②] 现代人的家园意识也随之改变。对出生于自己祖国或家乡以外的家园，具有跨文化身份的作家，以及少数族裔移民群体而言，他们在新认同体系的影响之下，并没有太多地体验过故土的家园。由于多元文化的身份，他们对于异质文化的相互碰撞产生了更加复杂的情愫。在他们的眼里，追寻家园不一定仅限于所谓的“寻根”，而可以与个体的生活历程达成一致，在不同的地理空间中形成较为开放的家园意识。因此，读者往往看到“少数族裔和主流美国公民同在一个真实的物理空间，却有着两个不同的心理空间”。[③] 正如迈克·克朗在《文化地理学》中转述艾伦·西利托（Alan Sillitoe）的观点，“家

① Allen, John. *Homelessness in American Literature: Romanticism, Realism and Testimony*. New York: Routledge, 2004: 4.

② Lee, Robert. *Multicultural American Literature: Comparative Black, Native, Latino/a and Asian American Fictions. Edinburgh*: Edinburgh University Press, 2003: 16.

③ 徐颖果，主编.《离散族裔文学批评读本：理论研究与文本分析》. 天津：南开大学出版社，2012: 19.

就像一个军队的堡垒，其流动性让它引以为豪……因此，出生地、成长地，这些关联点对于任何人，尤其对一位作家而言，自始至终都是极为重要的因素”。[①] 在这点上，除了故国日本之外，山下凯伦生长的巴西与美国在她心中同样具有家园的特征。换言之，家园之于山下凯伦不仅仅是地理的，同时还是一种跨越不同文化的精神家园，又如国内学者徐颖果教授所言，“离散作家笔下的家园，永远不能摆脱虚构的成分。他们对故乡家园的描述，建立在记忆和想象的基础之上。他们作品中的家园，甚至只是一种文学创作。因此，离散文学中的‘家’，便成为一个想象的地方，一个精神的家园”。[②] 鉴于此，本章从追寻家园的角度探讨山下凯伦的第二部小说《巴西丸》，梳理小说中的主要人物如何在故国以外的物理空间追寻家园的历程，继而窥视少数族裔群体在新的家园空间中的生存境遇。

《巴西丸》是继《穿越雨林之弧》之后另一部描写 1925 年至 20 世纪后期日本人移民巴西的小说。尼古拉斯·伯恩斯（Nicholas Birns）认为：“《巴西丸》是一部典型的跨国小说，是一部绝无仅有的，由日裔美国作家用英语写作，描写日裔巴西公社的作品。”[③] 虽然该书晚于《穿越雨林之弧》两年出版，且这两部作品在侧重梦幻或现实的写作风格上有所不同，但从内容上看，《巴西丸》足以被称为《穿越雨林之弧》的前传。小说取材自山下凯伦于 1974 到 1977 年间在巴西开展田野研究的历史资料，讲述了主人公、被称为“日本爱弥儿”（Japanese Emile）的寺田一郎（Ichiro Terada），与宇野勘太郎（Kantaro Uno）、奥村（Okumura）等家族一行乘坐“巴西丸号”商船，带着“我们的未来在巴西”“巴西会成为你的新开始”“我们要建立新的文明”的目的[④]，移民到巴西，试图在巴西一个名为埃斯波兰萨[⑤] 的社区

① Crang, Mike. *Cultural Geography*. London: Routledge, 1998: 47.

② 徐颖果，主编.《离散族裔文学批评读本：理论研究与文本分析》. 天津：南开大学出版社，2012: 11.

③ Birns, Nicholas. “An Incomplete Journey: Settlement and Power in *Brazil-Maru*.” In: *Karen Tei Yamashita: Fictions of Magic and Memory*. Robert Lee, ed. Honolulu: University of Hawaii Press, 2018: 103.

④ Yamashita, Karen T. *Brazil-Maru*. Minneapolis: Coffee House Press, 1992: 6.

⑤ 埃斯波兰萨的原文“Esperanca”一词来自葡萄牙，意为“希望”。

创造美好家园，却又逐渐经历了家园的分裂，甚至最后衰败的故事。

与《穿越雨林之弧》一样，《巴西丸》的写作素材也是取自山下凯伦在巴西的飞散经历。或者可以说，小说中的巴西同美国、日本一样，是故事发生的一个物理空间。这个位于南美的国度所属的物理空间作为一种历史、情感与记忆的存在，形象地折射出以作者为代表的少数族裔人群的家园意识。尽管比起《穿越雨林之弧》，《巴西丸》受到学界的关注可谓极少，作品本身也没有获太多的奖项，但它同样堪称一部力作，小说出版后不久就“被《村庄之声》（*Village Voice*）选为 1992 年最佳 25 本小说之一”。[①]不同于大部分少数族裔小说所关注的个人漂浮生活，《巴西丸》描写的对象聚焦于迁往巴西的日本移民群体，较为详细地探讨了整个族群的生活境况，并且在布局上直接以史料入文，采用虚构与真实相结合的手法，将虚构的人物与真实的历史糅合在一起，伴随着书中多角度、多重声音的叙事效果，在历史与文学虚构之间构成了一定的张力。尽管某些观点认为这部小说“既刻画了日裔移民作为日本现代化进程的受害者为经济上在巴西得以生存所做的抗争，又描写了他们借助移民的身份，无形中参与了日本帝国主义的对外扩张”，[②]也有人认为，“山下凯伦在《巴西丸》中描绘了日本移民在巴西乡村建立殖民地的故事，其目的可以从不同的方面看作她对日本帝国主义色彩的宣扬”，[③]但必须注意的是，小说并没有多少篇幅描写日本移民对巴西的殖民过程或对当地造成的破坏影响。细细品读小说后，我们发现比起殖民色彩，小说更大程度上表现了山下凯伦笔下的飞散群体从“无家可归”的状态到“追寻家园”的过程。正如小说前言提供的数据显示，“据说现今有一百万日本移民和他们的后裔居住在巴西，占据在日本本土

① Huang, Guiyou. *The Greenwood Encyclopedia of Asian American Literature*. Westport: Greenwood Publishing Group, Inc., 2009: 1032.

② Ling, Jinqi. *Across Meridians: History and Figuration in Karen Tei Yamashita's Transnational Novels*. Stanford: Stanford University Press, 2012: 32.

③ Nessly, William M. "Rewriting the Rising Sun: Narrative Authority and Japanese Empire in Asian American Literature." Diss. University of Pennsylvania, 2011: 274.

以外最大的人口数。日裔巴西人，如今已经是第二代或第三代，活跃在巴西人生活的每一个领域——社会、政治和经济”。[①] 巴西这个国度对于山下凯伦以及书中的日裔移民而言，已经成为他们在物理空间与精神空间意义上的家园。

小说中追寻家园的主题首先呈现于书名中的“巴西丸号”商船。自《圣经》中的诺亚方舟开始，舟船这个物理空间在西方文化中便具有了再生与希望的象征隐喻，对于美国文学而言也是如此。从 1492 年哥伦布乘坐大帆船远渡重洋发现美洲的历史，1620 年“五月花号”满载不堪忍受宗教迫害的英国教徒到达北美的往事，浪漫主义作家麦尔维尔《白鲸》中“皮阔德号”追求真理的航程，惠特曼（Walt Whitman，1819—1892）诗歌中林肯总统领航的民主之船，现实主义作家马克·吐温（Mark Twain，1835—1910）《哈克贝利·芬历险记》（*The Adventures of Huckleberry Finn*，1884）中象征哈克和吉姆精神家园的木筏，自然主义作家斯蒂芬·克莱恩（Stephen Crane，1871—1900）《一叶扁舟》（“The Open Boat”）中表现的人与自然抗争历程，以及现代主义作家海明威（Ernest Hemingway，1899—1961）的《老人与海》中圣地亚哥出海捕鱼等故事中有关舟船的描写，读者不难发现，舟船的身影经常出现在美国文学与文化的历史长河中，成了作家眼中“开拓新世界的那些先锋们的代名词……美国文学家们关于船的书写是在进行着广义上的阐释寓言……舟船空间的叙述明显带着政治书写和生存书写的意图”。[②] 就此而言，小说以“巴西丸”为题，似乎从一开始便给了读者一份由舟船空间隐喻带来的家园追寻气息。

《巴西丸》在开篇就以“巴西丸”这艘船为标题，从历史源头的角度为我们展现了早期的日本移民远渡重洋，追寻理想家园的画面。小说的标题“巴西丸”与开篇中“巴西丸号”商船的意象犹如一个空间隐喻，验证了山下凯伦在小说的序言所提到的，“这是一部属于我们所有人的，关于历经

① Yamashita, Karen T. *Brazil-Maru*. Minneapolis: Coffee House Press, 1992: ii.

② 曾莉. 美国文学中的舟与帝国意识.《小说评论》, 2012 (3): 188.

长途跋涉，寻找某种家园的故事”。[①]故事伊始，船已在海上航行了60多天，跨越了许多的国界，“我们的路线环绕了整个地球，从日本国的南部出发，经过中国的南海，到达新加坡，又继续航行到锡兰[②]与好望角；船停靠在印度洋海岸，以及非洲的底部……”[③]对开篇的叙事者寺田一郎而言，这次航行具有重大的意义，正如他自己所说，“从此以后，我对一切事物的记忆犹新，对船在海上的航行记忆深刻”。[④]小说中的另外两个重要角色勘太郎和水冈（Mizuoka）也分别曾言：“我认为这是一次重要的航行，是我的家庭新生活的开始”；“你不会再次怀揣着同一个希望和同一场青春在这艘船上航行了，这是一场值得记录的航行。”[⑤]借用福柯的“异托邦”（heterotopia）观点，“巴西丸号”就像是一栋可以移动的“房子”，它是漂浮在大海上的一个移动的空间。海船所处的空间是一个没有位置的空间，它自给自足，自我封闭，但它同时航行在广阔无垠的大海中，从一个港口到另一个港口，从一条海岸到另一条海岸，直至船上的日裔巴西移民上岸，开始追寻和开拓他们的新家园。对此，这位伟大的法国哲学家坦言：“舟船不但一直是我们的文明，从16世纪到今天，它既是经济发展的最伟大的工具，又是想象力的最大储存库。船是一个典型的‘异托邦’，对于一个没有船的文明，其梦想很快就干涸……”[⑥]由此可见，“巴西丸”作为日裔巴西移民所乘坐的商船的空间属性与作为小说标题的家园追寻主旨具有紧密的联系。

《巴西丸》中有关舟船航行的描写也印证了家园并不一定位于故国的现代特征。正如我们所知，所谓的移民通常是飞散者在物理空间层次从经济欠发达的国家或地区，迁移到发达的国家或地区。从日本移民到巴西，显然难以被单纯地称为物理空间维度上的追寻。这点在《穿越雨林之弧》

① Yamashita, Karen T. *Brazil-Maru*. Minneapolis: Coffee House Press, 1992: ii.

② Ceylon，锡兰，现名斯里兰卡。

③ Yamashita, Karen T. *Brazil-Maru*. Minneapolis: Coffee House Press, 1992: 3.

④ Yamashita, Karen T. *Brazil-Maru*. Minneapolis: Coffee House Press, 1992: 8.

⑤ Yamashita, Karen T. *Brazil-Maru*. Minneapolis: Coffee House Press, 1992: 8.

⑥ Foucault, Michel. “Of Other Spaces.” *Diacritics*, 1986, 16 (1): 27.

中“玛塔考”的地理家园失落中也有所体现。因而《巴西丸》中的移民人物必须同时在社会空间、精神空间等领域积极追寻，方能实现他们梦寐以求的家园追寻。在《巴西丸》的故事中，以寺田、奥村、宇野等三个家族为代表的日本移民同许多族裔文学中的飞散人物一样，被迫离开自己祖国的地理家园，他们乘坐象征着家园追寻历程的商船，漂洋过海来到新的国度。商船对于他们就是一份追求精神家园的空间。他们曾经身处日本社会的底层，流离失所，无家可归，因为贫穷遭受歧视，甚至由于“看不见未来”而不得不“移民到远处寻找新的际遇”，[①] 但在山下凯伦的笔下，许多“无家可归者代表了摆脱现有的社会状态，建立更加公平社会的一群人”，[②] 如今，“在船上，他们各自做着自己的事情，似乎有一份看不见的力量赋予他们某种特权”。[③] 他们心里普遍认为：“我们所有人都对巴西抱着相同的期待：咖啡丰收时众人翘首以盼的财富，宽广的土地，和对于新生活的冒险”。[④] 虽然寺田一郎曾留意到宇野奶奶等人对故国仍带着深厚的感情，一度认为她们倘若有朝一日在巴西谋得生计后必然要回归日本，但受到父亲的影响，寺田一郎相信日本不是自己赖以生存的唯一国度。因此，一郎对未来在巴西建立新的家园充满了憧憬。《巴西丸》正是在这样的背景下，描述了一群乘坐商船，试图在巴西追寻美好精神家园的日裔移民的生存状况和奋斗历程。或者可以说，小说中舟船空间的描写与颇具“反其道而行之”特点的家园意识，隐喻着由单一的传统文化到融合的多元文化之间的社会变化。对此，山下凯伦在一次涉及她何谓“纯粹的日本人”的采访中便曾直言：“无论在日本还是在别的地方，并不存在所谓的纯粹的日本人”，“期待纯粹的想法就是种族主义的，生长在美国，又有着在巴西生活的经

① Yamashita, Karen T. *Brazil-Maru*. Minneapolis: Coffee House Press, 1992: 6.

② Orihuela, Sharada “Between Ownership and the Highway Property, Persons, and Freeways in Karen Tei Yamashita’s *Tropic of Orange*.” *Journal of American Studies*, 2021, 55 (4): 755.

③ Yamashita, Karen T. *Brazil-Maru*. Minneapolis: Coffee House Press, 1992: 10.

④ Yamashita, Karen T. *Brazil-Maru*. Minneapolis: Coffee House Press, 1992: 7.

历，吸收不同的语言、文化和历史，我逐渐变成了现在的我”。[①] 无论从何意义而言，在山下凯伦所描写的“巴西丸号”商船这个物理空间里，一个跨越在此岸和彼岸之间的，属于日裔巴西移民的精神家园由此而生。

尽管在小说中的日裔移民家族对巴西这个新的家园逐渐由陌生变为熟悉，但他们毕竟难以被完全接纳。对于家园的渴望和追求，被新的家园所认可，是山下凯伦通过《巴西丸》这部小说展示给读者的关键主题。因此，从空间的角度看，“巴西丸号”商船其实代表了主人公从日本移民到巴西的空间移动，它“既是公共空间也是私人空间，既有家庭空间的安全，又有公共空间的风险，是恐惧的空间也是舒适的空间，是盘问的空间也是交谈的空间，是飞驰的空间也是静止的空间”。[②] 同时，它隐喻着飞散人群在时空交错和文化变迁的新天地不断改变自己，努力寻找属于自己的文化定位，追寻精神家园的历程。《巴西丸》便是这样一部典型作品。在这部作品中，山下凯伦通过刻画早期日裔巴西移民在物理空间上的漂泊与精神维度上的流浪历程，表现了作者对于家园追寻的理念。本章将以卢梭式的精神家园、“杂糅性”的第三空间家园、“异托邦”的梦境家园为切入点，以《巴西丸》中寺田一郎、宇野勘太郎等人物在物理、精神、文化、自然等空间维度追寻新家园的故事，以及埃斯波兰萨社区的空间和家园特点为例，探讨山下凯伦家园书写中的追寻主题。

第一节　日本爱弥儿的精神追寻：卢梭式的家园

关于飞散者的文化研究表明，飞散人群的“家园可以是真实的、物质的，也可以是虚构的、精神上的”。[③] 杰西卡·兰格在《后殖民主义与科

① 胡俊.《后现代政治化写作：当代美国少数族裔女作家研究》. 北京：中国社会科学出版社，2014: 145.
② 刘英.“空间转向”之后的欧美女性文学批评.《广东社会科学》，2022 (3): 194.
③ 徐颖果，主编.《离散族裔文学批评读本：理论研究与文本分析》. 天津：南开大学出版社，2012: 19.

幻小说》(2011)中提到:"飞散明显代表了物理、地理和经济上的置换(displacement),同时也是脑力、情感与精神上的置换……比如,只谈及人们的物理空间移动,而不涉及置换所产生的精神影响,是没有意义的。"[①]《巴西丸》的许多故事都是围绕精神家园展开的,追寻精神家园这一话题贯穿了小说的始末。尽管山下凯伦在《巴西丸》所描绘的理想家园并非传统意义上由父母子女组成的家庭模式,而是一个以埃斯波兰萨社区为物理空间的多口之家,居住在同一个物理空间的家庭成员可以是有血缘关系的亲人,也可以是原本素不相识的朋友,但不管怎样,他们远离尘嚣,追逐世外桃源的初衷与所有少数族裔群体建立理想家园的理念不谋而合。《巴西丸》中的许多飞散人物以建立基督思想和日本传统文化价值的社区为目标,从空间的角度而言,巴西成了日本以外,山下凯伦及小说人物追寻的一个理想的家园空间。正如山下凯伦自己在《K圈循环》中所说,"巴西是一百五十万日本移民和他们后代的家园,拥有在日本本土以外最大的日本人口数量"。[②]基于这样一份理想家园的追寻目标,《巴西丸》叙述了三个居住在巴西埃斯波兰萨社区的日裔移民家庭的故事,成为一部追寻理想家园的小说。

《巴西丸》共分为五大篇章,每个篇章包含若干个章节。五个篇章分别由五名不同的人物讲述故事,颇具意识流的写作风格。寺田一郎、奥村春(Haru)、勘太郎、元治(Genji)、吉尔赫米(Guilherme)等人物轮流登场,用各自的角度叙述,其叙事结构从某种程度上讲恰好表达了山下凯伦对家的理想,即家园应该包容不同的声音,是整个家园的旋律最好是复调而非单一的。虽然小说牵涉的人物众多,各自的故事也颇为繁琐,小说叙事打破了时间轴的顺序,但所有人物的故事都发生在埃斯波兰萨社区。正如黄桂友所言,"虽然这五个人的叙事话语并不全部可信,但每个角色的故事都与其他的故事紧密相联,从而推测出一副既关乎埃斯波兰萨社区兴衰

① Langer, Jessica. *Postcolonialism and Science Fiction*. New York: Palgrave Macmillan, 2011: 57.
② Yamashita, Karen T. *Circle K Cycles*. Minneapolis: Coffee House Press, 2001:12.

成败，又合情合理的全景图”。[①] 小说的每一个篇章皆以卢梭（Jean Jacques Rousseau，1712—1778）的作品为引言，包括《爱弥儿：或论教育》（*Emile, or, on Education*，1762）、《朱莉：或新爱洛伊斯》（*Julie, or, the New Eloise*，1761）、《忏悔录》（*Confessions*，1782）、《社会契约论》（*The Social Contract*，1762）、《一个孤独漫步者的遐想》（*The Reveries of the Solitary Walker*，1782）。可以说，“埃斯波兰萨社区的每一个居民都受到了卢梭哲学思想的影响……卢梭的思想成为埃斯波兰萨社区以及后来的新世界农场的道德基础”。[②] 关于这点，山下凯伦曾经在一次关于《巴西丸》的访谈中直言：“这场历险与卢梭和托尔斯泰的思想紧密相关；在泥土中创造了自我，重新思考社会，创造公社的民主制度，我们这一代的许多人都在用心积极追寻着这一切。”[③] 在小说的每一场叙述中，山下凯伦赋予每个叙事者一种卢梭哲学思想的体现，借此表达作者主张的一种卢梭式的精神家园。

我们以勘太郎之妻奥村春作为第一人称叙述的部分为例进行说明。该篇章一方面描述了奥村春与勘太郎结婚后抚养四个女儿和一个儿子的家庭生活，让读者感受到奥村春跟随勘太郎在精神家园追寻道路上的心境；另一方面探讨了社会对个人抉择的压抑。通过引用卢梭的话“人们之所以结婚，并不仅仅为自己考虑，而是为了完成各自的社会任务，为了更好地照看家庭，抚养孩子”，[④] 山下凯伦预示着“埃斯波兰萨社区对妇女的要求并未使奥村春的女性角色的特殊性得到认可，而是让她受压于自己作为一个母亲的形象，夜以继日地做完成家务劳动”。[⑤] 而卢梭的半自传小说

① Huang, Guiyou. *The Greenwood Encyclopedia of Asian American Literature*. Westport: Greenwood Publishing Group, Inc., 2009: 1033.

② Shimazu, Nobuko. “Karen Tei Yamashita’s Challenge: Immigrants Moving with the Changing Landscape.” Diss. Indiana University of Pennsylvania, 2006: 70.

③ Lee, Robert. “Speaking Craft: An Interview with Karen Tei Yamashita.” In: *Karen Tei Yamashita: Fictions of Magic and Memory*. Robert Lee, ed. Honolulu: University of Hawaii Press, 2018: 183.

④ Yamashita, Karen T. *Brazil-Maru*. Minneapolis: Coffee House Press, 1992: 80.

⑤ Ling, Jinqi. *Across Meridians: History and Figuration in Karen Tei Yamashita’s Transnational Novels*. Stanford: Stanford University Press, 2012: 47.

《忏悔录》出现在勘太郎叙述的篇章页又似乎预示着自给自足的社区运动终将走向失败的结局。在勘太郎的侄儿元治叙述的章节，山下凯伦引用了卢梭《社会契约论》中的名言，“人生来是自由的，但我们却看到人类总是戴着枷锁”，[①] 让读者对人类追寻精神家园面临的困难和坚定的决心一目了然。在此基础上，我们或许更能理解以“爱弥儿”为题的小说开篇所传递的精神空间含义：

> 爱弥儿没有多少学问，但他所拥有的是本真……
>
> 爱弥儿拥有博学的头脑，但这份博学不在于学识的多寡，而在于学习的能力：一个开放、聪慧，又可以包罗万象的头脑……
>
> 爱弥儿只有自然和纯物质的知识，他甚至不知道历史这个概念，或什么是哲学和道德……
>
> 爱弥儿勤奋、节俭、耐心、坚毅，并充满勇气。他的想象力不会膨胀，也从来不会引发更多的危险。他能感悟到一些恶的存在，也懂得要不断地忍耐，因为他不曾学会同命运争执……
>
> 总之，谈到美德，只要和自身相关，爱弥儿都已拥有……他所欠缺的仅是他的头脑随时准备接纳的知识。
>
> 他认为自己与旁人无关，觉得别人不必为他考虑。他从不需要别人的帮助，相信自己不欠人任何东西。他独自一人生活在人类社会中……[②]

在这几段话中，山下凯伦通过引用卢梭笔下集智慧、勤奋、勇敢、纯真等美德为一体的爱弥儿形象，一方面强调了该部分叙事者寺田一郎的内在品质，另一方面映射了《巴西丸》中的飞散者所追寻的家园的精神空间特点。我们知道，爱弥儿的美好形象反映了卢梭的教育观念下较为理想的受

① Yamashita, Karen T. *Brazil-Maru*. Minneapolis: Coffee House Press, 1992: 186.
② Yamashita, Karen T. *Brazil-Maru*. Minneapolis: Coffee House Press, 1992: 2.

教育者。在《巴西丸》中，山下凯伦引用卢梭的教育观作为日本移民在巴西社会化的比喻，描绘关于几代日本移民在巴西的兴衰故事，其目的实际上代表她对卢梭式理想精神家园的追求。毕竟在山下凯伦看来，爱弥儿的美德是"某种被他们称作日本精神的东西，这种精神可以在另一个国家更好地培养起来，摆脱旧观念的束缚"。[①] 正如凌津奇教授所言，"小说关键的隐喻之一，也就是卢梭具有启发性的古典论著《爱弥儿：或教育》中的儿童学员爱弥儿，似乎直接来源于日本新教育运动的思想。住在埃斯波兰萨社区的三个移民家庭都决心发扬这份思想"。[②]

小说开篇的叙事者寺田一郎是一个九岁的孩童，他在小说中被看作"名副其实的爱弥儿：他天真无邪，未曾被奴役、恐惧与谎言所污染。一郎所叙述的开篇故事映射了周围天真的一切。他对巴西充满了好奇，对埃斯波兰萨社区及不久将成为社区领导的勘太郎深信不疑"。[③] 从这点上看，山下凯伦与卢梭对理性、文明等启蒙思想的批判，及其放归自然，摆脱社会不平等的哲学思想产生了共鸣。山下凯伦认为，寺田一郎等小说中的人物需要摆脱原来的社会环境与日益僵化的传统文化与思维方式，方能在新的家园中得以生存。在一次采访中，山下凯伦把自己的家园意识同曾经受到卢梭的影响联系了起来：

> 在我年少的时候，离开日本之前，一本书深深影响了我，那就是卢梭的《爱弥儿》。读这本书的时候，我哭了……我之所以来到这个国家，纯粹因为我想过来，想在这里开启新的生活。我相信这里有我的日本文化，也相信过去的一切能够在新的环境绽放光芒。[④]

① Yamashita, Karen T. *Brazil-Maru*. Minneapolis: Coffee House Press, 1992: 12.

② Ling, Jinqi. *Across Meridians: History and Figuration in Karen Tei Yamashita's Transnational Novels*. Stanford: Stanford University Press, 2012: 37.

③ Hsu, Ruth. "Review of *Brazil-Maru* by Karen Tei Yamashita." *Manoa: A Pacific Journal of International Writing*, 1993, 5 (2): 189.

④ Murashige, Michael S. "Karen Tei Yamashita: An Interview." *Amerasia Journal*, 1994, 20 (3): 55–56.

山下凯伦心中已然认定，卢梭的《爱弥儿》一书影响了她心目中的家园追寻理念，甚至从某种程度上解释了她为何跟随早期日裔巴西移民的足迹，来到巴西追寻家园。小说中的人物也是带着这样一份思想来到巴西创造新的家园。这个新的家园既包含着山下凯伦及其笔下的日裔巴西移民对日本民族传统文化的记忆——对故国家园的眷恋，又拥有卢梭笔下爱弥儿的思想印迹——逃避现实的精神寄托。

卢梭式精神家园的追寻主题在《巴西丸》的第一个篇章“爱弥儿”便跃然纸上。该部分借助叙事者寺田一郎在乘坐“巴西丸号”通往新家园的路途中，被父亲、勘太郎以及水冈等人称呼“日本爱弥儿”（Japanese Emile）的故事来表现山下凯伦与卢梭哲学思想的联系。尽管寺田一郎只是个九岁的孩子，但是他很清楚被看作“日本爱弥儿”后，自己在埃斯波兰萨社区生活状况的不同：

> 他们谈到能称作纯粹日本精神的东西，以及这份精神在新的国度，以脱离古老习俗的最佳方式得以建立的可能性。谈到关于一个名叫卢梭的法国作家时，他们指着我说：“这就是我们的日本爱弥儿”……一郎，在巴西，我们要拿你当试验品，……别害怕，一郎。我们所有人都应该在巴西学会适应改变，所有的变化都会是好的，孩子们自然懂得接受这些改变。你将会看到：语言、文化、礼貌、一切。你看！①

该段描写中，来自日本的九岁儿童寺田一郎被埃斯波兰萨社区居民称为“日本爱弥儿”，并被视为日裔巴西移民抛开传统的日本精神，接受巴西文化的范例。在这里，山下凯伦似乎有意将卢梭笔下天真纯洁的“爱弥儿”

① Yamashita, Karen T. *Brazil-Maru*. Minneapolis: Coffee House Press, 1992: 11-12.

同寺田一郎的巴西移民经历联系起来，从而道出以一郎为代表的纯真孩童追寻家园和接受新事物的历程。一郎清楚他身边的日裔巴西移民同以往到此的巴西劳工并不一样。后者在巴西赚到足够的养家费用后便返回日本。而他身边的移民群体将会长久定居在巴西，并根据他们的宗教和社会思想创造新的家园。此刻，作为“日本爱弥儿”的寺田一郎与他们一起展示着对于巴西的跨国家园理念。一郎追寻的家园并不一定多么豪华。他曾三番四次表示只想拥有一个真正属于自己的、简单的家：“与其他居住在埃斯波兰萨社区的日本人相比，或许除了奥村夫人，我的家庭在日本的殖民地外与巴西人建立了友情和业务的关系……巴西是一个富裕的、能充当家园的好地方。”① 在巴西建立的家园，即使只是一个简陋的物质环境，对于寺田一郎而言，它也不仅是可以挡风避雨的物理空间，还是充满情感因素的精神空间。正如一郎自己所说：

> 时不时地，直到如今，我经常梦见在埃斯波兰萨社区拥有的第一栋房子。也许因为它是我靠自己的双手，用泥土和砖头一点点建造起来的，就像辛田（Tsuruta）的小型泥土村庄，我对第一栋房子一直保留着特别喜爱的记忆。
>
> 尽管家人只是把这栋房子当作临时的住所，但是我们在那里住了很多年……虽然房屋的空间有限，但我们将它隔成两个寝室、一个厨房，居住了很长的一段时间。②

由此可见，一郎的精神空间里充满着像爱弥儿一样的纯洁天性和简单纯朴的卢梭式家园气息。除此之外，在埃斯波兰萨社区，一郎的父亲行医济世，广施善缘，与当地居民融洽相处，并让一郎接受葡萄牙语与当地文化的教育，教一郎如何在新的国家生存，让他知道，“巴西是唯一一个让

① Yamashita, Karen T. *Brazil-Maru*. Minneapolis: Coffee House Press, 1992: 71.

② Yamashita, Karen T. *Brazil-Maru*. Minneapolis: Coffee House Press, 1992: 18.

我能称之为家园的国度。'一个富有的、美好的地方，使我们建立新的家园'……我们非常幸运受到这样一个国家的欢迎，给这个国家一点回馈是我们该尽的责任'……埃斯波兰萨社区就是我的整个世界"。[①]或许从某种程度而言，寺田一郎这个"日本爱弥儿"角色的构建正是山下凯伦为了瓦解主流社会强加于日裔移民身上的刻板形象（stereotype），借此重新书写日裔巴西或美国移民的个人身份认同。据此，读者能够感受到"卢梭的思想对于正在一片新的土地寻找重新开始的机会，并努力着定义自身命运的社区而言，具有独特的魅力"。[②]将卢梭的思想与埃斯波兰萨社区的家园色彩及小说中关于精神家园的追寻主题相联系也就毫不为过了。

《巴西丸》中卢梭式的精神家园追寻不仅表现在寺田一郎等人对埃斯波兰萨社区这个地理家园的热爱，还同寺田一郎的精神空间相联系，通过一郎对自然的向往等精神维度形象地展现了出来。小说中的寺田一郎崇尚自然，不愿被物质生活的洪流淹没，渴望回归自然，拥有简单朴实的生活。山下凯伦在《巴西丸》的第二章"埃斯波兰萨社区"以寺田一郎的口吻表达了她对充满生态理念的精神家园的追求：

> 在那段日子里，我们以为森林是那么的宽广，如此的毫无止境，砍掉小小的一截不会影响大局……也许这样毁坏森林是巨大的罪过。自那以后，我们一直在尝试着用新的生命代替森林，随心所欲地将它称呼为成长、养料等等。我在这里仅仅度过一生，但森林却平静地生活了几个世纪。我认为，我们从地球所获得的一切，要用好几辈子来偿还。当父亲谈到移民的罪恶时，我相信父亲指的是砍伐森林的罪过。[③]

---

① Yamashita, Karen T. *Brazil-Maru*. Minneapolis: Coffee House Press, 1992: 71.

② Birns, Nicholas. "An Incomplete Journey: Settlement and Power in *Brazil-Maru*." In: *Karen Tei Yamashita: Fictions of Magic and Memory*. Robert Lee, ed. Honolulu: University of Hawaii Press, 2018: 91.

③ Yamashita, Karen T. *Brazil-Maru*. Minneapolis: Coffee House Press, 1992: 22.

18世纪起，随着工业革命愈加深入，环境破坏日益严重，人类对于接踵而来的自然灾难麻木不仁。为了建设可居住的物理空间，大多数殖民者在开垦树林时砍伐树木，烧毁田野，屠杀动物，甚至对整个大自然界宣战。他们对此起彼伏的环境危机视若无睹，如此富含工具理性的行为与动机更增强了人的"茫然失去家园"之感。对此，学界普遍认为："正是所谓的现代文明，而非荒野，把人们的家园变成危险的地带。"[①] 在这段描述中，整个树林的空间意象已经离人们梦寐以求的精神家园相差甚远，为精神家园罩上了一层厚厚的乌云和阴影，隐喻着当地文化生活的堕落，也预示着小说中以寺田一郎为代表的飞散者所追寻的理想家园必须基于卢梭式的精神生态理念。

"在欧洲文学史上，卢梭是第一个集中和大量描写自然风光，表现人与自然和谐的作家，他以此对法国乃至整个欧洲文学产了生巨大的影响。"[②] 作为"生态思想形成系统的第一人，卢梭在西方生态思想史和生态文学史上占有承上启下的，里程碑一般的重要地位"。[③] 卢梭的自然观贯穿于其思想学说中的各个领域：在宗教伦理领域，卢梭认为应当建立在道德良知和自然情感之上的自然宗教；在社会历史领域，卢梭崇尚回归自然的社会历史观；在政治领域，他认为一切都必须建立在良好的道德基础上，从而成立一个人人平等的理想国度；在教育领域，他坚信教育者要以"自然教育"思想为引导，培育道德理想国的新人；在文学领域，他开创了欧洲浪漫主义文学的先河，其崇尚纯朴的自然，讴歌真挚的情感，以及张扬自我的个性极大影响了诸如华兹华斯、拜伦等后世的欧洲浪漫主义作家。《爱弥儿》是卢梭笔下回归自然和崇尚自由的代表作。卢梭在书中认为，教育应从孩

① Nelson, Barney. *The Wild and the Domestic: Animal Representation, Ecocriticism, and Western American Literature*. Reno: University of Nevada Press, 2000: 48.

② 孙伟红. 卢梭的自然观//《欧美文学论丛（第八辑）：文学与艺术》. 罗芃，主编. 北京：人民文学出版社，2002: 268.

③ 陆建德.《现代化进程中的外国文学（下册）》. 北京：中国社会科学出版社，2015: 1520.

童开始，重建自然教育。在卢梭的眼里，以爱弥儿为代表的儿童是天真无邪的。他们拥有自身的美德，贴近自然的纯真。而人类对儿童的教育，就像强调一种土地滋生另一种土地上的东西，强使一种树木结出另一种树木的果实一样。对于儿童，许多人不愿意让他们保持天然的样子，反而想把他们像花园中的树木那样随意修剪，按照自身喜爱的样子加以改造。卢梭反对在社会环境中对儿童进行教育，他厌恶城市生活，认为其充满了腐朽的成分，主张儿童应该在乡村的大自然中接受教育，远离城市的罪恶，以保护儿童善良的天性。卢梭的思想实际上是强调自然高于社会，道德高于理性。正如他在另一部名著《论科学与艺术》(*Discourses on the Sciences and Arts*，1749)中所认为的，科学与艺术科学并没有推动社会进步，反而浊化了人们的思想，使人回到一种愚昧无知的状态，甚至让人勾心斗角，败坏社会风气。反之，只有回归自然才能净化社会风气，避免各种各样的纷争。

卢梭始终认为要尊重自然规律，把工业的发展限制在大自然所能承载的受力范围内。这位绿色思想家曾列举了人们一直以来引以为豪的成就，如移山填海、开垦荒地、高楼耸立等等，并加以质问："所有这些给人类带来的幸福和给人类带来的灾难，究竟哪个更大？"[①] 在此基础上，从卢梭的"重返自然"观点到欧美浪漫主义文学家对无限的向往，无不承载着与自然和谐共处的生态理念与家园意识。尽管在卢梭的年代，生态危机还没有大规模出现，但卢梭面对自然环境遭受工业化进程的破坏所提出的抗议具有高瞻远瞩的目光，预示了现代、后现代人类社会可怕的生存环境。如何平衡日益发展的现代文明与不断增强的家园失落感之间的矛盾，成了许多欧美文学作品关注的话题。正是如此，一些后世的生态文学作品，诸如诺曼·福厄斯特(Norman Foerster)的《美国文学中的自然：现代眼光中的自然研究》(*Nature in American Literature: Studies in the Modern View*

① 陆建德.《现代化进程中的外国文学(下册)》. 北京：中国社会科学出版社，2015: 1520.

of Nature，1923）、亨利·纳什·史密斯（Henry Nash Smith）的《处女地：作为象征和神话的美国西部》（*Virgin Land: The American West as Symbol and Myth*，1950）、雷切尔·卡森（Rachel Carson）的《寂静的春天》（*Silent Spring*，1962）、利奥·马克思（Leo Marx）的《花园里的机器：技术与美国的田园理想》（*The Machine in the Garden: Technology and the Pastoral Ideal in America*，1964）等纷纷问世，相继探讨了如何保护这个曾被人们称为伊甸园的生态家园。1978 年，美国学者威廉·鲁克特（William Rueckert）在《文学与生态学：一场生态批评的实验》（"Literature and Ecology: An Experiment in Ecocriticism"）一文中首次提出"生态批评"与"生态诗学"的概念，明确提出了"生态圈就是人类的家园"[①] 的观点，保护人类生存空间的"家园意识"也随之应运而生。与此同时，纵观来自各个少数族裔的"寻根"文学，作家们经常把飞散者的所寻之根刻画在原始的村庄部落，用思想与行动上的追寻方式表达了对回归自然、回归本质的期盼，从而体现着对人性的关怀，勾勒出一种返璞归真的精神。换言之，"这一序列的感官、嗅觉、听觉、视觉等等都展示了人们失去家园后，如何试图建构它的观念"。[②] 对此，卢梭的生态哲学思想功不可没。

作为日裔美国作家，山下凯伦继承了日本文学中热爱自然、亲近自然的审美理念。通过《巴西丸》这部小说，山下凯伦形象地刻画了当时日裔巴西移民如何通过从事农业、林业等劳动生活建设家园。小说中，山下凯伦"将卢梭的思想当作一把双刃剑，既讽刺了完美梦想与生存的现实之间的隔阂，同时也作为一杆包含希望的标尺，衡量着土地和自然宣告人类尊严的可能性"。[③] 我们看到，在《巴西丸》的每一部分山下凯伦皆以卢梭的一段引言为篇章页，借助《爱弥儿》一书，构建寺田一郎这样一个"日本爱

① 曾繁仁. 试论当代生态美学之核心范畴"家园意识".《温州大学学报（社会科学版）》, 2010, 23 (3): 5.

② Mckusick, James C. *Green Writing: Romanticism and Ecology*. London: Macmillan Press Ltd., 2000: 62.

③ Birns, Nicholas. "An Incomplete Journey: Settlement and Power in *Brazil-Maru*." In: *Karen Tei Yamashita: Fictions of Magic and Memory*. Robert Lee, ed. Honolulu: University of Hawaii Press, 2018: 92.

弥儿"的角色，表达了她对卢梭思想的赞同与热爱。不但如此，《巴西丸》中对于寺田一郎的精神世界描写更是反映了山下凯伦对于逝去的精神乐园的不懈追寻。身处埃斯波兰萨社区的寺田一郎对自然生态的关注恰好体现了这份基于生态思想的家园意识。可以说，此处呈现的生态理念与卢梭的哲学思想不谋而合，它批判了理性、进化、文明等思想，试图回归大自然，摆脱贪婪、腐败、不公等社会的负面形象。小说中引入的生态思想，正好体现了寺田一郎对卢梭式精神家园的追求。在埃斯波兰萨这样一个社区空间引入生态的理念，迎合了美国浪漫主义名家爱默生的观点，"在他眼里的美国应该是田园乡村式的，就像托马斯·杰弗逊一样，他经常想象一个由农民居住的乡村景观，这些农民的工作与土地和季节和谐共处。对于公社的理解还包含了暴风雨中树枝的摇摆"。[①] 在寺田一郎看来，美好的家园应该是田园式的，如伊甸园一样的一方净土。破坏生态家园就是一种需要用好几辈子方能偿还的罪过。寺田一郎对破坏自然的批判及其生态家园的渴望表现了家园意识在山下凯伦创作中的重要地位。正如格雷格·杰拉德（Greg Garrard）在《生态批评》（*Ecocriticism*，2004）一书中按时间顺序将田园分为三个层面——"带着怀旧的情感回忆过去的哀歌、庆祝美好现在的田园诗歌以及憧憬无灾无难未来的'乌托邦'"，[②] 山下凯伦关注埃斯波兰萨社区的生态家园的过去、现在和将来。对山下凯伦而言，家园不仅是一个地理概念的生活空间，还是一块基于卢梭式田园风格的、值得人们用心追求又让人的心灵有所依附的精神之地。与此同时，山下凯伦在小说中极力刻画的卢梭式家园追寻又契合了另一位生态批评知名学者格伦·洛夫（Glen Love）的观点：

> 如今田园牧歌那舒适的、神话般的绿色世界已经受尽了污染，掠夺，乃至威胁。在这样的一个年代，人类与自然界之间的关联——从

① Mckusick, James C. *Green Writing: Romanticism and Ecology*. London: Macmillan Press Ltd., 2000: 123.

② Garrard, Greg. *Ecocriticism*. London: Routledge, 2004: 37.

> 古至今田园牧歌关注的议题——呈现出前所未有的意义。从我们处身其间的、以地球为中心的语境出发，对于田园牧歌的研究将迎来新的阐释空间。[①]

这份基于田园牧歌之上的卢梭式精神家园的追求完美实现了山下凯伦对于传统生态文化的重新领悟，体现了抒情写意的审美情趣，并在家园的美学层面上表达出诗意栖居的内涵。学者尼古拉斯·伯恩斯说得好："山下凯伦在《巴西丸》中所取得的成就之一，便是对卢梭作为一名道德家和社会思想家的重新解读，它呼吁读者挖掘出自己曾受过的教育中关于卢梭的一切知识。"[②] 诚然，《巴西丸》中飞散人物的精神空间与卢梭的生态哲学思想具有紧密的联系。卢梭式的精神空间完美诠释了《巴西丸》中以"日本爱弥儿"寺田一郎为代表的人物的内心世界，是《巴西丸》中诸多飞散者极力追寻的理想家园。

第二节　勘太郎的新世界："杂糅性"的第三空间家园

后殖民主义理论家霍米·巴巴曾通过"杂糅性"（hybridity）的身份理论指出，文化身份之间并不相互排斥或分离，而是在交流碰撞过程中相互掺杂甚至交融。在此基础上，巴巴提出了一个在文化和精神维度你中有我，我中有你的第三空间。巴巴主张作家站在一种"离家"（unhomed）的立场上。当然巴巴所谓的"离家"并不完全等同于无家可归，它无须以某种特定的文化为归宿，也不一定处于某种文化的边缘状态。山下凯伦作为

① Love, Glen A. *Practical Ecocriticism: Literature, Biology, and the Environment*. Charlottesville: University of Virginia Press, 2003: 66.

② Birns, Nicholas. "An Incomplete Journey: Settlement and Power in *Brazil-Maru*." In: *Karen Tei Yamashita: Fictions of Magic and Memory*. Robert Lee, ed. Honolulu: University of Hawaii Press, 2018: 91.

"三世"日裔作家，生长于美国，到巴西长住九年并结婚生子，又曾多次返回故国日本学习生活。这种穿梭于东西文化，又跨越南北半球的特殊经历为其多元文化的身份思想提供了重要依据，也奠定了山下凯伦家园意识中"杂糅性"第三空间的文化或精神成分。在第四部小说《K圈循环》中，山下凯伦直言，即便对于自己的姓名在日语中的翻译或书写，她也认为必须由平假名、片假名和汉字构成的杂糅体：

> 当我的作品被翻译成日语时，我留意到，作为一名作家，我的名字经常以片假名的形式书写……但当看到我的姓氏"山下"未被以汉字的形式书写的时候，我感到很受伤，毕竟"山下"两个字用汉字书写起来很容易："山"（yama）和"下"（shita）。而我的中间名"Tei"，本是明治时代祖母的名字，却没被以平假名的形式书写。"凯伦"，好，这是片假名。我喜欢姓名的混杂性。[①]

在现代日语中，平假名用以书写土生土长的日语词语，汉字源于中国的汉语，片假名则通常表示除中文以外的外来语。它们各自代表的文化属性不言而喻。山下凯伦希望自己的姓名被翻译成日语时采用平假名、片假名、汉字的集合体，足见她心目中对于杂糅性文化和精神的追求与霍米·巴巴的"杂糅性"第三空间理念不谋而合。此外，山下凯伦的"杂糅性"第三空间属性还表现于她在小说写作语言上的混杂性。从《穿越雨林之弧》《巴西丸》《橘子回归线》《K圈循环》，乃至《I旅馆》，读者经常看到山下凯伦娴熟地使用日语、葡萄牙语和英语，以语言的混杂表现着少数族裔移民群体"杂糅性"的文化身份。

在《巴西丸》中，山下凯伦对于"杂糅性"的第三空间家园的追寻主要体现在另一名居住在埃斯波兰萨社区的飞散者——宇野勘太郎的身上。

① Yamashita, Karen T. *Circle K Cycles*. Minneapolis: Coffee House Press, 2001: 54.

比起被称作“日本爱弥儿”的寺田一郎，宇野勘太郎的性格特色似乎更加鲜明，其追寻新家园的意识也似乎更加强烈。作为宇野家族的长子，勘太郎是埃斯波兰萨社区的灵魂式与领袖式的人物，他追寻的家园模式具有集日本与巴西的文化属性为一体的“杂糅性”特点。勘太郎是一名年轻的理想主义者，正如伯恩斯所认为的，“勘太郎是行动者，是处事者”。[①]“如果一郎是以什玛尔，也就是那个敏感的观察者和生存者，那么勘太郎就是亚哈船长。”[②]勘太郎时常勾勒着埃斯波兰萨社区的发展蓝图，将埃斯波兰萨社区视为自己追寻的新世界空间。他对于日本人移民巴西，在埃斯波兰萨社区建立一个“杂糅性”的第三空间家园抱有远大的目标和宏伟的构想。小说中提到：

> 勘太郎有一种方法，每当与人谈及未来生活的时候，总能让人们感到豁达与知足，充满希望。每次讨论一个项目，不论大小，他总会带着激情与乐观，就像我们日常生活中接手的任务，无论看似多么琐碎，实则都是更加重要的计划的一部分。他认为埃斯波兰萨社区犹如一颗蕴含新梦想的种子，是一个能够改变世界的新试验。[③]

勘太郎在追寻家园的过程中，将位于巴西的埃斯波兰萨社区看作“一颗蕴含新梦想的种子”，认为它是“一个能够改变世界的新试验”。他坚信：“我，宇野勘太郎，必将埃斯波兰萨社区建成新的文明。”[④]社区的人们因此愿意同勘太郎谈论梦想和家园的追寻。然而，勘太郎在埃斯波兰萨社区的家园追寻实际上影射着一名飞散者对于移民家园所在地的文明从接纳和

① Birns, Nicholas. “An Incomplete Journey: Settlement and Power in *Brazil-Maru*.” In: *Karen Tei Yamashita: Fictions of Magic and Memory*. Robert Lee, ed. Honolulu: University of Hawaii Press, 2018: 94.

② Birns, Nicholas. “An Incomplete Journey: Settlement and Power in *Brazil-Maru*.” In: *Karen Tei Yamashita: Fictions of Magic and Memory*. Robert Lee, ed. Honolulu: University of Hawaii Press, 2018: 101.

③ Yamashita, Karen T. *Brazil-Maru*. Minneapolis: Coffee House Press, 1992: 50.

④ Yamashita, Karen T. *Brazil-Maru*. Minneapolis: Coffee House Press, 1992: 117.

尊重，到肯定和认同的身份转向，从而为其飞散者的身份追寻到一份安宁与归宿。或者说，勘太郎与作者山下凯伦一样，其独特的文化身份观容易使人联想起霍米·巴巴笔下的第三空间。又如在《巴西丸》第七章"新世界"当中，山下凯伦用了大量的笔墨描写勘太郎眼中埃斯波兰萨社区社会空间的新秩序：

> 在这里，同住在一个屋檐下的，是代表60个不同地区的120名年轻人。直到现在我们每个人还在分散行事，各做各的，缺乏真正的力量。今天我邀请所有的人像运动一样，团结起来。我的建议是在每个乡村的地区建立一个中心。每一个地区建一个养殖场，种植稻谷……所赚的钱可用来创办学校，教育青年，建造医院……我们会有巨大的生产力……为了这个梦想，我们在埃斯波兰萨社区辛勤劳动，但我们已经证明，这并非空想，而是有望实现的。①

家园的书写不仅在于揭示物理空间层面上的生活环境，还在于展现隐含其中的人际关系和社会行为。空间也绝非仅仅是物质形式的容器，它还存在于我们所生活的物质世界，同时嵌入了纷繁复杂的社会关系。从这点上看，小说中勘太郎影响的埃斯波兰萨社区的社会关系也是山下凯伦书写的家园元素之一。虽把自己看作埃斯波兰萨社区的中心人物，但勘太郎时常像亲人一般对待社区的居民。勘太郎已经意识到分散行事可能导致真正力量的缺乏。因此他提议埃斯波兰萨社区的居民团结起来，从而获得巨大的生产力。勘太郎认为，尽管日本和巴西是两个不同的地理家园，但在埃斯波兰萨社区建立以合作为基础的新家园是离家足有半个地球之远的日本人的宿命。作为居住在埃斯波兰萨社区的日裔巴西移民，他们完全能够按照日本人的经济和社会模式在巴西建立一个包含日本社会文化的社

① Yamashita, Karen T. *Brazil-Maru*. Minneapolis: Coffee House Press, 1992: 77–78.

会空间家园。或者说，勘太郎所追寻的这份集体主义式的家园意识实际上迎合了学界对日裔移民的看法："在集合主义和个人主义的文化观念上，'一世'和'二世'之间的关系经常由于这份冲突而变得难以调和。总体而言，日本文化比美国文化更加注重集体主义的属性。"[①] 勘太郎在埃斯波兰萨社区追寻的家园颇具集体主义风格。它像是一个位于异国巴西的物理空间和社会空间，又掺杂着日本文化的"杂糅性"第三空间家园。

在互相合作原则的前提下，勘太郎对于他的新家园，即埃斯波兰萨社区未来的追寻充满信心。勘太郎经常骑着一匹健壮的白马，在埃斯波兰萨社区的旷野上驰骋纵横，借此展现他的高雅形象。他曾把埃斯波兰萨社区看作一个充满想象力的无限空间。他说："就是这片土地。一切事物都可以在此快速地成长。如果祖母的身体能够恢复，让我带她逛逛这片新土地就好了。我一直到处骑马，这里拥有着精神和想象力的无限空间。"[②]"你可以笑话我，但我之所以来到这里，就是为了建立新的家园。当你能够建立某些新的事物，你就拥有付诸实践的自由。为何不尝试一番呢？"[③] 对于勘太郎的执着，身为"日本爱弥儿"的寺田一郎也坦言："我羡慕马背上的勘太郎，踏过满是灰尘的路，穿越我们新开垦的田地。"[④] 尽管公社的许多人认为勘太郎的做法奢侈，"马是不必要的消费"，[⑤] 但在寺田一郎看来，"勘太郎实现了一个年轻人的梦想，在那段日子里，我很想模仿那份早属于勘太郎的骄傲和自由"。[⑥] 勘太郎代表了埃斯波兰萨社区这一"第三空间"式新世界的勃勃生机，也代表了一份敢于追寻理想家园的意识。他"显然并不仅仅追求短期的经济利益，而是一开始就有一种建构新世界的

① Sokolowski, Jeanne. "Internment and Post-War Japanese American Literature: Toward a Theory of Divine Citizenship." *MELUS*, 2009, 34 (1): 72.

② Yamashita, Karen T. *Brazil-Maru*. Minneapolis: Coffee House Press, 1992: 17.

③ Yamashita, Karen T. *Brazil-Maru*. Minneapolis: Coffee House Press, 1992: 30.

④ Yamashita, Karen T. *Brazil-Maru*. Minneapolis: Coffee House Press, 1992: 16.

⑤ Yamashita, Karen T. *Brazil-Maru*. Minneapolis: Coffee House Press, 1992: 16.

⑥ Yamashita, Karen T. *Brazil-Maru*. Minneapolis: Coffee House Press, 1992: 16.

雄心”。[①] 即便在战争爆发，人心惶惶，身边的日本移民全部心系自身安危的时候，勘太郎仍对他领导的埃斯波兰萨社区和新世界农场（New World Ranch）胸有成竹。“从我们来到这片土地的那刻起，上天便开始保佑我们创造新的生活……许多移民只会想着回到日本，想着活一天算一天。当他们开始思考过去的时候，生命已经过去了。”[②] 不但如此，勘太郎相信：

> 在新世界农场，我们一贯保持平静低调，又脚踏实地地将居民团结在一起，为了伟大的事业。我们正在试验新的技术，给这个饲养家禽的农场带来新的发现。新世界农场是一个不断进步的地方，是一个代表将来的地方。战争没有对新世界农场造成任何影响……无论我们身在何地，都要时刻准备，迎接新的黎明，新的时代。[③]

埃斯波兰萨社区在勘太郎的内心深处无疑是一份值得追求的精神家园。为此，勘太郎时刻不忘对日本人移民巴西的原因做出极其唯美的处理，又以此来迎合自身的美好理想。他认为埃斯波兰萨社区应该拥有一个基于团结合作原则的社会空间，这代表了一种新的世界和新的时代。人们时常将勘太郎看作“伟大的理想主义者”（a great idealist），[④] 将埃斯波兰萨社区先称为“勘太郎的地方”（Kantaro's place），而后称之为“宇野农场”（the Uno Ranch）。此处，寺田一郎与勘太郎两人对于家园的追寻产生了共鸣，基于对这份“杂糅性”第三空间家园的追寻，勘太郎之弟三郎（Saburo）将这个“杂糅性”的家园称为“勘太郎的公社肥料堆”（Kantaro's Communal Compost）。对于勘太郎的家园追寻，一郎认为：“宇野勘太郎是一个懂得梦想的人；他的天才在于拥有巨大的能力，能够清楚地表达他的所见，并

① 王一平.《巴西商船》《K 圈循环》的移民环流与乌托邦建构.《英语研究》, 2024 (1): 141.

② Yamashita, Karen T. *Brazil-Maru*. Minneapolis: Coffee House Press, 1992: 104.

③ Yamashita, Karen T. *Brazil-Maru*. Minneapolis: Coffee House Press, 1992: 104.

④ Yamashita, Karen T. *Brazil-Maru*. Minneapolis: Coffee House Press, 1992: 147.

且对他的将来充满信心，所有人都相信勘太郎可以通过自己的努力把握将来。”①

勘太郎的“杂糅性”家园意识还表现于他对日本性的执着。这是勘太郎心中自我文化的追寻。从精神家园的角度而言，这份日本性的追求是山下凯伦对其日本民族属性的不离不弃。有些学者认为勘太郎代表了日本帝国主义在南美洲的殖民者形象。比如，凌津奇教授曾提到：“勘太郎的年轻气盛，加之他总是在船上带着一个昂贵的卡尔·蔡司照相机，到达埃斯波兰萨社区后总是骑着一匹白色的阿拉伯马驰骋纵横，表现出体格上的气质和性别上的勇敢，彰显了帝国主义现代性的特征。”② 然而，小说中并未描写勘太郎作为殖民者对巴西当地人所做的任何暴行，正如伯恩斯所言，“我们对勘太郎的留意始于他拍摄这片新的土地之时”。③ 纵观全书，读者感受到的是勘太郎的领导“不同于明治维新与二战期间的日本……勘太郎的领导恰体现了 20 世纪西方人对于灵感和力量的集合”。④ 霍米·巴巴等人也曾经提到：“每个民族都拥有他们自己的叙事，这份主导或者官方的叙事胜过其他的故事。少数族裔或边缘群体在重新思考民族属性的时候，也能够拥有独特的视角，从而使他们的思想更具有包容性和真实性。”⑤ 勘太郎在追寻新家园的过程中一开始便怀揣着集日本性和他国文化为一体的“杂糅性”第三空间家园。

在“杂糅性”的基础上，霍米·巴巴还提出了一个体现殖民者与被殖民者之间关系的重要状态，即模拟（mimicry）。霍米·巴巴指出，模拟是

① Yamashita, Karen T. *Brazil-Maru*. Minneapolis: Coffee House Press, 1992: 59.

② Ling, Jinqi. Across *Meridians: History and Figuration in Karen Tei Yamashita's Transnational Novels*. Stanford: Stanford University Press, 2012: 39.

③ Birns, Nicholas. "An Incomplete Journey: Settlement and Power in *Brazil-Maru*." In: *Karen Tei Yamashita: Fictions of Magic and Memory*. Robert Lee, ed. Honolulu: University of Hawaii Press, 2018: 95.

④ Birns, Nicholas. "An Incomplete Journey: Settlement and Power in *Brazil-Maru*." In: *Karen Tei Yamashita: Fictions of Magic and Memory*. Robert Lee, ed. Honolulu: University of Hawaii Press, 2018: 95.

⑤ Bhabha, Homi, and David Huddart. *Routledge Critical Thinkers*. New York: Routledge, 2006: 68.

当地人对于殖民者的某种嘲弄乃至变形的模仿。就此而言，殖民者必须既驯服当地文明，又肯定其差异，方可将模拟限制在安全阈值内，从而使殖民者的形象更加清晰可辨。霍米·巴巴认为，除了殖民文化和当地文化之外，其实还存在着一个介于两种文化之间的模棱两可的、伪装的、模似的第三空间。正如山下凯伦曾在《K圈循环》中如是描写了日裔巴西人重回日本的场景：

> 随着光阴的流逝，我把美式的穿着换成日本的服饰。留起一头长发，带上隐形眼镜……同时我掌握了直觉上的模拟技能。每当谈到自己的时候，我会指着自己的鼻子，笑的时候我会捂住嘴巴。我会用双手捧着茶杯，坐着的时候紧紧夹着双腿，我还会合理地使用女性化的日语表达。①

该观点折射到《巴西丸》中，便成了勘太郎眼中"杂糅性"的第三空间家园追寻。我们看到在"新世界"一章中，"勘太郎开始讨论将居住在巴西的日本青年集合起来，因为从北部帕拉州的亚马逊河到南部的巴拉那州，日本拥有着很多的殖民地"。勘太郎脑海中的自己已然成为"日本青年伟大运动中的一部分"。② 在《巴西丸》的第四部分"元治"（Genji），勘太郎的侄儿元治讲述重建埃斯波兰萨社区的故事时曾提到在勘太郎的眼里，埃斯波兰萨社区的学生并不需要学习葡萄牙语，也不用学习巴西的文化。勘太郎认为日本移民来到巴西，"是为了在这里创造一个新的日本文明，而非一个巴西文明"。③ 对此，寺田一郎也曾抱有同感，"永远不离开埃斯波兰萨社区，不说葡萄牙语是可能的；永远无视外面的世界也是可能的"。④

① Yamashita, Karen T. *Circle K Cycles*. Minneapolis: Coffee House Press, 2001: 12.

② Yamashita, Karen T. *Brazil-Maru*. Minneapolis: Coffee House Press, 1992: 77.

③ Shimazu, Nobuko. "Karen Tei Yamashita's Challenge: Immigrants Moving with the Changing Landscape." Diss. Indiana University of Pennsylvania, 2006: 81.

④ Yamashita, Karen T. *Brazil-Maru*. Minneapolis: Coffee House Press, 1992: 69.

很明显，勘太郎将日本文明看得比巴西更加优越，也就是说在埃斯波兰萨社区的新家园，勘太郎并不愿意日本文化完全被巴西文明所取代，而应该创造出一个集两种文化为一体的"杂糅性"第三空间家园。当社区的青年质疑勘太郎为何不同意他们接受巴西的学校教育时，勘太郎的回答总是强调社区的历史，说埃斯波兰萨社区最早的创建者之所以来到巴西，是因为要创造一个饱含日本文化的新世界。足见在勘太郎的眼里，一个"杂糅性"第三空间家园确实是他作为埃斯波兰萨社区的"领导者"追寻的目标。

实际上，山下凯伦之所以描写诸如宇野勘太郎这样一名执着于日本文化属性的人物，并构建他内心深处追寻的"杂糅性"第三空间家园的理想，其原因与历史上第一代日裔巴西移民的思乡情结不无关联：

> 自从第一批移民 1908 年到达后，在巴西的日本人已经成为日本本土以外的移民和他们的后裔人口数量最多的人群，大约有 1600 万人……许多在巴西的日本公社人员都选择保持他们的语言、历史与文化实践，将它们传承给第二代的日裔巴西人。这点与巴西政府想要同化移民，建立统一的巴西王国的初衷背道而驰。面对巴西政府极力根除移民文化的企图，公社人员仍旧尽力保持语言文化中的诸多因素，其结果便是使日裔巴西人的属性逐步混杂化。①

以勘太郎为代表的日裔巴西人来到埃斯波兰萨社区，将社区视为一个"新世界"般的空间，不但为了寻找新生活的地理家园，更由于他们不愿忘记曾经驻扎在内心深处的精神家园。无论勘太郎及其领导的埃斯波兰萨社区居民究竟是殖民者或是飞散者，他们都不愿意单方面地融入巴西当地文化。换言之，他们追寻的实际上是一个能够使"日裔巴西人的属性逐步混杂化"的第三空间式家园。这点与生活在美国的少数族裔移民

① Rivas, Zelideth M. "Jun-nisei Literature in Brazil: Memory, Victimization, and Adaptation." Diss. University of California, Berkeley, 2009: 8.

群体对其精神家园的追寻异曲同工。山下凯伦曾在第四部小说《K圈循环》中的《纯粹的日本人》("Purely Japanese")一文对此有所表示:"我来自一个许多平民百姓,包括我自己所属的种族,长期遭受种族歧视和隔离的国家。我并不认为种族的纯粹性有多么珍贵,也不相信它有多么重要。而在日本,我总是尽力去跨越,去归属。"[①]《巴西丸》中勘太郎眼里的新世界空间或众人追寻的新家园,即埃斯波兰萨社区的存在似乎使这部作品具有了诸如"乌托邦"小说的文化特征。毕竟,"面对既熟悉又陌生的人们和习俗,'乌托邦'小说提供了探索文化差异本质的文学实验"。[②]从空间与家园的角度讲,勘太郎代表了这样的一类移民群体:他们是霍米·巴巴笔下"第三空间"人物的代言,他们彷徨于故国与移居国,徘徊在故国文化与移居国文化之间;但他们同时亦可以充分利用"杂糅性"的优势,既摆脱了日本人身份或巴西人身份的纠缠,又能够综合应用这两种文化话语,与两种文化保持着对话式的关系。在这样一个"杂糅性"的文化或精神空间里,日裔巴西移民重新检视个人认同、社群归属的传统认知,从而建构出一种跨越种族之争、值得人们耐心追寻的理想家园。

值得注意的是,"家园"一词在《巴西丸》中并不仅限于个人的房舍,还可以是广义上的家园,或是人类生息繁衍的栖居之所。对于《巴西丸》中的日裔巴西移民而言,他们在实现重新栖居的过程中,也必然包括生态系统和文化心理的全面恢复。从根本上说,强化对埃斯波兰萨社区的自然生态和物种的保护意识是在这个新的家园中重新栖居的前提。无论是个人主体性的获得,还是精神上的复苏,都要依赖生态系统的全面恢复。尽管勘太郎算不上一个完美的角色,甚至有时候表现得像发号施令的独裁者或挥霍无度的少年,但他在对待埃斯波兰萨社区的精神生态方面却带有"杂糅性"家园的特征。勘太郎曾经坦言:

① Yamashita, Karen T. *Circle K Cycles*. Minneapolis: Coffee House Press, 2001: 12.

② Bercovitch, Sacvan, ed. *The Cambridge History of American Literature(Volume 3)*. Cambridge: Cambridge University Press, 2005: 711.

> 我花钱如流水，没有拒绝过津奈子。对我而言，并没有过于昂贵的小东西，也没有不能实现的想法或计划。没有什么是我办不到的……金钱从我的手指间流走，传奇般地填满了每一个冒险家的口袋……金钱并不重要，它不过是达到目的的一种手段。梦想是一定要实现的，而稻谷永远属于埃斯波兰萨社区。[①]

尽管勘太郎对金钱挥霍无度，但他心里始终不忘对梦想家园的追寻，并将生态文化的思想与埃斯波兰萨社区的精神家园相联系，呈现出另一个层面上的“杂糅性”家园色彩。当然，这与勘太郎倡导的埃斯波兰萨社区的经济运行模式不无关系。小说中的另一个人物，农学家清次郎贝夫（Seijiro Befu）提倡模仿美国和欧洲的形式，将埃斯波兰萨社区建成一个养殖农场。贝夫认为社区可以建立维持生命的循环，比如养鸡，既能吃肉，又能吃蛋，还能买卖，以此打造一个既能不断回收土地资源，又能使土地保持肥沃的家禽农庄。暂且撇开贝夫的真实目的是否基于经济或商业不谈，这份“循环使用土地资源”，[②] 以及“创造自给自足的生活方式”，[③] 从生态理念及精神家园的角度而言，与“勘太郎关于人类与自然的观点”[④] 一样，可以看作一个旨在把农场打造成美好的精神家园的愿景。贝夫坚信：“这不仅是一个为利润而运行的简单商业模式，而是一个生活方式，一个伟大的人类实验。”[⑤] 勘太郎认为，该思路具有成为社区运作基本形式的前景，随即着手建立属于自己管辖的新世界农场，可以说勘太郎在保护传统日本文化的同时，对于新建的埃斯波兰萨社区家园的生态环境也颇为关注：

① Yamashita, Karen T. *Brazil-Maru*. Minneapolis: Coffee House Press, 1992: 147.
② Yamashita, Karen T. *Brazil-Maru*. Minneapolis: Coffee House Press, 1992: 61.
③ Yamashita, Karen T. *Brazil-Maru*. Minneapolis: Coffee House Press, 1992: 61.
④ Yamashita, Karen T. *Brazil-Maru*. Minneapolis: Coffee House Press, 1992: 62.
⑤ Yamashita, Karen T. *Brazil-Maru*. Minneapolis: Coffee House Press, 1992: 167.

> 主要是使土地复苏。土地的将来依靠的是肥料。没有了肥料，土地就会变坏，人们会放弃土地，失去将来……直到如今，我们总是忙于清理原始树林。我们用尽了土地，种植咖啡、大米、棉花。在过去的几年里，我们用尽了土地的自然资源，那是有罪的。很多日本人已经因此离开了这片土地，去往大城市。我们必须想办法把人们留在这片土地，答案很简单：恢复自然资源。[1]

多么简单的答案，“恢复自然资源”。然而如何才能实现这个答案，却成了许多人的困惑。在现代社会，由于自然环境的破坏和精神焦虑的加剧，人们普遍产生了一种失去家园的茫然之感。家园意识即是在这种危机的背景下提出的。它不仅包含着人与自然生态的关系，而且蕴含着更为深刻的、本真的人之诗意地栖居的存在真意。“在全球化时代，每个人都有作为其文化根基的祖国家园，同时又有作为生存根基的地球家园。”[2] 山下凯伦的人类学研究经历影响了她热爱自然生态的家园意识，并成了她在《巴西丸》中设计寺田一郎和宇野勘太郎等人物的素材。尽管勘太郎身上并不明显带有爱弥儿的气质，但毕竟卢梭作品的选段贯穿了小说五个部分的篇章页，在勘太郎身上我们可以看出，山下凯伦对于家园问题的观点与卢梭意气相投，它旨在改变工业文明和物质过度发展给人类造成的生存困境，重新思考“存在”问题的本质以期获得“重新栖居”的可能，达成“诗意栖居”的生存理想。而解决这些问题的关键在于回顾和反思人与土地的关系，坚定家园意识。在《巴西丸》中，山下凯伦利用贯穿在勘太郎理念的生态意识表达了她对这份生态家园的追求。正如在一次采访中，国内学者刘葵兰教授留意到山下凯伦位于圣克鲁斯（Santa Cruz）的大学住所充满了生态家园的气息，“似乎点缀在原始森林中，可以看见小鹿的奔跑，小鸟的

① Yamashita, Karen T. *Brazil-Maru*. Minneapolis: Coffee House Press, 1992: 77.

② 曾繁仁. 试论当代生态美学之核心范畴“家园意识”.《温州大学学报（社会科学版）》, 2010, 23 (3): 5.

吟唱，孩子在阳光下玩耍”。[①] 从精神家园的角度而言，勘太郎对于土地的眷恋和奉献的精神显然不是一时的热情所致，也不只是对未来一年收成的渴望，而是基于他多年以来与土地、自然共生共融的相处过程中结成的深厚情谊。勘太郎在土地上劳作的经验以及同自然交流的体验形成了一个集传统日本文化和生态文化为一体的“杂糅性”第三空间，塑造了他和作者极力追寻的家园的多重文化特征。

勘太郎把苦心经营的埃斯波兰萨社区视作“具有精神和想象的无限空间”。[②] 它就像一个崭新的世界，承载了许多日本人追求与建立精神家园的梦想。关于勘太郎眼中的新世界空间，我们可以回到小说的开头部分，通过追溯 20 世纪初日本人大量移民巴西的一段鲜为人知的历史往事，更加深刻地理解山下凯伦赋予《巴西丸》的家园追寻主题：

> 日本人移民巴西，与美国的一系列排斥亚洲移民的政策息息相关。当 1908 年签署的《君子协议》(*Gentlemen's Agreement*)开始限制日本人移民美国时，一艘载满 800 名日本人的货船开到了圣保罗的桑托斯港口。当美国政府于 20 世纪 20 年代通过《排外法案》时，涌向巴西的日本移民数量急剧增加；成千上万的日本人到巴西成为咖啡种植园的合同工。到 1940 年为止，19 万多名日本人分乘 32 艘轮船在桑托斯港登岸。这些轮船远涉重洋，往返 300 多次。多数移民是以合同工身份来到巴西的，但也有少数人一上来就购置成片的土地或对可耕地进行殖民。[③]

这段话开门见山地道出了日本人移民巴西的原因。纵观整段描写，令

① Liu, Kuilan. *The Shifting Boundaries: Interviews with Asian American Writers and Critics*. Tianjin: Nankai University Press, 2012: 124.

② Yamashita, Karen T. *Brazil-Maru*. Minneapolis: Coffee House Press, 1992: 17.

③ Yamashita, Karen T. *Brazil-Maru*. Minneapolis: Coffee House Press, 1992: ii.

人印象深刻的要点之一便是日本人曾试图移民美国而受阻的事实。它既“强调了亚洲——太平洋和亚洲——拉丁美洲这两个形构之间既包容又互为矛盾的内在联系，同时又使山下在她1990年的小说中对一位年轻的日本铁路巡查员在当代巴西的遭遇之描写带有鲜明的历史性”。[①]《巴西丸》中宇野勘太郎与寺田一郎等人的巴西之行是对美国通过《君子协定》禁止日本人继续移民的回应，更是出于他们渴望在新的环境和新的世界建立家园的需要。这份追寻的历程与勘太郎苦心经营的埃斯波兰萨社区和新世界农场交相辉映，形象地展现了家园追寻的重要主题。

当然，山下凯伦书写以勘太郎为代表的人物对这份“杂糅性”第三空间家园的追寻，与她所熟悉的日本国内形势及移民的原因不无关联。1868年发动的明治维新结束了日本的锁国时代，也开始了日本人的海外移民浪潮。在19世纪80年代，2000多名日本人移居到美国本土，此后人数迅猛增长起来。相关资料显示，“居住在美国的日本人从1890年的2039人，到1890年的24326人，再到1910年增长为77157人”，[②] 此后很快达到10万人的高峰。更有甚者，第一次世界大战的冲击和1923年的关东大地震致使数以万计的日本人无家可归、流离失所。不论在城市或在乡村，大中专院校毕业生求职屡屡受挫，城市工业部门罢工的现象层出不穷。故国日本对他们而言，俨然成了一个日渐疏远的失落家园。这点从空间的角度而言，也似乎验证了尼古拉斯·斯宾塞（Nicholas Spencer）在《“乌托邦”之后：论20世纪美国小说批评空间的崛起》（*After Utopia: The Rise of Critical Space in Twentieth-century American Fiction*）一书中提到的，“比起‘乌托邦’型的避难所，国内的空间更像一个产生霸权主义文化与激进历史的地方”。[③] 在地理家园失落的基础上，人们纷纷开始思考着追寻新的精神空间

① 徐颖果，主编.《离散族裔文学批评读本：理论研究与文本分析》. 天津：南开大学出版社，2012: 271.

② Brown, Joyce L. *The Literature of Immigration and Racial Formation: Becoming White, Becoming Other, Becoming American in the Late Progressive Era*. New York: Routledge, 2004: 61.

③ Spencer, Nicholas. *After Utopia: The Rise of Critical Space in Twentieth-century American Fiction*. Lincoln: University of Nebraska Press, 2006: 222.

家园。对于这些移居海外的日本人而言，家园便是在祖国以外的另一方净土。正如国内学者徐颖果提到的，“离散群体的家园是动态的，家随人动，离散群体的家园，就在他们迁移的旅途中……离散族裔的家，与其说是一个地理位置，不如说更像一个感情空间。对故国的认可，从物质的寻找转换为一种情愫。故国成为一个假象的理想归宿。家园不再是离散族裔离开的地方，而是他们希望皈依的地方。这种希望之乡对于离散作家的创作提供了广阔的创作空间，提供了无限的创作题材”。[①] 关于这点，小说描写到，“每一年都有很多抱怨高税收，特权的贫苦佃农移民到远处寻找新的际遇”。[②] 在这样的历史条件下，家园已不能再为物理空间所限，无论身在何方，唯有敢于追寻和创造家园的人方能摆脱生活的困境。

除此之外，小说中日裔巴西移民的漂泊与海明威、菲茨杰拉德（F. Scott Fitzgerald，1896—1940）、斯坦因（Gertrude Stein，1874—1946）、约翰·多斯·帕索斯（John Dos Passos，1896—1970）等“迷惘的一代”（the lost generation）作家出于对战争的迷惘而自愿流亡到巴黎颇有几分神似。不同的是，当时的美国并不欢迎日本人移民，他们知道日本已成为在太平洋崛起的军事强国，不愿与之起正面冲突，故而谨慎地采取了稍微不同的排日措施，使日本政府也较为体面地同意了《君子协定》，停止签发日本劳工赴美护照，让“日本移民意识到他们想要融入美国社会的种种努力皆成徒劳”，[③]“尽管日裔美国人奋起反抗，但反抗的能力是如此的弱小，连历史学家都未曾留意”。[④] 这正是书中所言，“美国人签署了排外法案，不允许我们进入”。[⑤] 因而，小说中的日裔巴西移民普遍认为：“巴西是一块原始森

① 徐颖果，主编.《离散族裔文学批评读本：理论研究与文本分析》. 天津：南开大学出版社，2012: 12.

② Yamashita, Karen T. *Brazil-Maru*. Minneapolis: Coffee House Press, 1992: 6.

③ Leong, Andrew W. “Impossible Diplomacies: Japanese American Literature from 1884 to 1938.” Diss. University of California, Berkeley, 2012: 77.

④ Inagawa, Machiko. “Japanese American Experiences in Internment Camps during World War II as Represented by Children’s and Adolescent Literature.” Diss. The University of Arizona, 2007: 28.

⑤ Yamashita, Karen T. *Brazil-Maru*. Minneapolis: Coffee House Press, 1992: 6.

林，全然不像美国。”[①]“我们再也不是合同工，从一开始我们就拥有自己的土地……超过一整个村庄的土地面积。”[②]对于小说中的日裔巴西移民及其后代而言，他们“虽然有着外表的特征，但已然是过于‘巴西化’，再难真正当回日本人”。[③]难怪在饱经风霜的移民经历之后，以寺田一郎为代表的日裔巴西移民群体感慨道：“自那以后，我对日本的记忆逐渐消失了，在我眼里，对出生地也是一片模糊。”[④]对此，勘太郎和他的家人始终保持乐观的态度，在许多人都对这份家园追寻的航行表示迟疑的时候，他们“对自己的与众不同信心满满”。[⑤]即使在经历战争的时候，勘太郎还不忘以一个领导者的身份设法使他一手经营的埃斯波兰萨社区和新世界农场继续运行。甚至我们还能看到，勘太郎带领的棒球队也是“他在战前训练的，用以扩展家禽养殖场土地的筹码”，[⑥]“勘太郎的目的是双重的，一则为棒球比赛而训练，二则为了清理他跟贝夫及其他人想要建立的土地”。[⑦]即使到了小说临近尾声之际，勘太郎仍然鼓励他的“追随者”为了这份追寻继续前行：

> 五十年前，我们到这片树林开拓了新的文明，开启了新的生活。如今经历了诸多的牺牲，战胜了为子子孙孙播撒希望种子所面临的巨大困难，我们又聚集在一起。这两个孩子，勘三和明子，将成为我们艰苦奋斗，击败困难的伟大精神的延续。他们将待在埃斯波兰萨社区，继续完成我们的工作。[⑧]

勘太郎就是这样一个富含家园追寻梦想的人物。他在新的物理空间，

① Yamashita, Karen T. *Brazil-Maru*. Minneapolis: Coffee House Press, 1992: 6.
② Yamashita, Karen T. *Brazil-Maru*. Minneapolis: Coffee House Press, 1992: 6.
③ Nogueira, Arlinda R. “Japanese Immigration in Brazil.” *Diogenes*, 2000, 48 (3): 54.
④ Yamashita, Karen T. *Brazil-Maru*. Minneapolis: Coffee House Press, 1992: 8.
⑤ Yamashita, Karen T. *Brazil-Maru*. Minneapolis: Coffee House Press, 1992: 10.
⑥ Ling, Jinqi. *Across Meridians: History and Figuration in Karen Tei Yamashita's Transnational Novels*. Stanford: Stanford University Press, 2012: 41.
⑦ Yamashita, Karen T. *Brazil-Maru*. Minneapolis: Coffee House Press, 1992: 63.
⑧ Yamashita, Karen T. *Brazil-Maru*. Minneapolis: Coffee House Press, 1992: 239.

为了“新的文明”,“新的生活”执着于心目中“杂糅性”家园的追寻。尽管至今为止,国内外公开出版的关于《巴西丸》的论著为数极少,但评论界对勘太郎的观点可谓毁誉参半,甚至多数观点将他看作一个代表日本殖民者的形象。实际上,勘太郎是山下凯伦笔下较为少见的一名圆形人物(round character)。他的刻画一开始就具有“杂糅性”的特点。关于勘太郎的形象,或许正如坎德丝·朱所说,“山下凯伦的叙述具有杂糅性,因为它展现并且成就了这片红土地的历史——人们对于土地的所有权,以及随之而来的暴力运动”。[①] 只不过小说中的勘太郎并没有发动或参与任何的暴力行为,而是像一名拥有纯真理想,志在保持自身文化,又跨越种族差异的领导者。难怪有的学者指出勘太郎“喜欢成为众所瞩目的焦点。他对于现实的观点总是基于自身,基于权力。然而,这份同力量的联系既不是勘太郎的错误,也不是那些聚集在他身边的公社的错误”。[②] 当我们从精神空间和文化空间的角度细读这位小说人物之时,不难发现,勘太郎内心深处其实与大多数族裔飞散人群一样,具有在新的世界空间追寻理想家园的灵魂。难怪在寺田一郎的眼里,“勘太郎的照相机似乎代表了某种将来,一个值钱的赌注,一份美好的精神,与我先前接触的不一样”。[③] 正如哈·金在《移民作家》一书中提到的,“如今家园这个词内在的对立统一比以往更为重要,家园(homeland)一词的意义离不开家(home);家园是作为移民能够在自己的故土以外构建的,因此,如果说祖国就存在于你构建的家园之中,那么,这样的观点是符合逻辑的”。[④] 勘太郎这一“杂糅性”形象的成功构建,恰好体现了作者山下凯伦对于具有跨国文化色彩的“杂糅性”家园的不懈追寻。

① Chuh, Kandice. “Of Hemispheres and Other Spheres: Navigating Karen Tei Yamashita’s Literary World.” *American Literary History*, 2006, 18 (3): 628.

② Birns, Nicholas. “An Incomplete Journey: Settlement and Power in *Brazil-Maru*.” In: *Karen Tei Yamashita: Fictions of Magic and Memory*. Robert Lee, ed. Honolulu: University of Hawaii Press, 2018: 95

③ Yamashita, Karen T. *Brazil-Maru*. Minneapolis: Coffee House Press, 1992: 10–11.

④ Jin, Ha. The Writer as Migrant. Chicago: The University of Chicago Press, 2008: 84.

第三节　埃斯波兰萨社区："异托邦"的梦境家园

上文提到,《巴西丸》曾被一些学者看作一部描写日本殖民者在巴西的殖民入侵的小说。然而,且不说历史上的巴西并未曾真正沦为日本的殖民地,纵观整部小说,无论从经济,或从政治、文化等方面,读者全然没有看到赤裸的殖民入侵描写。书中的寺田一郎、宇野勘太郎、奥村春、水冈以及其他角色都只是在故国日本经历了家园的失落后,想在巴西这个国度寻觅地理上和精神上的新家园。不过,在家园追寻这个理念的指引之下,关于小说体现的殖民文化色彩,我们可以试用福柯的"异托邦"(heterotopia)[①]空间理论来探讨埃斯波兰萨社区的空间与家园元素。

在《不同空间的正文与上下文》一文中,福柯以众所周知的"乌托邦"为基础,通过他对空间的深刻想象,提出了"异托邦"的概念。福柯认为,尽管"乌托邦"不是真实存在的场所,但人们可以通过某种深邃的想象力,将真实存在的空间与"乌托邦"的精神相互联系,形成一个看似真实存在的"乌托邦",一个混合的、类似镜子的场所。该场所即为"异托邦"空间。如剧院、博物馆、图书馆、集市场、精神病诊所、养老院、监狱、工厂、花园等都可以通过人们的联想,成为典型的"异托邦"空间场地。具体而言:

> "乌托邦"是没有真实场所的地方。它们是同社会的真实空间保持直接的,或颠倒的总体关系的地方。它再现了完美的社会本身,或是社会的反面,但无论如何,这些"乌托邦"从根本上讲,并不是真实的空间。
>
> 在每一个文化,每一份文明中,也许存在某个真实的场所——它

① 又称"异质空间"(heterogeneous space)。

们的确存在而且是在社会的建立中形成的——这些真实的场所像反场所的东西，一种的确实现了的“乌托邦”……因为这些场所与它们所反映的，所谈论的所有场所完全不同，所以与“乌托邦”对比，我称它们为“异托邦”。①

“异托邦”是“乌托邦”的精神和视角的延续。与“乌托邦”唯美、虚幻的特点不同，“异托邦”来自现实，并且可能实现。它表达的是现实生活中既有实际、真实的部分，也有理想、想象的地方。具体而言，“异托邦”是某种后天建立的社会空间或精神空间。它虽然存在，但需要依靠想象才能得以建构。比如《巴西丸》开篇描写的舟船航行，船就是一个既存在于现实，又充满着想象力的“异托邦”空间，象征了寺田一郎和宇野勘太郎等人追寻美好家园的历程。不但如此，在福柯看来，殖民地也是一种“异托邦”，尽管这是一个较为极端的归类。比如英国的清教徒在北美建立了自己的社会和国家，也就是美国。与英国本土相比，美国是一个“异托邦”，是被创造出来的另一个空间，但同时又是一个绝对真实、完美的空间。福柯指出，作为“异托邦”的殖民地可以比殖民者原来的国家更为完美，因为它可以被设计出来，村庄建造的风格、如何排列、广场、街道、教堂、学校的位置，甚至家庭的组成、子女的数量、工作和休息的时间都可以实现设计好。他认为这些是“令人赞叹的、绝对安排得好的殖民地，在这些殖民地中，的确实现了人类的完美”。②

尽管巴西并非日本的殖民地，但基于历史上日本人大量移民巴西的浪潮，再结合福柯的观点，我们有理由认为，无论从殖民文化的色彩，或是从跨文化、跨国迁移的角度而言，《巴西丸》中的巴西都堪称日本人眼中的一个“异托邦”。“《巴西丸》中的公社非常乐意迁至美国。确切地说，这是该

① Foucault, Michel. “Of Other Spaces.” *Diacritics*, 1986, 16 (1): 24.

② Foucault, Michel. “Of Other Spaces.” *Diacritics*, 1986, 16 (1): 27.

国重视自由和个体的结果。"[①] 对于曾经生活在这个多元文化的异质空间长达九年时间的山下凯伦，埃斯波兰萨社区的空间意义更是如此。埃斯波兰萨社区位于巴西，尽管其命名由作者虚构而来，但我们知道，"广义的'异托邦'，包含了一个真实的空间里被文化创造出来的，但同时又是虚幻的东西"。[②] 结合异"异托邦"的特征，埃斯波兰萨社区完全可以看成福柯笔下"异托邦"空间的一个典型体现。同时我们也觉察到，山下凯伦在《巴西丸》等巴西小说中渲染的重要主题之一，便是对于富含"异托邦"色彩的精神家园的追寻。

在刻画家园的过程中，山下凯伦对自然和社会的双重内涵得到了充分的展现。《巴西丸》对于埃斯波兰萨社区的描写颇为繁琐。发生在埃斯波兰萨社区这个物理空间的故事涉及三个家族以及两百多个移民家庭。《巴西丸》中埃斯波兰萨社区的建立，是由一名曾居住在美国西海岸的日本基督教传教士百濑先生（Momose Sensei）提出的。面对当时美国人反对亚洲移民的法案，百濑先生坚信"我们的未来在巴西"。[③] 小说中的另一位学究水冈先生（Shuhei Mizuoka）终日沉浸与自己的学术追求，经常提问学生一些容易混淆又无趣的话题，但对于埃斯波兰萨社区的未来，水冈先生坚信："思想与精神的培养对建立新的文明至关重要。我们这批埃斯波兰萨社区的年轻人，就是这场美好的新实验的一部分。"[④] "埃斯波兰萨社区的青年学子们，一个属于你们崭新的世界正在向大家挥手。"[⑤] 比起《穿越雨林之弧》的"玛塔考"，山下凯伦对于埃斯波兰萨社区这个"异托邦"式空间的构建更贴近她笔下飞散人物对家园的追求历程。

《巴西丸》中没有提到埃斯波兰萨社区是"异托邦"般梦幻家园的字眼，

① Birns, Nicholas. "An Incomplete Journey: Settlement and Power in *Brazil-Maru*." In: *Karen Tei Yamashita: Fictions of Magic and Memory*. Robert Lee, ed. Honolulu: University of Hawaii Press, 2018: 95.

② 吴冶平.《空间理论与文学的再现》. 兰州：甘肃人民出版社，2008: 120.

③ Yamashita, Karen T. *Brazil-Maru*. Minneapolis: Coffee House Press, 1992: 6.

④ Yamashita, Karen T. *Brazil-Maru*. Minneapolis: Coffee House Press, 1992: 24.

⑤ Yamashita, Karen T. *Brazil-Maru*. Minneapolis: Coffee House Press, 1992: 24.

但对于社区的描写却留给读者心中一份沉甸甸的家园意识感。例如在以“埃斯波兰萨社区”为标题的第二章开头，作者就描绘道：

> 我和弟弟们各自领了任务，往房子的墙上砌土，我们搞得很乱，但那不碍事。父亲忙着挖井。宇野勘太郎和鹤田明（Akira Tsuruta），最近刚到埃斯波兰萨社区的另一个年轻人过来帮忙。勘太郎从洞里提了几桶的泥土过来帮忙挖井，鹤田明帮忙照看我们砌土的工程。我们所有人，包括母亲，身上全是泥土。
>
> 勘太郎每天都给我们拍这样的照片。实际上，勘太郎拍了很多诸如此类的早期生活的照片。这是那段日子里我们的生活和工作的美好记忆。①

寺田一郎一家来到埃斯波兰萨社区建造新家园时，内心深处充满了美好的回忆。在接下来的描述中，山下凯伦又借用勘太郎的眼光描绘了社区居民“种植稻谷和玉米”“建造房子和挖井”② 的心境。“乌托邦”是为批判现实的不足，追求理想的生活而建构的一个极为美好却虚无缥缈的空间，而“异托邦”则可能为批判现实或美化现实而建构的，是一个不一定不存在的空间。埃斯波兰萨社区就是这样一个空间：以寺田一郎、宇野勘太郎、奥春村等人为代表的日裔移民，乘坐“巴西丸号”商船，历经漂泊来到此处，不论是为了躲避自己在日本国内的生存困境，又或者是在巴西建立属于日本人的殖民地，这份历程本质上都是一种自我放逐。而埃斯波兰萨社区更像是作者和小说人物想象中的“异托邦”空间。因此我们看到，作者采用较为明快的笔调来描述刚建立起来的埃斯波兰萨社区物理空间，勾勒出一幅想象之中让人着迷的、“异托邦”空间一般的田园乡村意象。在题为“新世界”的章节中，山下凯伦提到位于埃斯波兰萨社区的勘太郎住

① Yamashita, Karen T. *Brazil-Maru*. Minneapolis: Coffee House Press, 1992: 14–15.

② Yamashita, Karen T. *Brazil-Maru*. Minneapolis: Coffee House Press, 1992: 14.

所是大家经常造访的地方，即使对于非社区居民而言也不例外。在这个房屋所在的物理空间中：

> 这是勘太郎的住所，坐落在埃斯波兰萨社区北部的一个村庄角落。你可以来到此处吃吃喝喝，与朋友同乐，打打棒球，聊聊天……鹤田明经常演奏一曲，贝夫与大家仔细谈论养鸡场，勘太郎经常同新来的客人谈天说地，启发年轻人的新思想。也许很难用言语表达我们当中许多人内心深处的激动和满足。这不仅只是一个年轻人身体的聚会，更是精神的聚会……这是年轻人理想主义聚集的时刻，勘太郎激励我们每个人发挥、实现自己的理想……①

山下凯伦将埃斯波兰萨社区描写成远离阶级压迫、战争硝烟和世俗纷争的"异托邦"式理想家园。它对饱受种族歧视的飞散者而言是非常让人珍惜和向往的，代表着美好的家园：平静、和谐、美丽、真实、食品充足，从人文和地理环境中都处处彰显着一个带有浓厚日本和巴西传统的文化和精神空间，成为日裔巴西移民追求的精神家园。正是如此，山下凯伦曾在一次采访中坦言：

> 当我来到巴西，研究日本移民的时候，我找到了《巴西丸》的创作基础。那就是公社。我研究了公社的历史和制度……我知道，创造一个新的制度，一个新的生活方式是可能的，结果也将是理想的。②

关于《巴西丸》的创作基础，坎德丝·朱也曾经提到，《巴西丸》与《穿越雨林之弧》具有一个明显的相似点，两者都"描写了山下凯伦对巴西的

---

① Yamashita, Karen T. *Brazil-Maru*. Minneapolis: Coffee House Press, 1992: 14.

② Shimazu, Nobuko. "Karen Tei Yamashita's Challenge: Immigrants Moving with the Changing Landscape." Diss. Indiana University of Pennsylvania, 2006: 67.

热爱，既把她看作真实的地方，又看作想象的空间”，[①] 埃斯波兰萨社区就像一个爱德华·索亚眼中集现实与想象为一体的“第三空间”，传递着福柯笔下“异托邦”的精彩。山下凯伦以自己在巴西的所见所闻为原型，精心描绘了一个类似“异托邦”空间的巴西公社，以优美的笔法描绘了公社视觉意象及内在的文化和精神层面，尤其通过主人公的追寻历程表现她心目中的精神家园主题。或许正因如此，置身于这个充满“异托邦”气息的家园之中的寺田一郎不禁感慨：“我没有回到母亲和哥哥身边，我已经找到了新的家园。”[②] 在这个既存在社会现实，又不乏精神想象的“异托邦”空间中，山下凯伦及其书中人物的家园追寻历程再次得到了展现。

埃斯波兰萨社区的“异托邦”色彩还在于它的社会空间属性。继《穿越雨林之弧》中讲述“玛塔考”的失落之后，《巴西丸》中对于埃斯波兰萨社区的描写更加注重“原始土地的新身份和新社会的描写”。[③] 关于社区的社会空间属性，书中提到：“在 20 世纪 20 年代，埃斯波兰萨是散落在圣保罗和巴拉那偏远地区的诸多日本农业社区之一。”[④] 这份新土地和新社会来源于社区大家庭的团结合作：

> 我们在埃斯波兰萨社区生活的一大部分是基于合作的。当然，这份合作来自安定生活的基础，我们将其称为日本村。当足够多的家庭居住在埃斯波兰萨社区，生产了超出自身生活需要的农作物时，家庭的户主就会聚在一起，商议共享贮存的粮食、种子、工具，或者如何卖个好价钱……合作已成为埃斯波兰萨社区的经济和政治中心。[⑤]

① Chuh, Kandice. “Of Hemispheres and Other Spheres: Navigating Karen Tei Yamashita’s Literary World.” *American Literary History*, 2006, 18 (3): 630.

② Yamashita, Karen T. *Brazil-Maru*. Minneapolis: Coffee House Press, 1992: 74.

③ Hsu, Ruth. “Review of *Brazil-Maru* by Karen Tei Yamashita.” *Manoa: A Pacific Journal of International Writing*, 1993, 5 (2): 188.

④ Yamashita, Karen T. *Brazil-Maru*. Minneapolis: Coffee House Press, 1992: 12.

⑤ Yamashita, Karen T. *Brazil-Maru*. Minneapolis: Coffee House Press, 1992: 20.

埃斯波兰萨社区的合作性原则实际上“可以追溯到19世纪90年代至20世纪30年代之间，奉行的一种以农业为社会秩序之根的日本乡村政治文化”。[①] 从这点上看，在巴西建立这样一个“日本村”无疑彰显了小说人物追寻具有日本性的精神家园，这也是埃斯波兰萨社区成为日本国土之外一份“异托邦”式精神空间的基础。来到埃斯波兰萨社区之前，日裔移民家庭面临的经济情况是：

> 人们记得1918年的米骚动[②]，当时25000名农民抗议高价卖米。之后，这场泛共产主义和爱国主义的运动遭到了政府的镇压。对于像我父母亲那样，受到过社会主义情怀的基督思想教育的人而言，巴西定会是个新的开始。[③]

米骚动是日本历史上第一次全国性的大暴动。该革命暴动是从渔村妇女抢米开端，继而发展到与地主、资本家进行面对面的斗争，与反动军警进行搏斗，而且在群众中公开提出“打倒寺内内阁”的口号，运动本身可以看作日本百姓对政府发泄不满情绪的政治斗争。对比位于巴西的“异托邦”空间般的埃斯波兰萨社区，读者又能感受到，这个异国家园由不同身份背景的日裔巴西劳工组成。思想的差异并没有让他们变得疏远，反而让他们懂得相互尊重，和睦共处。这些日裔巴西劳工不仅在现实中组建成为一个崭新的“家庭”，更因为对故国的过去和新家园的美好期望而结成牢固的精神意识联盟。可以说，在埃斯波兰萨社区居民所属的精神空间和社会空间里，一幅众生合力，追寻家园的画面跃然纸上。

---

① Ling, Jinqi. *Across Meridians: History and Figuration in Karen Tei Yamashita's Transnational Novels*. Stanford: Stanford University Press, 2012: 36.

② 米骚动原文为rice rebellion，又称“The rice riots of 1918”或“kome sodo”，是1918年（大正七年），日本爆发的史上第一次全国性大暴动，堪称一场革命性的政治斗争。当时，日本各阶层的人民约1000万人卷入了这场斗争。“米骚动”沉重打击了日本的反动统治阶级，在日本革命运动史上占有光荣的一页。

③ Yamashita, Karen T. *Brazil-Maru*. Minneapolis: Coffee House Press, 1992: 6.

实际上，埃斯波兰萨社区并非一片由日裔巴西移民发现的处女地。她像美洲大陆一样，很早就有印第安人在那里居住。从水冈先生的口中，寺田一郎知道："我们居住的这片土地拥有一个言语无法表达的过去，也拥有一份平静的精神，存在于被我们所砍伐、烧毁、改变树林之中"。[①] 小说中的人物能有意识地跨越种族社群的界限，懂得融入社区曾经拥有的各种文化，并与周围的社会环境和自然环境和平共处，其实是颇为难得的。福柯曾阐述构成"异托邦"的六个特征，认为世界文化呈现着多元共存的特征，这种多元文化本身就是"异托邦"。在福柯"异托邦"理论的观照下，埃斯波兰萨社区便是一个集日本与巴西属性的，由不同身份和观念的社会、文化、政治元素所构成的，具有多元文化色彩的"异托邦"空间。

在《巴西丸》中，山下凯伦还通过描绘日裔巴西移民的漂泊和建立新家园时的精神空间之旅，披露了人们在社会身份表象掩盖下的精神危机。虽非战争小说，但《巴西丸》对战争进行一定程度的侧面描写，山下凯伦实则在发出慨叹，日本在经过明治维新之后，经济上愈发富强，但却走上了剥削甚至破坏人们家园的道路。如今他们所拥有的是对土地的"殖民"而丧失了与土地的相互"拥有"。对待战争，民众抱有不同的态度，有人认为："日本必须得到世界的尊重，我们已经向苏联展示了，如今我们要向美国展示"；[②] 也有人认为："战争似乎向世界表明了什么，而我并不确定到底表明了什么"；[③] 同时不乏有人直言："日本准备发动的战争是通往自杀的第一步。"[④] 这是山下凯伦对以日本为代表的殖民地宗主国的批判，也是使得许多日本人失去归属感，丧失家园的原因。在与勘太郎谈到为何来到埃斯波兰萨社区之时，小说的另一个人物余吴八郎（Hachiro Yogo）直接说道："我痛恨日本，我要逃离日本。"[⑤] 除此之外，在小说的第二部分"春"

① Yamashita, Karen T. *Brazil-Maru*. Minneapolis: Coffee House Press, 1992: 67.
② Yamashita, Karen T. *Brazil-Maru*. Minneapolis: Coffee House Press, 1992: 64.
③ Yamashita, Karen T. *Brazil-Maru*. Minneapolis: Coffee House Press, 1992: 64.
④ Yamashita, Karen T. *Brazil-Maru*. Minneapolis: Coffee House Press, 1992: 64.
⑤ Yamashita, Karen T. *Brazil-Maru*. Minneapolis: Coffee House Press, 1992: 30.

（Haru）中，山下凯伦多次借助叙事者，即勘太郎的爱妻奥村春之口表达她反对日本发动战争的军国主义思想：

> 日本是一个岛国，如何在没有自然资源的条件下维持战争？美国有取之不尽的资源。日本能够在没有煤矿的基础上生存几年？或几个月？我们甚至能在战争中熬过几天呢？……没人能够预测到战争将带来多么巨大的毁灭乃至生命的消失。我们出生在日本，太傻了，不知道战争的代价……[①]

诚然，战争的代价是惨痛的。不知道战争的代价而贸然发动战争的思想最终也必将咎由自取。美国学者露丝·休（Ruth Hsu）在《巴西丸》的书评中提到："寺田和宇野家族都是基督徒与和平主义者，由于日本逐渐增长的军国主义而感到异化。"[②]《巴西丸》不惜笔墨描写了战争对日本民众造成的伤害。战争被视为促使日裔巴西移民离开日本，去往其他国度追寻新家园的原因之一。为了达到更加触人心弦的叙事效果，山下凯伦借助奥村春这样一名传统女性人物之口，说出了作者对于战争的厌恶。奥村春是小说五个叙事者中唯一的女性，因为"《巴西丸》从本质上讲是男人的故事"；[③] 然而，"在这个男人积极创造的物理景观中，是女人在照顾公社成员的日常所需"，[④] "奥村春其实是书中公社人物的母亲"。[⑤] 在以"战争"为题的一个章节中，奥村春明确表达了战争对日本人心中精神家园的摧残：

① Yamashita, Karen T. *Brazil-Maru*. Minneapolis: Coffee House Press, 1992: 83.

② Hsu, Ruth. "Review of *Brazil-Maru* by Karen Tei Yamashita." *Manoa: A Pacific Journal of International Writing*, 1993, 5 (2): 188.

③ Shimazu, Nobuko. "Karen Tei Yamashita's Challenge: Immigrants Moving with the Changing Landscape." Diss. Indiana University of Pennsylvania, 2006: 75

④ Shimazu, Nobuko. "Karen Tei Yamashita's Challenge: Immigrants Moving with the Changing Landscape." Diss. Indiana University of Pennsylvania, 2006: 75.

⑤ Shimazu, Nobuko. "Karen Tei Yamashita's Challenge: Immigrants Moving with the Changing Landscape." Diss. Indiana University of Pennsylvania, 2006: 76.

> 我们听到日本轰炸机袭击了珍珠港，日军对美国宣战。巴西与美国同盟，因此我们彻底与出生之地断绝了联系。埃斯波兰萨社区的人们对此感到很困惑。我的父母亲离开日本，因为他们是基督徒，如今他们对这段日子发生的事情感到伤心。与鹤田明一样，他们认为战争是个巨大的错误。我的公公，宇野直太郎（Naotaro Uno，勘太郎之父），对于他在服兵役期间的事至今依然记忆犹新。他曾经因为信奉耶稣而遭人欺凌。他承认，自己与和香（Waka，勘太郎之母）移居到巴西，是为了让勘太郎免服兵役……我们饱受摧残，对失去远方的亲人和朋友一事感到无比困惑……①

无论战争本身的性质为何，战争中惨绝人寰的杀戮总是不可避免地给人类带来巨大的社会破坏和精神创伤，剥夺了平民百姓的地理家园和精神家园。由此，在美国文学上涌现出了诸如斯蒂芬·克莱恩的《红色英勇勋章》（*The Red Badge of Courage*，1895），海明威的《永别了，武器》（*A Farewell to Arms*，1929）、《丧钟为谁而鸣》（*For Whom the Bell Tolls*，1940）、约瑟夫·海勒的《第二十条军规》（*Catch-22*，1961）、库尔特·冯内古特的《第五号屠场》等以反战为主线，大量描写战争场面的小说。《巴西丸》虽然不能归为战争小说一类，但不可否认的是，这部小说同样透过平民百姓的内心叙述了战争所带来的疾苦。对于残酷的战争，山下凯伦在《巴西丸》中没有采用平铺直叙的形式，只是通过奥村春这一置身于战场之外的人物来表现，但效果上却毫不逊色。从以上的叙述中，我们感同身受，在战争的年代里，失落、幻灭、迷茫困扰着人们，整个社会一片混乱，到处弥漫着悲观与腐朽，精神家园更是无从谈起。从另一个角度而言，奥村春的叙述实际上表现了在战争中面临家园覆灭的日本人内心深处渴望着回归或追寻属于自己的精神家园。《巴西丸》中的日本人“放弃了当时

① Yamashita, Karen T. *Brazil-Maru*. Minneapolis: Coffee House Press, 1992: 91.

在政治和社会上受到压抑的日本”，[①] 不惜漂洋过海，移民到巴西追寻新的精神家园，也就情有可原了。

然而，移居巴西的日本人未能完全摆脱战争的阴影。正如二战中被关入拘留营的日裔美国人一样，战争中的日裔巴西人同样难以全身而退。二战期间，大部分南美洲的国家沦为了帝国主义的殖民地，并未直接参战。巴西是唯一一个加入盟军，又积极参与战争的南美洲国家。战争理所当然地使日本人在巴西的生活和地位受到较大的影响。他们在巴西开办的银行、学校、公司、报社、俱乐部等纷纷倒闭。为求自保，许多日本人只能无奈地烧毁了家中所藏的日语信件和书籍，他们不得已“隐藏或销毁了在日本的家庭或生活的宝贵记忆”。[②] 奥村春居住的埃斯波兰萨社区却如同“异托邦”空间一般，保护着当地的日本人。当地政府认为，“没有居住这片土地上的日本人，巴西将不复存在。因为这些日本人给我们制造吃的东西”，[③] 他们赞同埃斯波兰萨社区的合作性原则，并称战争为“政治的谎言”。[④] 在此条件下，“不久之后，我们的新世界农场又变回了繁荣的小世界”，[⑤] 居住在埃斯波兰萨社区这个“异托邦”空间的日裔移民家庭“成了活跃的家庭，在另一个被战争摧残的世界之外受到保护”。[⑥] 这让读者想起福柯“异托邦”的重要特征：“‘异托邦’拥有着创造幻象空间的作用，这个幻象空间显露出全部真实的空间……或者，其作用是创造一个另类的空间，或另一个真实的空间。”[⑦] 如此与世隔绝的埃斯波兰萨社区，既是真实存在，又似想象中的精神空间，与福柯眼中的“异托邦”可谓异曲同工。

埃斯波兰萨社区在《巴西丸》中被描绘成与世隔绝的物理空间，让我

① Shimazu, Nobuko. “Karen Tei Yamashita’s Challenge: Immigrants Moving with the Changing Landscape.” Diss. Indiana University of Pennsylvania, 2006: 69.

② Yamashita, Karen T. *Brazil-Maru*. Minneapolis: Coffee House Press, 1992: 93.

③ Yamashita, Karen T. *Brazil-Maru*. Minneapolis: Coffee House Press, 1992: 94.

④ Yamashita, Karen T. *Brazil-Maru*. Minneapolis: Coffee House Press, 1992: 94.

⑤ Yamashita, Karen T. *Brazil-Maru*. Minneapolis: Coffee House Press, 1992: 96.

⑥ Yamashita, Karen T. *Brazil-Maru*. Minneapolis: Coffee House Press, 1992: 96.

⑦ Foucault, Michel. “Of Other Spaces.” *Diacritics*, 1986, 16 (1): 27.

们看到了一个世外桃源般的完美精神家园。与处在战争水深火热的日本之间相比，它是一份在战争的条件下让人梦寐以求的心灵港湾，为读者展示了一个存在于“彼岸世界”的美好家园的可能性。此外，勘太郎之父宇野直太郎与巴西警察的对话再次验证了日裔巴西移民追求精神家园的决心：

> “你是何时来到巴西的？”
>
> “1925 年，乘坐‘巴西丸号’商船。”
>
> “你住在哪里？”
>
> “埃斯波兰萨社区，在圣克鲁斯镇区的附近。我和全家人一起移民至此，我的妻子，我的孩子。我的孙子出生在这个国度。我们有自己的土地。一块 60 亩的田地。我们来到这里生活。如今巴西就是我们的家。”
>
> “你在圣保罗做什么？难道你不懂，你们的旅行是被禁止的？”
>
> “我们是基督徒，是诚实的人。我不相信战争。”
>
> “你曾经对日本天皇誓忠吗？”
>
> “我们来到这里，是为了建立一个基于基督的理念和宗教自由的新文明。我们要建立新的生活方式。”
>
> “你对日本国誓忠吗？你愿意放弃日本国民身份吗？”
>
> “我是一个世界公民。”①

警察的问题颇似约翰·冈田的代表作《不-不仔》中日裔美国青年被问到的问题。该小说描写到，二战期间，除了主动提出遣返日本要求的人以外，所有 17 岁以上具有日本血统的美国公民和外国人都必须填写一份问卷调查。问卷包含了两个有关忠诚的问题，即：你是否愿意加入美国军

① Yamashita, Karen T. *Brazil-Maru*. Minneapolis: Coffee House Press, 1992: 97.

队？你是否宣誓背弃日本，效忠美国？回答“是”的将被释放，回答“不”的将被拘留。日裔美国人因此处境尴尬，进退两难。《不-不仔》的主人公山田一郎（Ichiro Yamada）由于回答了两个“不”而被美国当局送进拘留营两年，又被关进监狱两年。但我们发现《巴西丸》中的宇野直太郎并不为此纠结，相反，他斩钉截铁地强调自己为追求新的文明和新的家园而来。据此，我们更加有理由相信，埃斯波兰萨社区不是一个简单的公社，而是承载了山下凯伦眼中日裔移民苦苦追求的一份精神家园。置身于这一精神家园，人们情愿忘却过去，全身心地创造未来。他们在异国他乡努力奋斗，用辛勤的劳动构建一个属于自己的新的身份与新的家园。或许，对于这样一个“异托邦”家园的精神追寻正是山下凯伦试图描绘的少数族裔群体的真实写照。他们经常在不同的物理空间颠沛流离，无时无刻不在追寻内心深处“彼岸世界”一般的精神家园，在苦难中寻找世界的意义与真相。诚如露丝·休所言，“山下凯伦的小说以一个西方古老故事中关于天堂和天真的沦陷为比喻，将其置入全球亚裔飞散者的文本之中。这样一来，她得以向世人展示，对于新生活和新身份的希望也属于日本人、越南人等等，而非仅仅属于那些朝圣者”。[①] 尽管埃斯波兰萨社区最终土崩瓦解，居住在这个“日本村”的宇野、奥村、水冈、川越等元老级别的家族，最终有的遇害，有的选择离开，农场本身也因负债过多而无法继续运行，但这并不意味着书中的人物在经过变故之后，即停止了追求精神家园的步伐。小说的结尾，寺田一郎离开了埃斯波兰萨社区，随后创造了一个比勘太郎经营的社区更为多元化的新家。此刻一郎的心中依旧难以忘记追寻精神家园的理想：

> 实际上，我们这些居住在埃斯波兰萨社区的人都是试验品。只有当我们在分享经验的时候，这一切才是正确的。也许我们未能创造出

① Hsu, Ruth. “Review of *Brazil-Maru* by Karen Tei Yamashita.” *Manoa: A Pacific Journal of International Writing*, 1993, 5 (2): 190.

百濑先生期待的伟大文明。然而，这场运动确实是从世界各地乔迁至此的移民举办的伟大运动之一。我相信，埃斯波兰萨社区绝对不是运动的终点，而是更加大型的运动的一部分。[①]

此番话语与小说的开篇，即寺田一郎乘坐"巴西丸号"商船来到巴西寻找新生活的每一段描写形成了呼应。从一个九岁的孩童到七十六岁的长者，寺田一郎的心中对理想家园的追求理念矢志不渝。或许，这就是以寺田一郎为代表的每一个日裔巴西移民对精神家园坚定的信念。虽然埃斯波兰萨社区和新世界农场历经了风雨飘摇后终究幻灭，又尽管以勘太郎代表的主要人物并非完美的角色形象，但纵观全书，我们看到始终贯穿一切的主题仍旧是日裔巴西移民对理想家园的追寻。这份主题既让人物形象更加丰满，又促使小说的叙事结构更加完整统一。不论成败，这份追寻将由小说人物的子子孙孙，世世代代延续下去。

当然，作为日裔"三世"出身的山下凯伦，她并不愿特地强调故国日本不是日裔巴西移民的理想家园。只不过，在特定的历史条件下，对于在故国失去了家园的少数族裔飞散者而言，在异国他乡追寻内心深处的彼岸家园成了他们为之奋斗的理想。正如哈·金所说，"从定义上看，家园一词有两个意思。其一是指一个人的祖国。其二则指一个人如今家庭所在的地方……换言之，家园已经不再是存在于一个人过去的地方，而是与人的现在和将来相关的地方"。[②] 关于这点，我们在《巴西丸》中的日裔迁移以及《穿越雨林之弧》中石丸一正从日本到巴西的动机，并结合山下凯伦身兼东西文化属性与跨越南北半球的生活经历便会有所感触。正如美国学者坎德丝·朱所说，"《巴西丸》中的人物可以从'角色空间'的角度理解[③]。

① Yamashita, Karen T. *Brazil-Maru*. Minneapolis: Coffee House Press, 1992: 247–248.

② Jin, Ha. *The Writer as Migrant*. Chicago: The University of Chicago Press, 2008: 65.

③ 角色空间（character space），由美国学者亚历克斯·沃洛克（Alex Woloch）在一本关于19世纪现实主义小说中次要人物研究的论著中提出。参见Woloch, Alex. *The One vs. the Many: Minor Characters and the Space of the Protagonist in the Novel*. Princeton: Princeton University Press, 2003.

即小说中的每个角色不应该只看作存在于虚构世界中的个体，而应是相互交叉的角色空间”。[①] 诚然，《巴西丸》中涉及的250多个日裔巴西移民家庭及其后代子孙，无论是以寺田一郎、宇野勘太郎为代表的主要人物或以余吴八郎、奥村春、水冈先生为代表的其他相关人物，他们都统一在这个以追寻家园为理想的角色空间中。他们将继续带着追寻精神家园的梦想，充满激情地把自己的家园建成像埃斯波兰萨社区那样的“异托邦”空间或没有硝烟，没有邪恶，彼此平等，相互友爱的世外桃源。又如童明所言，“飞散者并非纯正地保持他家园的文化传统，而是将家园的历史文化在跨民族的语境中加以翻译……飞散者离开家园，带根旅行也好，带种子花粉传播也好，都在新环境中繁衍出新的文化。准确地说，飞散经历的真正价值，是飞散者在世界中发现家园，或在家园中发现世界”。[②]《巴西丸》极力探讨的便是这样一份飞散者追寻家园的历程。

在小说创作中，山下凯伦擅长使读者“超越现有的中心层面定义和叙事方式，重新审视一个地方，并通过建构一个地方，将那些曾被排除在外的人纳入其中，共同成为这个地方的一部分，推进故事的发展”。[③] 正如《穿越雨林之弧》中的“玛塔考”见证了石丸一正、特卫普、马内·佩纳、奇科·帕克、米歇尔等来自世界各地的飞散者的家园失落，《巴西丸》中的埃斯波兰社区与新世界农场连接了《巴西丸》中主要人物的命运，成为日裔巴西移民追寻家园的物理空间。尽管人们关于家园的定义不尽相同，有的将故土深藏于心，有的随足迹四海为家，“玛塔考”、埃斯波兰萨社区、新世界农场等位于巴西热带雨林的物理空间并不能说明日本人的理想家园非巴西莫属，但通过刻画《巴西丸》中的寺田一郎、宇野勘太郎、奥村春等飞散者肩负创造新文明的使命，不远万里乘坐“巴西丸号”商

---

① Chuh, Kandice. “Of Hemispheres and Other Spheres: Navigating Karen Tei Yamashita’s Literary World.” *American Literary History*, 2006, 18 (3): 626.

② 童明. 飞散//《西方文论关键词》. 赵一凡，等主编. 北京：外语教学与研究出版社，2006: 116.

③ Crosswhite, Jamie. Writing from the Meso: Gloria Anzaldúa and Karen Tei Yamashita Challenge Systematic Barriers to Social Justice. *Women's Studies*, 2022, 51 (3): 324–325.

船从日本移民巴西，在埃斯波兰萨社区与新世界农场的各种生活经历，山下凯伦实际上要引出的是飞散者在各个空间维度追寻家园的故事，并以此书写自己作为一名飞散者的家园意识。对于以寺田一郎、宇野勘太郎、奥村春等离开故国家园的飞散者，乃至作者本身而言，一个卢梭式的精神家园，"杂糅性"的第三空间家园，以及"异托邦"式的美好家园是他们极力追寻的目标。然而，无论这份追寻的理想最终结局是成功也好，失败也罢，"在山下凯伦的眼里，希望与埃斯波兰萨社区将永远共存"。[①] 面对各个空间维度的家园失落，山下凯伦希望飞散者敢于在新的世界，新的环境中追寻新的家园，这份家园意识也是山下凯伦在《巴西丸》中传递给读者的一份积极、永恒的意义。

① Birns, Nicholas. "An Incomplete Journey: Settlement and Power in *Brazil-Maru*." In: *Karen Tei Yamashita: Fictions of Magic and Memory*. Robert Lee, ed. Honolulu: University of Hawaii Press, 2018: 103.

第三章

《橘子回归线》：家园的重构

在前面的章节中，本书从物理空间、社会空间、精神空间、“异托邦”空间、身体空间、第三空间等视域，分别以“家园的失落”和“家园的追寻”为切入点，探讨了山下凯伦的两部小说《穿越雨林之弧》与《巴西丸》的空间和家园书写。这两部小说的主人公在各个空间维度经历了从无家可归的绝望，到踏上异国他乡的寻家之旅。本书认为，在第三部长篇小说《橘子回归线》中，山下凯伦开始对理想家园的重新建构模式进行较为全面的探索。因此，本章节将以《橘子回归线》为研究范本，从边界空间、第三空间、精神空间等角度，以流动的家园、多元文化的家园、正义的家园为主题，探讨山下凯伦眼中理想家园的重构模式。

传统的家园叙事通常按照主人公失去家园，离开家园，追寻家园，最终回归家园的模式展开。主人公往往终其一生难以摆脱对故国的文化依恋。他们总是将故国家园当作魂牵梦萦的地方，期盼有朝一日能重归故土。对具有飞散者性质的作家而言，他们往往对故土抱着割舍不掉的情感，时常在作品中一再回首，把目光重新投向生养自己的故国大地，并试图连接与故土之间的血脉关系，找回自己的文化之根。后殖民主义代表人物之一萨义德（Edward Said）曾言："飞散者总是处于一种中间状态，既非完全与新环境合一，又不是彻底与旧环境分离，而是处在若即若离的困境。"① 比如，在荷马的《奥德赛》中，主人公奥德修斯在异国他乡一路斩妖除魔，历经长途跋涉才回到自己的家园。此外，回归家园的情结在古希腊戏剧《俄狄浦斯王》（*Oedipus Rex*）、《圣经》、古典童话、骑士故事、英雄小说当中也有迹可循。著名当代俄裔飞散作家纳博科夫曾多次强调他对于祖国俄罗斯的记忆：

> 你越热爱一段记忆，这段记忆就会越加强烈，越发奇妙。我认为这点很自然。因为我对往昔，对童年的记忆拥有着更加深刻的爱，超过对往后岁月的记忆。所以，在我的内心深处和自我意识中，对于英格兰（英国）的剑桥或新英格兰地区（美国）的剑桥的记忆并不是那么生动，比不上对我的祖国俄罗斯农村领地花园一角的记忆。②

尽管纳博科夫将美国视作他的第二个家，移居美国的他不会再重返俄罗斯，但他终其一生，都永远将俄罗斯当作内心深处的彼岸家园。相比之下，在山下凯伦的作品中，失去的故国家园不仅是难以回归的，更难以成为其心灵归属与精神家园。无论是《穿越雨林之弧》中的石丸一正、奇科·帕克、特卫普，或是《巴西丸》中的宇野勘太郎、寺田一郎、奥村、水冈等飞散者，他们最终都无意或者无法回归自己物理空间上的故国家园。甚至连两部小说中所记载的异国家园"玛塔考"和"埃斯波兰萨社区"也是一旦失落便再难复得。关于这点，山下凯伦在《巴西丸》的结尾中作了进一步的暗示。当时的寺田一郎"担心地提起自己的孙女，她主修建筑学专业并以优异的成绩毕业，却在巴西找不到工作，目前是超过 15 万名在日

① Said, Edward. *Representations of the Intellectual: The 1993 Reith Lectures*. New York: Pantheon Books, 1994: 47.

② Nabokov, Vladimir. *Strong Opinions*. New York: Vintage Books, 1990: 12.

本从事体力劳动的日裔巴西人之一”。[①] 短短的一句话，却透露出一个飞散者两次的家园失落。一是作为优秀的大学毕业生，日裔巴西移民在巴西找不到理想的工作。二是当寺田一郎的孙女回到日本之后，却发现自己成了15万名在日本从事繁重体力劳动的日裔巴西人之一。这似乎表明山下凯伦笔下的飞散者不论在移民地区或祖国，都难以重新找到理想的家园。在《K圈循环》中，我们看到山下凯伦把物理空间从巴西转移到了日本，描写了像一郎的孙女那样，在巴西难以安身的日裔巴西劳工（dekasegi）[②] 为寻求生计回到祖国之后却饱受欺凌的故事。原以为投身于祖国的怀抱能够身心愉悦的日裔巴西劳工，万没料到在日本的生活情况如此不尽人意。他们在工厂里做的是“又脏，又累，又危险的工作”，[③] 每天不得不加班加点，时常“以长时间的工作为名，每周工作六天，甚至七天，连续加班数几个月，没有一天的假期”。[④] 甚至每日处理着常人难以想象的工作：

> 银行职员被要求按压车档的金属，工程师需要在肉类处理厂用钩子吊起整只猪，文具店老板开着装满垃圾的卡车，15岁的孩子在建筑工地上混凝水泥，老奶奶给电子板焊接细线。在日本的劳工与在巴西是同一批人；然而，他们的生活却是如此相异。如果银行职业断了手指，或者老奶奶得了心脏病，很快就由另一个手指健全的银行职员和另一个心脏健康的老奶奶取而代之。[⑤]

回到日本的日裔巴西劳工同样难逃“他者”的命运，被日本主流文化与社会排斥在外。故乡已经不复存在，无家可归的处境让他们没有了文化

① Yamashita, Karen T. *Brazil-Maru*. Minneapolis: Coffee House Press, 1992: 248.

② dekasegi源自日文单词“出稼ぎ”，意为“外出打工的人”，被日裔巴西移民带入葡萄牙语，专指日裔巴西劳工。

③ Yamashita, Karen T. *Circle K Cycles*. Minneapolis: Coffee House Press, 2001: 32.

④ Yamashita, Karen T. *Circle K Cycles*. Minneapolis: Coffee House Press, 2001: 14.

⑤ Yamashita, Karen T. *Circle K Cycles*. Minneapolis: Coffee House Press, 2001: 32.

归属感。这份失落感与大多数美国少数族裔文学作品描写的身处异国他乡的人物并无区别。在该小说的一篇叫“三个玛利亚”（Three Mairas）的章节中，当27岁的日本移民后代泽·玛利亚·福山（Ze Maria Fukuyama）因生意伙伴违法逃逸，而必须自己面对日本法律的指控时，她的辩词将日裔巴西劳工回到日本后依然感到无家可归的现象描绘得淋漓尽致：

> 但我是清白的，我没有偷任何人的钱。之所以被指控，完全因为我是外国人。如果我是一个日本人，没人会找我的麻烦。会有一家日本公司想尽办法，还清欠款，让局势平静下来。相信我，我知道。我劝他们给其他日裔巴西劳工发工资，让他们保持安静。他们这次不干，因为我没有按照他们的规则办事，因为我是巴西人。
>
> ……
>
> 我知道，我知道。我会对他们的损失负责，为巴西人的损失负责，但我不能被关进日本人的监狱，也不受日本法律的审判，日本的法律只懂惩罚像我这样的日裔巴西劳工。①

作为日本人的后代，福山小姐回到日本寻根问祖，本应是一场美好的寻梦之旅，或为过去繁盛的家族而骄傲，或为祖先的创业而感动。然而，经过这次的遭遇，福山小姐发现自己根本算不上日本人。以她为代表的日裔巴西劳工不但被各种社会和经济压力所累，还要遭受政治体制的迫害。由此可见，“种族实际上是一种社会实践，而我们付诸实践的空间是极其重要的”。② 山下凯伦眼中的家园建构绝不仅是回归物理空间意义上的家园，它更需要飞散者在社会空间与精神空间上摆脱过去，在多重空间维度上建立新的家园。虽然山下凯伦在日本求学期间曾对自己的家族史进行

① Yamashita, Karen T. *Circle K Cycles*. Minneapolis: Coffee House Press, 2001: 41.

② Mitchell, Donald. *Cultural Geography: A Critical Introduction*. Malden: Blackwell Publishers Inc., 2000: 256.

了深入的追根溯源，尽管她也明白“作为文学创作者，他们虽然身居海外，但仍然有义务、有责任为自己的祖国和人民说话”，[①] 但这不意味着在山下凯伦认为唯有故国才能成为永恒的家园。山下凯伦还在小说中娴熟地使用日语、葡萄牙语和英语，以混杂的语言来表达飞散者杂糅的文化身份。难怪有学者指出，尽管山下凯伦“具有日裔的身份，但她的作品所牵涉的记忆与历史、族群与身份，空间与迁移，皆与典型的日裔作家有异”。[②] 对于既可以称为日本人，又能被看作巴西人、美国人的山下凯伦而言，现代社会的家园书写既可以具有族裔性色彩，也能够拓展至世界性的范围，它“牵涉更多的是抵达，而不是回归”。[③] 迈入多元文化并存的后现代时期，随着全球化思想与行为的广泛深入，家园不一定指传统意义上的祖国或出生地，对于飞散者而言，它更像是在多个空间维度上重新建构流动的家园。在这样一个流动的家园里，不同的文化因素相互渗透，互相碰撞，生成一个自由平等的多元文化空间。这一流动性家园便是山下凯伦在《橘子回归线》中倡导与构建的。

然而，从物理空间的角度看，飞散者在建构流动性家园的历程中，难免越过一些国家或地区的边界。这一现象恰恰为山下凯伦的小说写作带来了新的思路。2018 年，山下凯伦获得“约翰・多斯・帕索斯奖”。该奖项以“美国三部曲”（The U.S.A. Trilogy）的作者约翰・多斯・帕索斯的名字命名，每年表彰一位具有创造性的美国作家，其作品大多含有帕索斯作品的特点，如对特定美国主题的强烈而独到的探索，对实验性方法的尝试，以及对广泛的人类经验的诠释等。评审委员会评价山下凯伦“用跨越物理边界和混淆社会类别的社区叙事挑战我们对身份和公民权利的先

① 陈爱敏，陈一雷. 哈・金的《移民作家》与“家”之情愫.《南京师大学报（社会科学版）》, 2013 (4): 156.

② 陈淑卿. 跨界与全球治理：跨越 / 阅《橘子回归线》.《中外文学》, 2011, 40 (4): 90.

③ Jin, Ha. *The Writer as Migrant*. Chicago: The University of Chicago Press, 2008: 84.

见”。[①] 因此，“跨越边界”对于理解山下凯伦小说的某种特定美国主题和实验性写作方法具有不可忽视的指导意义。在本章中，我们先从“跨越边界”的角度对《橘子回归线》中的空间和家园书写加以探讨。

第一节　跨越边界空间：流动的家园

21 世纪以来，随着人口流动、商品流动、资本流动及信息流动的逐渐增强，跨界和流动成为近年来文学研究的新生关键词。边界，作为空间理论的一个重要话题，既是一个空间的边缘，又承担连接不同空间的使命。在《城市的意象》（*The Image of the City*，1960）中，凯文·林奇（Kevin Lynch）不仅提出了具有文化杂糅性质的边界空间，还在该论著的开篇指出：“城市中的流动因素，特别是人物及其行动，与城市的地理位置同等重要。”[②] 可见，边界空间与城市中的人物流动具有某种先天的联系。作为集日本人、巴西人、美国人的身份为一体的山下凯伦，在她人生的流动轨迹中跨越了许多的边界。第四部长篇小说《K 圈循环》的序言“纯粹的日本人”如是写道：

> 我们是这些变化的一部分：移民、移居者、流放者、旅行者、日裔巴西劳工、避难者、参观者、局外人、陌生人，以及为了寻找工作、教育和新机会的旅行者。我们跨越了南北半球的边界，也意识到日裔巴西人在经历了另一场巴西的经济萧条后，为了寻找工作养家糊口，而一

① 参见朗伍德大学官网报道“Acclaimed Author Karen Tei Yamashita Named 2018 Dos Passos Prize Wnner.” Longwood University. 10 December 2018. Accessed on 12 August 2024. http://www.longwood.edu/news/2018/2018-dos-passos-prize-winner/.“约翰·多斯·帕索斯奖”每年由该校管理和组织评选。

② Lynch, Kevin. *The Image of the City*. Cambridge: The Massachusetts Institute of Technology Press, 1960: 2.

路西迁日本的新运动。[1]

无论对于山下凯伦，或对于文中书写的移民、移居者、流放者、旅行者、日裔巴西劳工、避难者、参观者、局外人、陌生人、旅行者等一系列远离故国家园的飞散者而言，跨越边界空间与追寻新的家园都是紧密联系的。从这段描述我们也可以看出，山下凯伦眼中的家园流动性比起一般人更为强烈。我们从山下凯伦在一次采访中的言辞看到，作者眼中的飞散者总是在来来往往中流动，他们的家园就像一个在流动中跨越国度的社区：

> 他们是跨越国度的社区，包括在工作中来来往往的日本人、韩国人和中国人等亚洲人……跨国社区，尤其在香港、温哥华和洛杉矶，其流动性非常强烈，他们随时都在来来往往。不知道你是否想称呼他们为跨国社区，或跨界经济，或被全球化的群体那样，称呼他们为飞散者。[2]

山下凯伦对于少数族裔群体，尤其是亚裔美国移民的跨国家园非常关注。她将亚裔移民的飞散者形象及其跨国社区的家园建设同跨界经济、全球化等话题相联系，认为这一切的流动性非常强烈，在随后的采访对话中她直接表达了“我认为边界总是流动的”[3] 的观点，足见山下凯伦眼中边界空间与流动家园的契合。在《橘子回归线》中，山下凯伦不忘通过描绘少数族裔飞散者在洛杉矶、墨西哥等地区的跨越边界空间活动，“在小说的世界里描写了广泛的地理背景下庞大的种族、阶级和文化族谱”，[4] 以此表

① Yamashita, Karen T. *Circle K Cycles*. Minneapolis: Coffee House Press, 2001: 13.

② Liu, Kuilan. *The Shifting Boundaries: Interviews with Asian American Writers and Critics*. Tianjin: Nankai University Press, 2012: 134.

③ Liu, Kuilan. *The Shifting Boundaries: Interviews with Asian American Writers and Critics*. Tianjin: Nankai University Press, 2012: 134.

④ Liu, Kuilan. *The Shifting Boundaries: Interviews with Asian American Writers and Critics*. Tianjin: Nankai University Press, 2012: 135.

现她心中建构流动家园的理念。

《橘子回归线》与《穿越雨林之弧》是山下凯伦魔幻现实主义小说的两部并驾齐驱的代表，而前者在标题和开篇就具有浓厚的魔幻与现实相结合的叙事特征。加州大学戴维斯分校朱莉·史泽教授（Julie Sze）在一篇涉及《橘子回归线》的性别与环境主题的论文提到："真实和想象的洛杉矶背景是理解《橘子回归线》中关于社会与环境的文本的必要因素。"① 这份虚实结合的边界空间建构首先呈现于主人公加布里埃尔家中那棵代表着北回归线位置的橘子树。为了表达洛杉矶移民的流动家园色彩，小说将开篇背景设立在墨西哥与洛杉矶交界处的一栋别墅里，以一个充满想象的边界空间描写开始。瑞法拉（Rafaela）为小说另一位主人公加布里埃尔（Gabriel）看守房子。加布里埃尔是洛杉矶一家主要报纸的记者。多年来，他每次回家之时都会在院子里种一棵新的树，至今已在果园里栽满了各种各样的果树。然而，瑞法拉只关心其中最特别的一棵树。这是一棵从洛杉矶带来的橘子树，长着反季节的橘子，加布里埃尔认为它是从巴西带到加利福尼亚来种植的原始柑橘树的后代。关于这棵树的存在意义，小说如是描述：

> 即使它只是从加利福尼亚的河滨市运往马萨特兰的杂交品种，从遥远的地方移来这么一棵橘子树，也算是有特别意义的行为了。加布里埃尔十分努力地种好这棵树，将它看作一个记号，用来标记北回归线。实际上这里曾经种着两棵树，房子的两头各有一棵，两棵树所在的点形成了一条线，不过后来其中一棵树死掉了。瑞法拉并不十分重视加布里埃尔对这条想象之中的线的迷恋，但是她本能地意识到这棵存活的树的重要性。②

① Sze, Julie. "Not by Politics Alone: Gender and Environmental Justice in Karen Tei Yamashita's *Tropic of Orange*." *Bucknell Review*, 2000 (1): 36.

② Yamashita, Karen T. *Tropic of Orange*. Minneapolis: Coffee House Press, 1997: 11.

这棵从加利福尼亚的河滨市运往马萨特兰的橘子树具有明显的流动特点，更具有想象中的文化杂糅特点。对加布里埃尔而言，它是代表着某种边界的北回归线。我们试着从较为抽象的角度探讨小说标题“橘子回归线”的边界空间书写和流动家园思想。细心的读者会发现，小说的英文标题“Tropic of Orange”明显是对北回归线（Tropic of Cancer）一词的戏仿。因而北回归线的空间意义势必在小说的主题有着重要的体现。小说的开篇设置在离洛杉矶不远的一个墨西哥度假屋，作为主人公之一的加布里埃尔发现该房屋刚好是北回归线经过之处，于是将其购买，后来加布里埃尔又让瑞法拉前去打理。瑞法拉在这座墨西哥别墅的果园里发现了一棵橘子树，橘子树上面飘浮着一条隐约的光线。这棵神奇的橘子树由洛杉矶运来，一直生长在加布里埃尔的家中，橘子树所在的位置便是北回归线经过之处。无论橘子树如何移动，北回归线必定跟着它移动。然而，虽然现实生活中的北回归线将墨西哥划分为温带和热带区域，其位置有可能处在墨西哥的某个角落，但它不可能随着橘子树的移动而变化。如此一来，这棵橘子树代表的空间意义便具有了很大的想象成分。更具深意的是，北回归线被山下凯伦描写成一条在瑞法拉的眼里具有魔幻现实主义特点的光线：

> 此外还有别的东西。在嫩芽刚从树枝钻出的地方，瑞法拉注意到一条线——比蜘蛛网的丝还要细，拉起来紧绷度刚好……即使她无法伸出手来触摸这条线，她也能感到它的独特之处，柔软又有力，像一道微弱的激光束，或者说像是穿过光纤里的光。瑞法拉不确定。她只知道光线穿过了加布里埃尔的房子。实际上，她感到，这束光还在沿着东西两个方向，一直往外延伸，东至高速公路，西至大海与远方。[①]

① Yamashita, Karen T. *Tropic of Orange*. Minneapolis: Coffee House Press, 1997: 13.

或许有人会说，加布里埃尔对于北回归线的想象空间是他在某种主观意识上的异想天开。然而，此刻瑞法拉所见的这条穿越橘子树的光线，理应让读者进一步了解小说中的边界空间和流动家园的建构。我们看到瑞法拉眼中的北回归线“像一条闪闪发亮的光纤，即连接电脑网络的光纤，这是电脑网络连接所依靠的”。[①] 它似乎成了连接一切，并促使通信流向四面八方的边界空间。为了实现真实与现象并存的边界空间和流动家园建构，山下凯伦在此处赋予瑞法拉超乎常人的能力，使瑞法拉能够看到人们肉眼无法见到之物，“当橘子开始长出来的时候，它似乎紧紧地抓住脚下的这条线，把线当作自己的父母，如果线能为人父母的话”。[②] 北回归线不仅是某种意义上的边界，它还是橘子树的生命线，它跟着橘子树漂移流动，跨越天南地北的国家与城市之边界。从空间属性和家园意识的角度看，北回归线的空间移动明显隐喻了山下凯伦建构流动家园的理念。

在魔幻现实主义光环的照耀下，《橘子回归线》中关于北回归线的边界空间书写还契合了爱德华·索亚在开创“第三空间”理论的一份灵感。索亚在重读列斐伏尔的《空间的生产》之后，曾将其与阿根廷作家博尔赫斯（Jorges Luis Borges, 1899—1986）的短篇小说《阿莱夫》（*El Aleph*，1949）相提并论。他认为：“小说中的‘阿莱夫’是地下室里一个包罗万象的点。在这个点，能从各个角度看到所有的地方，一切星辰、灯光无不囊括，而一切场景又同时共存于此。”[③] 从空间的角度看，这道附着在橘子树的北回归线就隐喻了一个包罗万象的点，它“穿过了加布里埃尔的房子；沿着东西两个方向。继续延伸到更远的地方，东至高速公路，西至大海与远方”；[④] 北回归线俨然成了索亚的第三空间思想构图与列斐伏尔的空间理论在《橘

① Blyn, Robin. “Belonging to the Network: Neoliberalism and Postmodernism in *Tropic of Orange*.” *Modern Fiction Studies*, 2016, 62 (2): 210.

② Yamashita, Karen T. *Tropic of Orange*. Minneapolis: Coffee House Press, 1997: 13.

③ 袁源．“第三空间”学术史梳理：兼论索亚、巴巴与詹明信的理论交叉．《中南大学学报（社会科学版）》，2017, 23 (4): 181.

④ Yamashita, Karen T. *Tropic of Orange*. Minneapolis: Coffee House Press, 1997: 13.

子回归线》中的交融。它们共同在边界空间的意象中，时刻体现着流动性，而又充满"异托邦"色彩与文化杂糅的精神家园。对此，山下凯伦曾经发表一篇名为"博尔赫斯与我"（"Borges and I"，2012）的短篇小说，作品中的男女主人公亚美利克（Americo）和阿米莉亚（Amelia）受到这条神奇的边界线的影响，她们"住在一个既互相隔离又互相重叠的边界空间上，长久以来总是跟彼此的喜好开着玩笑"。[①] 边界空间上体现的流动性家园色彩再次跃然纸上。

我们可以试着从比较文学的视野探讨《橘子回归线》中北回归线的流动家园色彩，从而进一步体现山下凯伦眼中边界空间所折射的流动家园。美国作家亨利·米勒（Henry Miller，1891—1980）于1934年出版了小说《北回归线》（*Tropic of Cancer*）。小说通过一个失意的美国电报公司职员孤身来到巴黎寻求新生活却处处碰壁的故事，反映资本主义世界的重重危机。尽管亨利·米勒与海明威、T. S. 艾略特、多斯·帕索斯、埃兹拉·庞德（Ezra Pound，1885—1972）等"迷惘的一代"作家身处同一年代，而该书像海明威的《太阳照样升起》（*The Sun Also Rises*，1926）一样，描写了美国青年在巴黎的游荡和成长经历。但提起《北回归线》一书，学界更倾向于将它与杰克·凯鲁亚克（Jack Kerouac，1922—1969）、艾伦·金斯堡（Allen Ginsberg，1926—1997）、约瑟夫·海勒、托马斯·品钦、约翰·巴斯（John Barth，1930— ）等后现代作家的写作特点和思想风格相提并论。人们认为，《北回归线》充满了现实与梦想及幻觉之间相互交融的描写。米勒在书中所显示出的异常强烈的反叛精神，实则是为了找回自我，找回家园，为这个分崩离析的世界指明一条重建精神家园的路。米勒曾经在巴黎度过九年的时光，而后移居希腊，最终返回并定居在美国加州的大苏尔湖畔，他多年在外的生活足迹及对"飞散者的家园"的理解与山下凯伦颇有相似之处。因此，《北回归线》所描写的主人公的空间移动，及其在异国

① Yamashita, Karen T. "Borges and I." *Massachusetts Review: A Quarterly of Literature, the Arts, and Public Affairs*. 2012 (2): 211.

他乡追寻与构建家园的理想完全可能成为《橘子回归线》中主人公精神空间里的“北回归线”的灵感来源。

比起情节较为简单、人物形象较为单一的《北回归线》，山下凯伦笔下的《橘子回归线》人物众多，每个角色的故事看似独立成章，实则相互交织，齐头并进。《北回归线》的主人公是个美国电报公司的职员，开篇描写他作为叙事者住在波勒兹别墅，朋友鲍里斯发现他身上爬着虱子。无独有偶，《橘子回归线》的主人公加布里埃尔也是一名记者，小说的开头描写了瑞法拉在加布里埃尔的房屋打扫死去的飞蛾、蜘蛛、甲虫、蜥蜴等动物的场景。两者的相似之处使人不难看出山下凯伦的创作其实多少受到亨利·米勒的影响。尽管山下凯伦的文笔并没有亨利·米勒那般“垮掉派”式的放荡不羁，但纵观她的生活轨迹和作品情节，空间旅行是她的生活与作品中不可或缺的部分。从物理空间的移动和精神空间的相互影响而言，两部“回归线”系列的小说也算同出一脉了。《橘子回归线》中的那棵橘子树所标记的北回归线在山下凯伦与主人公加布里埃尔的眼中便具有了重建精神家园的文学意义。它更像是加布里埃尔穿梭在洛杉矶与墨西哥，又徘徊于真实与想象之间的流动家园。这份流动家园的意识是如此的强烈，以至连作为临时清洁工的瑞法拉也由于时常耳濡目染、受到潜移默化的影响：“随着时间的流逝，她发现自己每天都看着这棵橘子树，在树前踱来踱去，连雨天也不中断。她从这个不断成长的小生命的转变中感受到巨大的满足，先是葱绿，而后逐渐闪起道道金光。”[①] 可见，连瑞法拉的精神世界里都充满了边界空间折射的流动家园色彩。

无论是加布里埃尔位于边境小城不远的度假屋，或是橘子树的特殊位置以及北回归线的南北漂移，两者都代表了某种意义上的边界空间和流动家园的建构。卡洛琳·罗迪（Caroline Rody）曾指出，尽管《橘子回归线》“超越了我们乍看之下可能会将其归入的体裁和亚体裁的界限：后现

① Yamashita, Karen T. *Tropic of Orange*. Minneapolis: Coffee House Press, 1997: 12.

代讽刺作品、魔幻现实主义、洛杉矶灾难小说、亚裔美国小说、族裔美国小说、墨西哥小说”。[①] 但对于这部小说，“最为合适的种类术语也许便是边界小说”。[②] 如此巧妙的边界空间布局，从家园意识的角度讲，恰好体现了小说中移民试图跨越边界，打破单一的少数族裔身份及流动家园的理念。毕竟我们知道，“全球化时代的到来和多元文化的盛行有一个重要特征，就是打破了过去地理和地域与文化之间固定的边界，‘界限’的模糊性凸显无疑。而就‘地球村’人员相互快速地流动来说，所引发的一个重大问题就是人的‘身份’问题”。[③] 而在《城市与城市文化》(*Cities and Urban Cultures*)中，德波拉·史蒂文森(Deborah Stevenson)也曾提到：“边界空间具有空间和叙事的形式，边界对于描述一个人在这世界上所处的位置起着重要的作用。它能够定义一个人作为城市空间的占有者，其身份到底是谁。”[④]《橘子回归线》作为边界小说的代表，“详细探讨了表现全球化世界的经济流动、文化融合，以及各种移民活动和跨越边界”，[⑤] 阐释了“南北半球发展不平衡以及帝国内部的阶级区隔、种族歧视、贫富分化等问题，再现了空间隔离或国家边界管制的操控所导致的大规模的社会非正义”。[⑥] 也正是如此，小说的七个主要人物在对自我身份属性的追寻以及对理想家园的憧憬和重构的实践过程中，几乎不约而同地跨越了几个国家的边界，在流动中积极建构属于自己的家园。

《橘子回归线》中的飞散者对边界空间的跨越与流动家园的建立还和洛杉矶的城市历史有着一定的渊源。洛杉矶是一座数易其主的城市，从

① Rody, Caroline. “Impossible Voices: Ethnic Postmodern Narration in Toni Morrison's *Jazz* and Karen Tei Yamashita's *Through the Arc of the Rain Forest*.” *Contemporary Literature*, 2000, 41 (4): 127.

② Rody, Caroline.*The Interethnic Imagination: Roots and Passages in Contemporary Asian American Fiction*. Oxford: Oxford University Press, 2009: 127.

③ 郭英剑．语言的背叛：移民作家的位置在哪里？：评哈·金的《移民作家》.《郑州大学学报(哲学社会科学版)》, 2011, 44 (3):95.

④ Stevenson, Deborah. *Cities and Urban Cultures*. Philadelphia: Open University Press, 2003: 69.

⑤ Tang, Amy C. *Repetition and Race: Asian American Literature after Multiculturalism*. New York: Oxford University Press, 2016: 70.

⑥ 王斐．全球化与帝国空间建构：解读《橘子回归线》中的空间非正义.《集美大学学报》, 2021, 24 (3): 87.

早期土著印第安人的居住地，到隶属西班牙管制下的墨西哥城市，再到墨西哥独立后完全成为墨西哥的一部分，最终到美墨战争后划归为美国领土，这座具有边界空间属性的城市经历了一次又一次流动性的建构历程。正如胡俊所说，“城市空间变化中镶嵌着城市的历史，新的空间的产生的形成，是因为原来空间的让位，而原来居住的人们因此也经历了身份的变化”。[①] 从历史背景上看：

> 洛杉矶的起源基于许多种族群体在该地区的聚集，包含非裔美国人、美国印第安人、亚洲（中国）人、欧洲西班牙人……洛杉矶自建立的那一日起，便是一个边界的城市……它可以被描写成一个边界，一个地点，来自全球范围内不同社会与文化的人民、资源、思想齐聚于此。[②]

如今的洛杉矶已发展为仅次于纽约的美国第二大城市，来自全球不同社会与文化的移民齐聚于此，使得这座城市的边界空间色彩更加浓厚，甚至有学者将山下凯伦笔下的洛杉矶边界空间书写与全球化相联系，认为“这种实验性的写作形式构成了山下凯伦笔下全球边界的画面”。[③] 因此，在《橘子回归线》的洛杉矶城，我们完全能感受到以瑞法拉、阮鲍比、艾米、巴茨沃姆、曼扎纳・村上、加布里埃尔及阿克安吉尔等为主人公代表的墨西哥裔、非裔、日裔、华裔等少数族裔群体跨越边界空间的画面，以及他们作为来自不同社会与文化的移民在洛杉矶建立流动家园的历程。与此同时，我们还知道，美国、墨西哥及加拿大曾于 1994 年共同签署了北美自由贸易协定（North American Free Trade Agreement，简称为NAFTA），旨在取

① 胡俊.《后现代政治化写作：当代美国少数族裔女作家研究》. 北京：中国社会科学出版社，2014: 154.

② Sohn, Stephen H. “Lost in the City: Productive Disorientation in Asian American Literature.” Diss. University of California, Santa Barbara, 2006: 40.

③ Dimitriou, Aristides. “Mapping the New World Border: Karen Tei Yamashita’s *Tropic of Orange* and the Global Borderlands.” *MELUS*, 2023, 48 (2): 30.

消三个国家之间的关税。在该历史事件的基础上，边界已不再成为几个国家之间商品和资本流通的主要障碍，市场也呈现出更大的流动特点。小说中有一个名唤超级那夫达（Super NAFAT）的拳击手，并通过超级那夫达在"环太平洋礼堂"（Pacific Rim Auditorium）一章中的演说表现作者建立流动家园的理想：

> 我的对手不需要进步。他并不关心你们这些美好的孩子的未来。他觉得你们应该穿越边界，到此采摘葡萄……唯一一个方法，能让你们实现理想，那便是开放科技和商业，让大家的钱财自由流动……这是自由的门票。孩子们，关于自由和未来。①

尽管超级那夫达不能算作正面人物，但我们从这名隐喻着北美自由贸易协定的拳击手短短的话中看到了他鼓励人们通过"穿越边界"，以实现"进步、边界、自由、流动、理想、未来"，这似乎意味着在山下凯伦眼中边界空间与流动家园所代表的未来趋势，唯有"开放科技和商业"，才能"让大家的钱财自由流动"。毕竟，如今的边界空间已经进入了全球化的时代，它所承载的家园理念也不同于往昔。置身于这样的历史背景，山下凯伦对于边界空间的文学想象与流动家园的构建显得更有意义。

关于边界空间与流动的跨国家园，读者还可以从小说的目录中一目了然。山下凯伦在《橘子回归线》中设置两个目录。一个按照时间顺序和及空间移动排列，从星期一到星期天，每天依序介绍角色在边界内外，或城市之间移动的轨迹；另一个为超文本格式的目录，以人物的空间移动为纵向，时间变化为横向，呈现出每一个角色在一周之内的移动和情节的进展，构成一个开放式的网络空间。读者可以在这个网络空间中仔细品味书中人物的生活轨迹与空间移动方向。此外，细心的读者还会发现，小说中

① Yamashita, Karen T. *Tropic of Orange*. Minneapolis: Coffee House Press, 1997: 257.

的七个主要人物中，除了一个墨西哥人，其他的角色全部为来自亚洲、非洲等地的飞散者；虽然文中曾出现个别疑似美国本土白人的配角，如饭店的女服务生，但山下凯伦对这类角色却只是轻描淡写，连名字都没交代。从某种意义而言，山下凯伦在小说特意设置了跨越美国与墨西哥边境空间的少数族裔移民，并将美国本土白人排除在外，"将人的流动当作地理位置移动的实验性写作，在七个角色之间不停地位移与错置"，[①] 其目的便是进一步强调她心目中流动家园的理念。尽管每个角色的族裔身份有所不同，跨界移民的背景和方式也不尽相同，但他们在流动中追寻和建立新家园的理念却是相差无几。这些移民"都在寻找得以落地的家或是可以让自己身心安顿的社群"。[②] 山下凯伦曾在一次采访中表示："《橘子回归线》讨论迁移与跨界，以及那些跨国界与正在跨界的人后来的结果。"[③] 在山下凯伦看来，"后现代社会景观具有流动性，而这种流动性让空间变得多元和开放，更是赋予了空间以活力和生机"。[④] 通过上文中橘子树所隐喻的边界空间建构，小说也进一步表现了在瑞法拉、加布里埃尔、阮鲍比、阿克安吉尔乃至所有人物心中穿越两个城市空间或两个不同国度，既是生活空间又是想象空间的流动家园。

我们再试着从人物的角度分析瑞法拉和加布里埃尔跨越美墨边界的流动家园建构。瑞法拉"来自库利亚坎，距马萨特兰北部三十英里"。[⑤] 她和加布里埃尔以不同的方式穿越了城市乃至国家的边界，往返于墨西哥和洛杉矶：

当加布里埃尔正在购买北回归线附近的一块地皮时，瑞法拉正在

① 廖诗文.末世天使城的魔幻想象：《橘子回归线》中的洛城、移民与跨界.《中外文学》, 2004, 32 (8): 65.

② 廖诗文.末世天使城的魔幻想象：《橘子回归线》中的洛城、移民与跨界.《中外文学》, 2004, 32 (8): 60.

③ 陈淑卿.跨界与全球治理：跨越／阅《橘子回归线》.《中外文学》, 2011, 40 (4): 95.

④ 胡俊.《橘子回归线》中后现代社会景观的流动性.《当代外国文学》, 2017, 38 (1): 7.

⑤ Yamashita, Karen T. *Tropic of Orange*. Minneapolis: Coffee House Press, 1997: 6.

跨过北方边境。在这八年的时间里，加布里埃尔还折腾于墨西哥的工程的时候，瑞法拉已经学会了英语，跟鲍比结了婚，开了他们自己的一家保洁公司，生了孩子，并从当地的社区大学获得了学位。[①]

整段描述令读者明显感受到瑞法拉和加布里埃尔在跨越边界空间的流动过程中建立家园的气息。虽然加布里埃尔特的工作地点位于洛杉矶，但他特地在墨西哥购房，而屋里的很多摆设却从洛杉矶搬运而来。原本已经居住在洛杉矶的墨西哥裔移民瑞法拉，又由于缺乏与丈夫之间的互相关爱，而暂时带着孩子索尔（Sol）回到她的故国家园墨西哥。在这里"瑞法拉表现出对于温暖和安全的家园的内在渴望"。[②]结合书中构建的橘子树和北回归线这两个特殊的边界空间与洛杉矶城市空间，及瑞法拉和加布里埃尔两个角色的地理家园移动，一副往返穿梭在墨西哥和洛杉矶之间的跨国流动家园景象在小说随处可见。对于《橘子回归线》中记载的边界空间，无论是数易其主的洛杉矶城，或是位于美墨边境的马萨特兰小城，两者实际上都在某种程度上代表了全球化背景下的跨国家园。正如台湾学者黄永裕所说，"就公认的现实及时间空间的概念而言，全球化所带来的肉眼可见的影响首先反映在模糊的边界之中"。[③]或许这进一步解释了边界空间对于建立山下凯伦心目中理想家园的意义。

瑞法拉的丈夫阮鲍比的生活轨迹同样充满追寻和建构流动家园的色彩。起初，阮鲍比生活在新加坡的一个小康之家。父亲经营一家自行车行，阮氏一家人在新加坡的生活还算安稳。然而不久之后，美国公司的涌入让父亲的公司面临倒闭的边缘，因为"新的机器，多了五十美分的工资。不久过后，美国公司的自行车销往世界各地……鲍比的父亲生意越做越失

① Yamashita, Karen T. *Tropic of Orange*. Minneapolis: Coffee House Press, 1997: 6.

② Huang, Yungyu. "Sense of Place and Self-identity in Three American Ecowriters." Diss. Tamkang University, 2012: 110.

③ Huang, Yungyu. "Sense of Place and Self-identity in Three American Ecowriters." Diss. Tamkang University, 2012: 110.

败，无法与之竞争”。[①] 最终父亲不得不关闭车行，将鲍比和另一个儿子送到位于新加坡的越南难民营，以求有朝一日能够以越南难民的身份来到美国。尽管该途径具有非法的偷渡性质，但在父亲的眼里，多元文化的美国才是适合儿子的理想家园。他经常对儿子说：“你想要将来吗？那最好到美国去，最好开始从事一些新的事业。为了家庭，你最好到美国去。无须担心我们，好好开启你崭新的未来。”[②] 到了美国的鲍比结识了同为少数族裔飞散者的瑞法拉，在洛杉矶的韩国城，他们结婚生子，“一起将洛杉矶变成新的家园”。[③] 为了建构这份家园，鲍比付出了辛苦的劳动：

> 自从他来到这里，他就一直在不停地工作，毫不停歇地在工作。洗碗、切菜、拖地、煎汉堡、刷墙壁、修草坪、挖水沟、扫地、修水管、擦尿桶、通马桶、洗衣服、熨衣服、缝衣服、种树、换轮胎、扛沙包……灌水泥、盖东西、拆东西、修补、清理……[④]

阮鲍比虽身处社会的底层，但他依旧不忘通过跨界移动的方式追寻和建构自己的地理和精神家园。在美国，鲍比与瑞法拉一起做着清洁工的工作，白天帮人打扫卫生，夜晚回到位于洛杉矶韩国城的温暖小家，尽管收入不高，但也算衣食无忧。夫妻俩像追求美国梦一般，通过自身的努力，终于拥有了名牌汽车、无线电话、超大容量洗衣机、加热烘干机等日常用品，为自己赢得了不亚于其他人的幸福感。此刻的鲍比已经成了受到美国主流社会肯定的“勤奋、合作、自律、安静的亚裔美国人”。[⑤] 其模范少数族裔（model

① Yamashita, Karen T. *Tropic of Orange*. Minneapolis: Coffee House Press, 1997: 17–18.

② Yamashita, Karen T. *Tropic of Orange*. Minneapolis: Coffee House Press, 1997: 15.

③ Shimazu, Nobuko. “Karen Tei Yamashita’s Challenge: Immigrants Moving with the Changing Landscape.” Diss. Indiana University of Pennsylvania, 2006: 173.

④ Yamashita, Karen T. *Tropic of Orange*. Minneapolis: Coffee House Press, 1997: 79.

⑤ Sato, Gayle K. “Manzanar and Nomonhan: The Relocation of Japanese/American War Memory in *Tropic of Orange* and *The Wind-up Bird Chronicle*.” In: *Global Perspectives on Asian American Literature*. Huang Guiyou, Wu Bing, eds. Beijing: Foreign Language Teaching and Research Press, 2007: 52.

minority）形象[①]的建立从某种意义上已经“标记了亚裔移民在美国从被拒绝到被接受的发展历程”。[②]不久之后鲍比感到，“能活在美国真是幸福，被美国人所拯救。新的国家，新的生活。努力工作去实现它，彻彻底底的美国人”。[③]小说的结尾，鲍比和瑞法拉，以及孩子在经历了一段分离后再次团聚。“橘子回归线”也随之经历了南北的迁移，从阿克安吉尔手上回到了瑞法拉一家人的住所。人们看到，鲍比“像在飞翔一样将他的臂膀张得很宽，像在飞翔一样拥抱……让这条线在他的手腕滑动，经过他的手掌，穿越手指”。[④]从家园的角度讲，洛杉矶这座富含流动色彩的城市，伴随着这条神奇的“橘子回归线”的移动，使鲍比与瑞法拉跨境流动中的家园得到了淋漓尽致的体现。

小说中另一名表现跨越边界空间和流动家园意识的典型角色当属阿克安吉尔。虽然阿克安吉尔来自墨西哥，但《橘子回归线》第七章开头关于阿克安吉尔的介绍却特地提到“没人知道他从哪里来……他看着像个孩子”。[⑤]这意味着阿克安吉尔是个常年在外漂泊、思想天真、四海为家的飞散者。家园对于居无定所的他而言就是一道纯粹的流动景观：“他说他来自很远的地方，来自火地岛的山顶，来自黑岛，来自麻丘比丘的最高处，来自伊瓜苏瀑布的底部。他的声音经常像是未知方言的杂糅体，一口混有

① 模范少数族裔是在20世纪60年代民权运动的背景下，美国社会冠以亚裔美国人勤奋与成功的“殊荣”。它以加州大学社会学教授威廉·皮特森（William Peterson）在杂志上发表的《日裔美国人的成功》（“Success Story: Japanese American Style”）一文为标志。该文章“高度赞扬了日裔美国人，认为他们已经成功地融入了美国社会”。参见黄际英.“模范少数族裔”理论：神话与现实.《东北师大学报（哲学社会科学版）》，2002 (6): 52。80年代该理论继续升温，并将其赞美范围由日、华裔扩大到韩、菲、越等亚裔族群。但学界普遍认为，这是一个虚幻的光环，甚至可能暗示亚裔美国人给其他族裔美国人带来了种族威胁，从而激化亚裔美国人同其他族裔美国人之间的矛盾。本小节主要聚焦于鲍比个人在美国追寻和建构家园的历程，对于模范少数族裔是否造成族群矛盾的问题暂不予置评。

② Lye, Colleen. *America's Asia: Racial Form and American Literature, 1893–1945*. Princeton: Princeton University Press, 2005: 5.

③ Yamashita, Karen T. *Tropic of Orange*. Minneapolis: Coffee House Press, 1997: 159.

④ Yamashita, Karen T. *Tropic of Orange*. Minneapolis: Coffee House Press, 1997: 268.

⑤ Yamashita, Karen T. *Tropic of Orange*. Minneapolis: Coffee House Press, 1997: 46.

土著、殖民、奴隶或移民腔调的拉丁语。”[①] 阿克安吉尔和山下凯伦一样具有杂糅性的身份。火地岛、黑岛、麻丘比丘、伊瓜苏瀑布等景观所在的南美洲国家或地区都曾经是他的家园；不但如此，阿克安吉尔的足迹几乎遍及了整个南美洲。智利、巴拉圭、哥伦比亚、墨西哥、古巴、萨尔瓦多等国家和地区都曾留下他的身影。他以卖艺为生，像吟游诗人一样边走边唱，“他是个演员、顽童、戏剧艺术家、怪人、马戏团单人表演者……他会创作史诗、短诗、俳句、浪漫音乐，会撰写政治丑闻，还有人们所说的喜悲剧和悲喜剧……”[②] 山下凯伦强调了阿克安吉尔多层次的杂糅身份属于“跨越边界”。[③] 然而，这里的“跨越边界”具有明显的双关意义，体现了作者心目中家园的流动色彩。因此，“人们称他为表演艺术家”，[④] “这个称呼赋予他的权利包括了当地、国家、联盟与个人……那是他要去的地方，北方”。[⑤] 这位多重身份的吟游诗人跨越了南北美洲的境界，最终来到了充满流动家园色彩的洛杉矶城构建属于自己的家园。

实际上，山下凯伦的流动家园理想在《穿越雨林之弧》及《巴西丸》中石丸一正、寺田一郎、宇野勘太郎等人物由日本移民到巴西的历程就有所体现。在《橘子回归线》中，山下凯伦将这份理念推向更深的层次。她首先将背景空间置于美国与墨西哥的边境，描写了阮鲍比、加布里埃尔、瑞法拉等飞散者穿梭在两国边界之间建构家园的故事，而后设置了以阿克安吉尔为代表的，多名来自不同国度的少数族裔移民齐聚于洛杉矶的故事；他们拥有不同的性格特点，不同的人生轨迹和不同的命运结局，这一切将整座城市刻画成具有多元文化和人生百态的物理空间、社会空间和精神空间，从而使流动家园的构建流露得更加明显。正是如此，洛杉矶城被勾勒成一个由多人书写，众人建构，或多种文化相互交织而成的流动式家园。

---

① Yamashita, Karen T. *Tropic of Orange*. Minneapolis: Coffee House Press, 1997: 47.

② Yamashita, Karen T. *Tropic of Orange*. Minneapolis: Coffee House Press, 1997: 47.

③ Yamashita, Karen T. *Tropic of Orange*. Minneapolis: Coffee House Press, 1997: 47.

④ Yamashita, Karen T. *Tropic of Orange*. Minneapolis: Coffee House Press, 1997: 47.

⑤ Yamashita, Karen T. *Tropic of Orange*. Minneapolis: Coffee House Press, 1997: 47.

正如著名后现代社会理论家齐格蒙特·鲍曼（Zygmunt Bauman，1925—2017）指出，“在我们这个后现代社会，所有的人从某种程度上说都在流动。或身体或思想，或在此时此刻，或可预见的将来，或情愿或非情愿；我们中没有一个人能确保他或她永远拥有一个地方的权利，也没有一个人敢确信他或她能够永远待在一个地方”。[①] 在一次访谈中，山下凯伦如是评论洛杉矶的流动家园特点：

> 这座城市的地理分为不同层次，每天不同的人群都会以不同的方式穿越和协商这些层次，这些层次也许会融合，也许会不同。但是它们都代表着这座城市。城市如果没有人民的话就什么都不是，每一组新的移民都会利用现有的结构和基础设施来拥有新的家园。城市因此永远处在变化中，但是它也是家。这也意味着家不是固定的，而是变化的。[②]

山下凯伦坚信家园并非一成不变的，随时处在变化之中的城市也可能是理想的家园：“虽然她使用了土地流动的隐喻……但实际上是人类创造了这份流动……景观已被彻底改变，因为人们总是把各自的文化和景观带在身上。”[③] 在山下凯伦的眼里，空间的移动实则代表了一份家园的流动，“对迁徙和景观之间关系的探索最终将引向对家园观的考察”。[④] 正是凭借着这份“不是固定的，而是变化的”流动家园理念，山下凯伦在《橘子回归线》中描写了多名飞散者在跨越边界空间的过程中构建家园的历程；从墨西哥到洛杉矶，又到整个拉丁美洲，小说中的七个飞散人物于物理空间的

① Bauman, Zygmunt. *Postmodernity and its Discontents*. New York: New York University Press, 1997: 93

② 转引自胡俊.《橘子回归线》中的洛杉矶书写：“去中心化”的家园.《前沿》, 2015 (10) : 78.

③ Rody, Caroline. *The Interethnic Imagination: Roots and Passages in Contemporary Asian American Fiction*. Oxford: Oxford University Press, 2009: 130.

④ Jun, Hu. “Home Reconsidered in Transnational Fiction: Walking as Alternative Oppositional Mobility and Landscape Claiming in Karen Tei *Yamashita's Tropic of Orange*.” *Mobilities*, 2024, 19 (4): 612.

流动让我们更加有感于家园与跨国文化和跨国身份之间的联系，深刻领悟在多元文化的后现代社会中，家园的构建需要更加开放包容的空间。简言之，山下凯伦在《橘子回归线》中极力构建了一个流动的、开放的理想家园。

第二节 洛杉矶城：多元文化的家园

提到文学作品中的洛杉矶城，大多数学者关注的是“所谓的环太平洋和边界位置，长时间的多族裔建构，作为国际化大都市的基础，以及 1970 年以后发展模式的某种象征与催化”。[①] 因而，除了关注洛杉矶城的边界空间和流动家园，这座城市多元文化的建构也是值得探讨的话题。作为在洛杉矶出生，经历了跨越东西文化和南北半球边界的山下凯伦，在回到洛杉矶后，她不但深感一个流动家园的建构对于少数族裔群体的意义，同时在她的文学创作中以洛杉矶城市空间为基础，积极建构心目中多元文化家园的主题。

在《后现代地理学：重申批判社会理论的空间》(*Postmodern Geographies: The Reassertion of Space in Critical Social Theory*, 1989)、《第三空间：去往洛杉矶和其他真实想象地方的旅程》(*Third Space: Journeys to Los Angeles and Other Real and Imagined Places*, 1996)与《寻找空间正义》(*Seeking Spatial Justice*, 2010)等论著中，爱德华·索亚(Edward Soja)曾以洛杉矶的城市空间为例，阐释了社会、精神、文化、历史与空间的各种关系。在《空间的生产》中，列斐伏尔也曾提过：“或许可以通过理论超码的形式建立一个新的

① Zarsadiaz, James. “Dreams of Los Angeles: Traversing Power, Navigating Space, and Recovering the Everyday.” *Journal of Urban History*, 2015, 41 (3): 515.

代码。"[①] 索亚的第三空间在很大程度上"基于列斐伏尔对空间作为社会、精神、物质之复杂共同体的重新定义"。[②] 索亚认为:"空间的表达绝不仅仅是反映背景或是被地图描绘的物理特点";[③] "空间的优先权并不意味着对于空间的思考可以单独实践,而不顾及社会和历史现实"。[④] 在此基础上,索亚提出了既是生活空间又是想象空间的"第三空间",即一个包括物理空间和精神空间,又超越两者的,具有特殊意义的社会空间。如同索亚一样,山下凯伦在《橘子回归线》中把洛杉矶城描述成一个充满现实和现象的"第三空间"。在这个杂糅着想象与现实的城市空间里,各种各样的少数族裔飞散者带着自己不同的文化身份齐聚于此,追寻和建构属于自己的多元文化家园。

尽管《橘子回归线》未像《穿越雨林之弧》那样曾获过美国图书奖,但它同样堪称一部名作,学界对这部小说的重视也与后者平分秋色。与《穿越雨林之弧》和《巴西丸》相似的是,《橘子回归线》描述了一群飞散者从世界各地聚集在一个特定的物理空间,追寻他们的新家园。有所不同的是,《橘子回归线》首次将地理家园的位置从巴西转移到了美国,也就是山下凯伦目前居住的城市洛杉矶。"1984 年,在巴西呆了将近十年以后,山下凯伦与她的家人作为'后现代'移民者,返回了洛杉矶。到达洛杉矶之时,山下凯伦发现这座城市与她当初年少时所认识的情况截然不同。在那之前,这座城市已经成了许多新进移民的家园。就像她自己的家庭一样,移民们来自世界各地;其中尤以南美洲和亚洲为主,由于全球化对这些地区的影响,许多人成了经济上的难民。"[⑤] 洛杉矶以其多元文化、海纳百川的国际化都市形象吸

① Lefebvre, Henri. *The Production of Space*. Donald Nicholson Smith, trans. Cambridge: Basil Blackwell Ltd., 1991: 26.

② Aitken, Stuart. "Review of *Third-space: Journeys to Los Angeles and Other Real-and-Imagined Places* by Edward W. Soja." *Geographical Review*, 1998, 88 (1): 149-150.

③ Soja, Edward. *Seeking Spatial Justice*. Minnesota: University of Minnesota Press, 2010: 1

④ Soja, Edward. *Seeking Spatial Justice*. Minnesota: University of Minnesota Press, 2010: 17.

⑤ Shimazu, Nobuko. "Karen Tei Yamashita's Challenge: Immigrants Moving with the Changing Landscape." Diss. Indiana University of Pennsylvania, 2006:158.

引了一批批的移民来此建立新的家园。索亚在《后现代地理学：重申批判社会理论的空间》一书也曾提到："自1960年以来，进入洛杉矶的移民，其人数之众多，种族之多样，只能与上一世纪之交涌入纽约的移民潮相比。"[①]《橘子回归线》的洛杉矶城从某种意义上比起位于巴西的"玛塔考""埃斯波兰萨社区"，甚至《K圈循环》中的日本，更容易给人以浓厚的现代家园气息。山下凯伦在一次关于该小说的采访中谈到自己对于洛杉矶这个城市空间的体会：

> 我发现了一个非常不一样的城市，人们从世界各地汇集到洛杉矶。这里的生活激动人心，我醉心于再次生活在此。但是当我去阅读有关洛杉矶的文学时，却发现还没有人谈到这种变化。我创作这本书就是为了让那些原先被洛杉矶文学所忽视的人们包括进来。而且我发现我的家庭也是这波浩浩荡荡移民队伍的一分子，我当然认同这种迁移。[②]

山下凯伦认为，自己同来自世界各地的移民一起，已经把洛杉矶当作新的家园："如果我从没属于过洛杉矶的日裔美国人社区，我将不适合居住在日本。"[③] 山下凯伦出生于洛杉矶，成人后曾经有过两次日本之行及一次长达九年多的巴西之旅，或许正是这种跨越东西文化与南北半球的经历使得山下凯伦能够用一种更为开放的视野审视她心目中的家园。"对于洛杉矶，山下凯伦经历了从熟悉到陌生再到熟悉的变化，当她的笔触伸向洛杉矶时，这座城市的活力和多元性得到了前所未有的表现。"[④] 她甚至指

① [美]苏贾.《后现代地理学：重申批判社会理论的空间》. 王文斌，译. 北京：商务印书馆，2004: 324.

② 胡俊.《后现代政治化写作：当代美国少数族裔女作家研究》. 北京：中国社会科学出版社，2014: 147-148.

③ Yamashita, Karen T. "Literature as Community: The Turtle, Imagination & the Journey Home." *The Massachusetts Review*, 2018, 59 (4): 601.

④ 胡俊.《橘子回归线》中的洛杉矶书写："去中心化"的家园.《前沿》, 2015 (10) : 75.

出，自己之所以创作《橘子回归线》这部以洛杉矶为背景的小说，实际上是为了描写容易被美国文坛疏漏的洛杉矶移民家庭的生活。小说所刻画的七个主要人物中没有一个是美国本土的白人；除了阿克安吉尔一个是墨西哥人外，其余的全都是美国少数族裔，包括日裔美国人、华裔美国人、墨西哥裔美国人、非裔美国人等；伴随着整个洛杉矶城市空间的书写，山下凯伦逐一刻画了这些“边缘”的少数族裔飞散者在洛杉矶城建构新家园的故事。正是如此，有学者认为：“比起城市的历史，山下将种族和阶级置于她对洛杉矶的定义中心，描绘了洛杉矶的精神体系，这座城市作为贴近自然与‘乌托邦’的处所，使人远离了一直困扰着美国东部和中西部古老城市的城市化和人性问题。”①

洛杉矶作为《橘子回归线》中人物多元文化家园的所在，还通过空间叙事来实现。细心的读者发现，《橘子回归线》的空间感比前两部小说更加显而易见。从小说的结构安排可以看出，整部小说一共由 7 个篇章组成，每个篇章下设 7 个章节，共计 49 章。这 49 个章节不偏不倚地分给书中的七个人物，即瑞法拉、阮鲍比、艾米、巴茨沃姆曼扎纳·村上、加布里埃尔，及阿克安吉尔。虽然这七个部分的标题依次为从“星期一”到“星期天”这样的时间概念，但在其下设的每一个章节几乎都以一个城市的空间为标题，如“离马萨特兰不远的地方”（Not too Far from Mazatlan）、“韩国城”（Koreatown）、“西区”（Westside）、“港口高速公路”（Harbor Freeway）、“市场”（The Marketplace）、“唐人街”（Chinatown）、“到边境去”（To the Border）、“美国”（America）、“更加伟大的洛杉矶”（Greater L.A.）等等。在这一系列的城市空间中，七个飞散者轮番出场，讲述各自追寻和建构家园的历程，最终由城市空间将七个人的故事连接了起来。因而，关于这个城市家园的空间建构，我们首先看到的是一个类似超文本（hypercontexts）的语境。

① Sze, Julie. “Not by Politics Alone: Gender and Environmental Justice in Karen Tei Yamashita’s *Tropic of Orange*.” *Bucknell Review*, 2000 (1): 35–36.

超文本指的是将各种不同空间的文字信息组织在一起的网状文本。英文原为“hypertext”，为美国电脑专家泰德·尼尔森（Ted Nelson）于1967年首创。然而为方便读者对上下文的理解，小说在扉页处之一特地画了一幅整个故事的超本文图，将其名为“hypercontexts”。在这个由多个片段交叉组合而成的网状结构中，空间被无限分割，人物分散在不同地方，他们在不同的空间点活动。洛杉矶在山下凯伦眼中就是一座跨越时空的城市，它不但具有极强的流动性，并且俨然像一副被各种空间意象构成的马赛克组图。在这副马赛克组图中，多维的空间被撕成了迷宫般的碎片。一个多元文化并存的家园意象在这份独特叙事技巧的关照下，更加清晰地呈现于读者的眼前。正如列斐伏尔所说，“社会空间包含了诸多的物体，既是自然的，又是社会的，也囊括了许多促进物质和信息交流的网络和道路”。[①]《橘子回归线》中的洛杉矶城无疑成了这幅充满各种空间意象的多元文化家园。

当然，山下凯伦对于洛杉矶这个多元文化城市空间的建构不完全出于叙事结构方面的想象。具有多重文化身份的山下凯伦深知构建怎样的角色更加能够代表自己心目中的多元文化家园。生长在洛杉矶，经过两次家园流动，又返回洛杉矶生活的山下凯伦很清楚在这个城市空间中的每一个区域的每一种生活方式。城市中每一个独立的物理空间甚至能够揭示人的身份、阶级、职业和理想，成为山下凯伦试图建构的多元文化家园的基础。《橘子回归线》作为山下凯伦书写洛杉矶城市空间的小说，同时也“展现了一个受全球化影响的新城市意象”。[②] 比如，艾米的出没之地包括西区和好莱坞南部等中上游的阶级聚集之地；加布里埃尔的工作地点位于洛杉矶城中心的商务区；鲍比居住的生活空间主要是像韩国城和

① Lefebvre, Henri. *The Production of Space*. Donald Nicholson Smith, trans. Cambridge: Basil Blackwell Ltd., 1991: 77.

② Magosaki, Rei. Tricksters and Cosmopolitans: Cross-cultural Collaborations in Asian American Literary Production. New York: Fordham University Press, 2016: 87.

唐人街之类的城中城；巴茨沃姆经常出没在社会底层人员的社区；曼扎纳的乐队演奏就像是高速公路天桥上的一道风景；墨西哥裔移民瑞法拉经常往返于墨西哥和洛杉矶之间；阿克安吉尔的足迹遍布了拉丁美洲，最后又从南到北，跨入美国。对此，卡洛琳·罗迪曾认为，比起《穿越雨林之弧》和《巴西丸》中的巴西，"《橘子回归线》中的洛杉矶是一个被四分五裂的，胸襟狭窄的家园。人们被高速公路、生活方式、语言、种族、阶级等所分离"。[①] 随着故事的发展，这些互相交错的时空、人物与故事在城市空间中适当的节点最终得以相聚。正是这样一幅众生百态的画面齐聚于同一个物理空间和社会空间，共同构成了一个多元文化并存的流动家园。

山下凯伦认为"洛杉矶隐喻了整个美国，不能用单个视角来表现"。[②] 用她自己的话说，"我不相信认可单一的声音能够代表那座城市；我想要试验多元化的声音……我希望能听见不同的叙事声音，看到表现这座城市的不同视角和观点。书中有七个人物还有七天，但是这七个人物同时也是七个主体"。[③] "这种叙事方式颇似一场管弦乐，作曲家跟乐队指挥必须靠着指挥、音乐及每一名团队成员的共同配合方能取得成功。"[④] 正如《巴西丸》的四个篇章分别由性别、年龄不同的人物来叙述，他们的声音互为关照，对于同一历史事件也展示出不同的视角，《橘子回归线》中的每个人物在同一个城市空间的分散与结合令人联想到德波拉·史蒂文森在其名作《城市与城市文化》中所说的："正是在行走的过程中，城市的所有者将城

① Rody, Caroline. *The Interethnic Imagination: Roots and Passages in Contemporary Asian American Fiction*. Oxford: Oxford University Press, 2009: 130.

② Sato, Gayle K. "Manzanar and Nomonhan: The Relocation of Japanese/American War Memory in *Tropic of Orange and The Wind-up Bird Chronicle*." In: *Global Perspectives on Asian American Literature*. Huang Guiyou, Wu Bing, eds. Beijing: Foreign Language Teaching and Research Press, 2007: 53.

③ 胡俊.《橘子回归线》中的洛杉矶书写："去中心化"的家园.《前沿》, 2015 (10): 77.

④ Sato, Gayle K. "Manzanar and Nomonhan: The Relocation of Japanese/American War Memory in *Tropic of Orange* and *The Wind-up Bird Chronicle*." In: *Global Perspectives on Asian American Literature*. Huang Guiyou, Wu Bing, eds. Beijing: Foreign Language Teaching and Research Press, 2007: 53–54.

市作为他们的空间书写和重新书写，创造出一个个与其他故事互相交织的片段故事。”[①] 又如福柯所言：

> 当今的时代首先是一个空间的时代。我们处于一个具有共时性的时代，一个并列的时代，一个时近时远的时代，一个并肩作战的时代，一个散播的时代。我们处于这样一个时刻。在这个时刻，我相信，比起经过时间拼凑起来的漫长生命，我们对世界的感知更像一个连接着诸多的点，并使它的线束交织在一起的网。[②]

福柯这段话中所指的“交织在一起的网”可以看作一个由多元文化拼凑而成的网络空间。在这一网络空间里，人们之间互相尊重，相互共存。无论种族、阶级、国别，人们都能相互理解，和谐共处，从而建构成多元文化并举的精神家园。关于这份多元文化家园的建构，我们试着对《橘子回归线》关于瑞法拉的丈夫阮鲍比身份特征的描述进行一番考察：

> 如果你了解你们亚洲人，那么请你看看鲍比。你说，他是个越南人吧。那可是你自己说的。他脸色苍白，骨子里透露着一丝忧伤，有点瘦小。韩国人的脸比他圆满，中国人个子比他高，日本人比他懂得打扮。如果你了解你们亚洲人，你会知道这些判断都存在错误。你会觉得被他搞糊涂了。这家伙会说西班牙语，听得懂吗？所以你推测他是个来自秘鲁的日本人，或者来自巴西的韩国人，再或者是一个来自墨西哥的中国人。可是这一切又错了。其实鲍比来自新加坡。然后你说，好吧，会不会是印尼人，或马来西亚人？那么你又错了。也许你还会说，看他名字，应该是个越南人……继续猜。其实鲍比是个中国人，一个从新加坡来的，却有个越南人的名字，说起话来像个墨西哥

① Stevenson, Deborah. Cities and Urban Cultures. Philadelphia: Open University Press, 2003: 68.

② Foucault, Michel. “Of Other Spaces.” *Diacritics*, 1986, 16 (1): 22.

> 人，住在韩国城的中国人。这就对了。[1]

作为一名华裔美国青年，阮鲍比的身上却集合了越南人、新加坡人、印尼人、马来西亚人、韩国人等亚裔移民的特征，这样一个形象其实与山下凯伦兼具的日本人、巴西人、美国人的身份有些相似。但实际上这种多重文化的身份在亚裔美国文学的作品中是罕见的。或许我们可以试着将山下凯伦对于阮鲍比的多重身份属性描写与赵健秀、劳森稻田等人在1975年出版的《哎咿！亚裔美国作家选集》（*Aiiieeeee! An Anthology of Asian American Writers*）的序言中所描述的亚裔美国人身份进行一番比较：

> 七代人在法律保障的种族主义和美其名曰为白人种族主义的爱的镇压下，今天的亚裔美国人蔑视、排斥自我，分化瓦解。他们鼓励我们相信作为华裔、日裔美国人，我们没有完整的文化，我们既不是亚洲人（华人或日本人），又不是美国人（白人），也不是二者皆是。这种不是/就是的神话和同样愚蠢的双重人格的概念困扰我们……亚洲文化也好，美国文化也好，只能用最肤浅的词语来界定我们。[2]

亚裔美国人历来被视为没有完整文化的群体，既非亚洲人又非真正的美国人。而在《橘子回归线》中，山下凯伦却特地采用了反其道而行之的描述，借此“重新想象了一种框架，协调了跨种族政治流动的思想冲突”；[3]她以身兼多国人员的身份特点来刻画鲍比这个角色，表现出“山下超越狭隘的族裔身份政治和文化民族主义，以更加开放的视野来看待全球化的世

① Yamashita, Karen T. *Tropic of Orange*. Minneapolis: Coffee House Press, 1997: 14–15.

② 吴冰.《亚裔美国文学导读》.北京：外语教学与研究出版社，2012: 13.

③ Nathan, Ragain. “A Revolutionary Romance: Particularity and Universality in Karen Tei Yamashita’s *I Hotel*.” *MELUS*, 2013, 38 (1): 139.

界”。[①] 阮鲍比身上的多重国度和多种文化背景的建构，实际上寄托了山下凯伦对于摆脱亚裔美国人的身份与文化困境以及建立富含多元文化特征的精神家园的憧憬。正如山下凯伦在《橘子回归线》中描绘站在洛杉矶高速公路的流浪汉孟扎纳·村上之时所提到的，“他站在那里，怀抱起每一个音符。将他们联合起来，混合成家族，创造成社区，一个伟大的社会，以及一整个文明世界的声音。人性的河流从他的足前和脚下，往四面八方溢去。舒张与脉动，那血浓于水的联系，大城市的强而有力心跳”。[②] 又如在小说《I 旅馆》最后一个章节“你会说英语吗？”当中所提到的：“一波波的亚裔美国人分散在美国各地，在新的与旧的贫民社区重拾有关家园的记忆。”[③] 多元文化的家园意识于此再度跃然纸上。

谈到阮鲍比身上兼具的多元文化特征，我们也容易联想到阮鲍比和瑞法拉的跨国婚姻以及加布里埃尔和艾米的跨国恋情。实际上，住在洛杉矶的阮鲍比和瑞法拉，及加布里埃尔和艾米的跨国婚姻或恋情也是山下凯伦对于多元文化家园的一种建构。列斐伏尔曾言：“社会空间与它的定义一起，成了分析社会的工具。”[④] 而家园作为社会空间的基本单位，经常被视为人物与社会文化相互关联的某种基本指向。因而在社会空间的视域下，作者对于婚姻与爱情的构想也表现出她关于书中人物在居住的地区构建家园的渴望。在此基础上，跨国婚姻或恋情所构建的家园意识明显地关联了夫妻或情侣双方的异域文化，表现出个体对于配偶或恋人的异国文化的认可，以及多元文化共存的身份认同取向。从《橘子回归线》中瑞法拉和阮鲍比的生活片段中我们看到：“瑞法拉记得最初她和鲍比交谈不多，但是鲍比学得很快。他现在已经能流利使用一些街头的奇卡诺[⑤]语。但她之

① 蔺玉清. 亚裔美国作家山下凯伦的跨国写作.《语文学刊》, 2016 (8): 53.

② Yamashita, Karen T. *Tropic of Orange*. Minneapolis: Coffee House Press, 1997: 35.

③ Yamashita, Karen T. *I Hotel*. Minneapolis: Coffee House Press, 2010: 602.

④ Lefebvre, Henri. *The Production of Space*. Donald Nicholson Smith, trans. Cambridge: Basil Blackwell Ltd., 1991: 134.

⑤ 原文为Chicano，意为美国墨西哥裔。

前未曾学过中文，或许她该学点中文”；[①] 关于自己和加布里埃尔的跨国恋情，艾米认为它并不需要掩饰两者的跨文化成分，“他所见到的，便是即将面临的……就像在跨越太平洋的舟船上划桨，像骑着自行车穿越撒哈拉沙漠，攀登惠特尼山峰[②]”。[③] 山下凯伦在《橘子回归线》的洛杉矶城市空间生活中注入了许多关于阮鲍比和瑞法拉的跨国婚姻以及加布里埃尔和艾米的跨国恋情的描写，实际上也表明了多元文化渗透的家园意识已浸染于她笔墨下的字里行间。

然而，多元文化家园的建构也不是一蹴而就的。“正如山下凯伦笔下的儿童寓言欢快地描写到，多元文化的结果不一定是文化大熔炉。”[④] 即便是给予亚裔美国人模范少数族裔称号，那也是一个容易激发民族矛盾的虚幻光环。这一观点可以从另一位居住在洛杉矶城的日裔美国人艾米的身上得到启示。作为一名生长在洛杉矶的日裔“三世”中产阶级女性，艾米没有经历过二战期间“一世”“二世”的无家可归。比起那些思乡心切的飞散者，艾米更加我行我素，更加关注眼前的环境和生活。作为电视节目制作人，艾米耳濡目染了许多不平的社会现象。在她看来，“多元文化主义只是经济富裕和政治控制下的社会反照”。[⑤] 在与情人加布里埃尔的交流中，“她总是喜欢表现得像反多元文化主义”。[⑥] 当母亲责备她说话方式不够斯文的时候，她干脆回答：“也许我不是日裔美国人。”[⑦] 更有甚者，艾米敢于对多元文化发表公开的批判或调侃，她曾公然说：“我觉得多元文化就是狗屎……一个白人穿着瑜伽涅槃圆领T-shirt，留着黑人辫子头，

---

① Yamashita, Karen T. *Tropic of Orange*. Minneapolis: Coffee House Press, 1997: 8.

② 惠特尼山(Mount Whitney)，是美国加利福尼亚州内华达山脉最高峰，也是除阿拉斯加州以外，美国本土的最高峰。

③ Yamashita, Karen T. *Tropic of Orange*. Minneapolis: Coffee House Press, 1997: 22.

④ Wright, John. "Introduction: North Pacific Rim Culture(s) Approaching the Millennium." *Chicago Review*, 1993, 39 (3/4): 3.

⑤ 廖诗文. 末世天使城的魔幻想象：《橘子回归线》中的洛城、移民与跨界.《中外文学》,2004, 32(8):70.

⑥ Yamashita, Karen T. *Tropic of Orange*. Minneapolis: Coffee House Press, 1997: 21.

⑦ Yamashita, Karen T. *Tropic of Orange*. Minneapolis: Coffee House Press, 1997: 21.

就叫多元文化……难道你不讨厌多元文化吗？我讨厌多元文化。"[①] 艾米知道，在洛杉矶，所谓的多元文化无非是被白人文化统治的商业文化。于是，她接着扭头对正在做寿司的师傅说："你看吧，宏。你是隐形人，我是隐形人，我们都是隐形人。看得见的只有茶叶、生姜、生鱼片和信用卡。"[②] 因为她明白，在消费文化的面前，人们如同隐了形一般。金钱和商品占据了整个社会空间的主要部分，无暇顾及精神空间的家园建构。可以说，山下凯伦借用艾米之口，表达了她对多元文化的担忧。毕竟她知道，在白人主流文化的统治之下，少数族裔依旧处在边缘之地，多元文化家园的建设仍然尚需时日。"即使在多元文化的呼声中，美国主流社会将少数族裔边缘化以维护自身主导地位的宗旨从未改变。"[③] 实际上，多元文化家园实现过程中的艰难也是美国少数族裔作家共同担心的话题。山下凯伦曾表示，她需要一个替她说话的代言人：

> 我想做的事情之一就是创作出一个不寻常的亚裔女性形象。她不是常规意义上的好女人。她也是这本书的代言人。如果说存在着所谓的陈词滥调，她会将之扭曲，或者她会嗤之以鼻。她是书中的反叛者，她也是我的代言人，说一些一般而言不该说的话。她就是那个说"多元文化主义是狗屎"的人……多元文化主义在服装品牌贝纳通所谓"联合色彩"或者是可口可乐口号"我们是世界"中被贩卖。[④]

显而易见，艾米就是山下凯伦悉心创造的那个与众不同的亚裔美国女性形象。虽然艾米的血统方面归属亚裔，但"想到与她一样的人——距离亚裔美国女性的刻板印象如此遥远——即使她拥有身份，那层身份也是令人

① Yamashita, Karen T. *Tropic of Orange*. Minneapolis: Coffee House Press, 1997: 128.

② Yamashita, Karen T. *Tropic of Orange*. Minneapolis: Coffee House Press, 1997: 21.

③ 张亚丽. 美国多元文学的陷阱：以两部日裔美国作家的作品为例.《山西师范大学学报（社会科学版）》, 2013, 40 (3): 93.

④ 胡俊.《橘子回归线》中的洛杉矶书写："去中心化"的家园.《前沿》, 2015 (10) : 76–77.

质疑的”。[①] 作为一个形象鲜明，不愿服从传统的亚裔女性，艾米以通俗而不加修饰的语言，反抗着自己不喜欢的人和事。身为媒体工作者的艾米，她的声音具备一种微妙的强大力量，代替山下凯伦“发出一些不能堂而皇之道出的移民女儿的声音”。[②] 小说临近尾声之际，艾米在高速公路报道动乱的现场不幸被镇压暴动的流弹击中而丧生。在生命的最后一刻，她仍然不忘惦记洛杉矶城象征着多元文化并存的网络空间。她对一起工作的巴茨沃姆说：“嘿，我听说有些人想把整个洛杉矶变得数字化。我们应该把这些背信弃义的沙漠岗哨放在网络上。或许长眠是一场数字化的春梦。人生就是一段广告时间。也许盖比[③] 能到网络当中找我，我们可以在睡梦中缠绵。”[④] 即使已经进入虚拟的精神境界，艾米依然梦想着通过网络空间，把洛杉矶城的一切连接在一起，从而也实现自己的精神理想。或许艾米并不像书中的瑞法拉、阮鲍比，或巴茨沃姆那般具有明显的流动家园色彩，但她通过自己直白的言语和人生态度，引发读者对多元文化家园建设的困境做出更深的思考。也许正是如此，山下凯伦继而设置了一名妇女，对艾米的关于多元文化的隐形人言论表示了反驳，以此表达了作者心目中理想的多元文化家园：

> 我喜欢日本文化，我能说些什么呢？我喜欢不同的文化。我曾经到过世界不同的地方旅游。如今，我生活在洛杉矶。在这里，我可以吃到来自世界各地的食物。洛杉矶就是这样一个地方，各种各样的人们齐聚于此。它是一个真正的国际化世界的庆祝会。只是，当听到有些人在这般正能量的事物面前，却发出愤世嫉俗的声音，或以肤色论人，实在使我恶心。[⑤]

---

① Yamashita, Karen T. *Tropic of Orange*. Minneapolis: Coffee House Press, 1997: 19.

② 廖诗文. 末世天使城的魔幻想象:《橘子回归线》中的洛城、移民与跨界.《中外文学》, 2004, 32 (8): 70.

③ Gabe 是艾米对加布里埃尔的昵称。

④ Yamashita, Karen T. *Tropic of Orange*. Minneapolis: Coffee House Press, 1997: 252.

⑤ Yamashita, Karen T. *Tropic of Orange*. Minneapolis: Coffee House Press, 1997: 129.

诚然，这个由“各种各样的人们齐聚于此”，颇具“真正的国际化世界的庆祝会”风格的洛杉矶城象征着山下凯伦眼中的多元文化家园。它主张文化之间的平等共存和互相交流，厌恶“以肤色论人”的种族或文化歧视，提倡构建和谐的社会空间。通过这一基于多元文化的社会空间和家园书写，“《橘子回归线》为全球化和自由贸易时代讲述美国少数族裔人群的主体性提供了另一种范式——或者，甚至将其主体性加以放大”。[①] 在这个充满平等互助的社会空间里，文化霸权烟消云散，无论种族、无论阶级，全世界人们相聚甚欢。尽管从社会现实上看，真正实现多元文化家园的建设任务依旧任重道远，但它符合后现代社会的特征，展现了被忽视与边缘化的少数族裔群体在全球化语境下挑战中心地位的抗争，无疑值得人们积极追寻与建构。露丝·休（Ruth Hsu）说得好：“山下凯伦笔下的洛杉矶人口密度虽高，但不属于个体，它时常被边缘化，不乏危险、困难，到处弥漫着噪声……然而，在通往家园的道路上却罕见有人停顿。”[②] 这份基于多元文化的家园意识通过洛杉矶城市空间表现出来，正是山下凯伦对于飞散者在当代美国社会的生存困境描写的另一份传承与超越。

第三节 飞散者的精神抗争：正义的家园

在《空间的正义》的开篇中，索亚一语道出：“正义，无论如何定义，都有一个相关的地理因素，一个既不仅是反映背景，又不单被地图所描绘的物理特征的空间表达……地理和空间的正义，是正义本身不可或缺的重要组成部分，也代表了随着时间的流逝，以及正义和非正义在社会因素上的

① Kim, Jina B. “Toward an Infrastructural Sublime: Narrating Interdependency in Karen Tei Yamashita’s Los Angeles.” *MELUS*, 2000, 45 (2): 2.

② Hsu, Ruth. “Karen Tei Yamashita’s *Tropic of Orange* and Chaos Theory: Angels and a Motley Crew.” In: *Karen Tei Yamashita: Fictions of Magic and Memory*. Robert Lee, ed. Honolulu: University of Hawaii Press, 2018: 107.

联系。"[①]在索亚看来,"空间积极地产生和维护不平等、经济剥削、种族主义、性别歧视以及其他压迫与歧视的形式之中"。[②]山下凯伦在小说中引入七个身处社会中下层的少数族裔飞散者,描写他们在相对破旧的街道和诸如韩国城、唐人街之类的"城中城"的生活,相比之下较少关注处在社会上层的美国白人,其目的也就显而易见了。洛杉矶除了好莱坞的明星、商业区的富翁、科技界的精英等人物,还有诸如瑞法拉和鲍比那样的平民劳动者。他们辛辛苦苦移民到洛杉矶,试图在这座多元文化并存的城市建立自己的家园,但一直以来所从事的却是又苦又累的体力劳动。他们"太忙了,从未停止,仅能拥有一点点的睡眠,总是在工作,忙碌,永不停息",[③]甚至经常受到不平等对待。"主流社会对亚洲移民的敌视可分为七类:种族偏见、就业时的不平等待遇、剥夺公民权(尤其是选举权)、暴力、排斥移民、社会隔离、监禁。"[④]"尽管模范的光环围绕着亚裔,但是从这光环中受益的却是主流社会。"[⑤]"尽管过去几十年来,人们普遍承认种族主义导致一幕幕的拘留事件,但是少数族裔群体的脆弱性依旧使其甘心被人掌控,碌碌无为。"[⑥]《橘子回归线》构建的家园不仅含有边界空间维度上的流动家园,城市空间的多元文化家园,还应该是一个在社会、精神、文化、种族等方面充满正义的家园。这份为了空间正义,建立充满空间正义家园的抗争可以从小说中的飞散者巴茨沃姆、曼扎纳与阿克安吉尔的精神空间层面感受得到。

越战退伍老兵巴茨沃姆是《橘子回归线》中刻画的一个代表正义家园的非裔美国人形象。虽然巴茨沃姆在洛杉矶没有一份固定职业,每天的

① Soja, Edward. *Seeking Spatial Justice*. Minnesota: University of Minnesota Press, 2010: 1.

② Soja, Edward. *Seeking Spatial Justice*. Minnesota: University of Minnesota Press, 2010: 4.

③ Yamashita, Karen T. *Tropic of Orange*. Minneapolis: Coffee House Press, 1997: 16.

④ 吴冰.《亚裔美国文学导读》. 北京:外语教学与研究出版社, 2012: 139.

⑤ 张亚丽. 美国多元文学的陷阱:以两部日裔美国作家的作品为例.《山西师大学报(社会科学版)》, 2013, 40 (3): 91.

⑥ Sheffer, Jolie A. "Interracial Solidarity and Epistolary Form in Precarious Times: Karen Tei Yamashita's *Letters to Memory*." *Arizona Quarterly*, 2020, 76 (4): 57.

活动是走街串巷，但他不是一个纯粹的流浪汉。因为他非常关注社会底层人民的正义诉求。他经常闲逛的地方几乎都是贫民区，接触的人群也是清一色的社会底层人员。如流浪汉、吸毒者、妓女、街头小贩、非法移民等。对于这些人，巴茨沃姆总是愿意提供帮助。他经常随身携带着具有个人信息的卡片，准备发放给那些随时可能需要救助的社会底层人士。卡片上写道："巴茨沃姆，仁慈的天使，中部和中南部，寻呼机号码：213-321-BUZZ，一周七天，24 小时全天开机。"[①] 在卡片的背面还附带了各类慈善型机构的电话，"康复中心号码、免费诊所、法律咨询、收容所、施粥所、热线电话"[②] 等等应有尽有。对于巴茨沃姆的乐善好施，小说中继而描述道："他是个行走的社会服务机构，倘若不是因为他的存在，会有更多的人死在街道上。24 小时服务，他是这么表现的。凌晨 3 点，如果有遇到麻烦的穷人打他的寻呼机，他会比任何人都提早到现场，特别是比警察还早。"[③] 对于无家可归的人，巴茨沃姆总是尽力为他们寻找"工作、住所、医疗卫生、康复理疗，以及精神疗养服务"。[④] 山下凯伦"将巴茨沃姆描写成一个体面的人，一个在处理被压迫的人民遇到的棘手困难时，能够充满正能量思想的人；与此同时，将无家可归的贫民视为值得尊敬的人"。[⑤] 巴茨沃姆的存在，实际上表达了山下凯伦对社会底层人物在洛杉矶城市空间中建构平等、正义家园的愿望。

巴茨沃姆精神空间的正义感还表现在他对手表、收音机、手机、寻呼机、随身听等工具的情有独钟。在他眼里，这些工具代表了时间和空间的统一体。比如，他收集二手的手表，意在了解他人的历史和时间。曾经有

---

① Yamashita, Karen T. *Tropic of Orange*. Minneapolis: Coffee House Press, 1997: 26.

② Yamashita, Karen T. *Tropic of Orange*. Minneapolis: Coffee House Press, 1997: 26.

③ Yamashita, Karen T. *Tropic of Orange*. Minneapolis: Coffee House Press, 1997: 26.

④ Yamashita, Karen T. *Tropic of Orange*. Minneapolis: Coffee House Press, 1997: 111.

⑤ Shimazu, Nobuko. "Karen Tei Yamashita's Challenge: Immigrants Moving with the Changing Landscape." Diss. Indiana University of Pennsylvania, 2006: 179.

一度他“把钱花在抽烟和吸毒上，如今他的钱都用来给手机买电池了”。[①]他认为“收音机有一种独特的光波，一种脉动，无论AM或FM，都没有关系”。[②]在这个由无线光波构成的网络空间里，每个人都是一种时间，一段频率。而每个生命都处在这个由波动和频率连接在一起的网络空间里。从这方面看，巴茨沃姆的精神空间是纯净的，他充满了助人为乐、敬畏生命的空间正义。或许，从种族正义的角度而言，山下凯伦之所以赋予巴茨沃姆这样一名黑人如此积极的形象，实则是将其作为以阮鲍比等人为代表的亚裔少数模范群体的补充，旨在消解模范少数族裔群体一词对非裔美国人及其他族裔的误解，也为山下凯伦所倡导的多元文化空间注入“正义”的活力。

此外，由巴茨沃姆的故事引出的洛杉矶高速公路网也颇值得关注。正如有国外学者指出，“虽然美国西部文学和生态文学学者不断呼吁关于流动性的研究，却很少有人关注促进或限制流动的交通技术”。[③]作为城市网络空间中一个典型的部分，四通八达的高速公路连接了整个国家，整座城市的不同的物理空间，经常被看作“无疑能赋予人们流动的自由，让人们去往任何自己想去的地方”。[④]山下凯伦在《橘子回归线》中“通过表现高速公路系统所带来的后果，讲述了全球化进程的不平坦，以及在特定的社区中的某个莫名边界，移民、资本、商品和服务的流动”。[⑤]将高速公路书写成小说中人物故事交集的空间也就顺理成章了。然而，“在高速公路上

---

① Huang, Yungyu. “Sense of Place and Self-identity in Three American Ecowriters.” Diss. Tamkang University, 2012: 124.

② Yamashita, Karen T. *Tropic of Orange*. Minneapolis: Coffee House Press, 1997: 29.

③ Wald, Sarah D. “Refusing to Halt: Mobility and the Quest for Spatial Justice in Helena María Viramontes's *Their Dogs Came with Them* and Karen Tei Yamashita's *Tropic of Orange*.” *Western American Literature*, 2013, 48 (1): 70.

④ 胡俊.《后现代政治化写作：当代美国少数族裔女作家研究》. 北京：中国社会科学出版社，2014: 151.

⑤ Wald, Sarah D. “Refusing to Halt: Mobility and the Quest for Spatial Justice in Helena María Viramontes's *Their Dogs Came with Them* and Karen Tei Yamashita's *Tropic of Orange*.” *Western American Literature*, 2013, 48 (1): 70.

风驰电掣的人们也往往会迷失在幻象中”。[1] 难怪当有人递交一份洛杉矶地图到巴茨沃姆的手中，他对此表示疑惑，甚至问道：“即使地图是真的，那这座城市又是属于谁的领土呢？”[2] 这里我们可以从较为抽象的角度将这个问题理解成巴茨沃姆对城市所属权或高速公路使用权的某种质问，即社会底层人物是否拥有城市的所属权或是否拥有高速公路使用权，借此体现对高速公路代表的非正义空间的抗争。

《橘子回归线》中，许多平民的生活并没有得益于高速公路，因为他们买不起汽车。高速公路的建设对于巴茨沃姆遇到的平民而言，仅仅意味着生态环境的破坏与家园的摧毁。毕竟他们原先的住所或经营的商店，或是城市郊区美丽的生态环境都要让位给高速公路的建设。曾经属于他们的家园，因高速公路的出现而遭到割裂，甚至导致一些人无家可归。巴茨沃姆记得“几年前，城市政府官员过来解释将如何扩宽高速公路，拆迁房子……”，[3] 当时一位长得像老奶奶的妇女站了起来，“询问整个规划到底是怎样的？怎么才能让她相信，这仅仅是在拓宽高速公路？如何相信这不是一场敲诈？”[4] 尽管政府承诺给予拆迁的建筑经济补偿，但“在高速公路扩宽工程即将完成之际，人们已经忘记了自己的承诺”。[5] 到后来，“经过她家店门口的，只剩下无家可归的游民，毒品贩子，以及妓女等等”。[6] 山下凯伦通过巴茨沃姆记忆中这位妇女的言辞表现了高速公路所隐喻的空间非正义感。

随后，高速公路上演了一场骚动，一场意外事故后高速公路陷入了瘫痪，一群无家可归的贫民占领了高速公路。原本禁止行人行走的高速公路，如今却成了无家可归的人群漫步的公共空间。这一情节的安排无疑

① 胡俊.《后现代政治化写作：当代美国少数族裔女作家研究》. 北京：中国社会科学出版社，2014: 151.
② Yamashita, Karen T. *Tropic of Orange*. Minneapolis: Coffee House Press, 1997: 81.
③ Yamashita, Karen T. *Tropic of Orange*. Minneapolis: Coffee House Press, 1997: 82.
④ Yamashita, Karen T. *Tropic of Orange*. Minneapolis: Coffee House Press, 1997: 82
⑤ .Yamashita, Karen T. *Tropic of Orange*. Minneapolis: Coffee House Press, 1997: 82–83.
⑥ Yamashita, Karen T. *Tropic of Orange*. Minneapolis: Coffee House Press, 1997: 83.

增添了莫大的讽刺意味。巧合的是，小说中原本看似各不相干的几个人物由于高速公路上的这场事故汇集到了一起。不论是和巴茨沃姆有关的无家可归的人群，或是阿克安吉尔从南向北行进的过程中跟在他身后的人群，所有人物都齐聚于此，见证着以高速公路为代表的非正义空间的消失。此情此景，似乎也使人联想到“曼扎纳拘留营，人们齐聚于此进行着抗争”。[①]“《橘子回归线》所展现的，不仅是一场被警察镇压的洛杉矶高速公路的占领运动，还意味着穷人和无家可归的人利用媒介的力量，为遭受压抑的‘前现代’知识和信仰发声”。[②] 正如胡俊所言，“高速公路被人们理所当然地当作城市的一部分，人们可能忽视它的产生过程。当无数的汽车飞速行驶在高速公路上，没有多少人会意识到有些人的生活会因为高速公路的出现发生变化”。[③] 高速公路的建设俨然象征了一个非正义空间的形成，使原本属于社会下层人物的温馨家园一去不复返，同时让读者感受到山下凯伦其实在呼唤着一个在社会空间、精神空间等领域皆充满平等与正义的家园建构。

不但如此，高速公路所代表的精神家园理想还包括一直存在于山下凯伦眼里的，以生态环境为理念的空间正义（spatial justice）。正如著名生态文学家斯科特·斯洛维克（Scott Slovic）所说，“能源和交通都是人文学科关注的环境基础话题”。[④] 关于山下凯伦的生态家园理念，上文谈到的《穿越雨林之弧》中“玛塔考”的家园失落和《巴西丸》中埃斯波兰萨社区的家园追寻均有所涉及，《橘子回归线》作为山下凯伦小说中家园建构的代表，其具备生态理念的家园意识当然不能例外。小说“注重边缘化的声音，以

① Crawford, Chiyo. “Crosscurrents: Urban Environmental Justice Struggles in Twentieth Century American literature.” Diss. Tufts University, 2012: 72.

② Jin, Wen. “Inconspicuous Magic: Cognitive Theories of Narrative Influence and Karen Tei Yamashita's *I-Hotel*.” *Journal of Narrative Theory*, 2015, 45 (3): 449.

③ 胡俊.《后现代政治化写作：当代美国少数族裔女作家研究》. 北京：中国社会科学出版社，2014: 152.

④ Slovic, Scott. “Editor's Note.” *Interdisplinary Studies in Literature and Environment*, 2017, 24 (1): 3.

此表现出主流城市环境主义中的环境正义批评”。[①] 毕竟以高速公路为代表的现代生活方式同铁路一样，“在美国文学史中常被作为一种侵入性文明的象征而出现”。[②]《橘子回归线》中的洛杉矶高速公路颇似凯文·林奇在《城市的意象》中提到的“环境意象”（environmental image）[③]，令人联想到海明威的短篇小说《两代父子》（“Fathers and Sons”）开篇尼克·亚当斯（Nick Adams）驾车在高速公路上行驶时的精神空间。对于文学作品中高速公路的精神空间意义，学界普遍认为高速公路通常象征着整个大地经受的创伤，或者种生活方式和家园情怀的破坏。曾经布满了原始森林，拥有美好生态环境的密歇根州北部，如今，“红土的路堤修得平平整整，两旁都是第二代新长的幼树”。[④] 对主人公尼克而言，“这里不是他的家乡”。[⑤] 尼克在高速公路上的思绪与人们对土地的哀悼，及被赶出伊甸园般的家园失落交织在一起。这点与《橘子回归线》中高速公路在巴茨沃姆脑海的精神空间意象具有异曲同工之妙。难怪有学者明确指出：“山下凯伦对于戏仿的贡献强烈影响了书中的主题和创作视野。”[⑥] 高速公路见证了“城市如何被塑造，同时也重塑了支撑城市的生态系统”。[⑦] 借用国外学者沙拉·华尔德（Sarah D. Wald）观点，高速公路的描写既关乎环境正义，同时也可延伸为“交通正义”（transportation justice）。[⑧] 高速公路的描写成了小说提醒人

---

① Platt, Daniel J. “A Strangely Organic Vision: Postmodernism, Environmental Justice, and the New Urbanist Novel.” Diss.University of Oregon, 2014: 56.

② 刘英.《书写现代性：美国文学中的地理与空间》. 北京：商务印书馆，2017: 127.

③ 参见Lynch, Kevin. *The Image of the City*. Cambridge: The Massachusetts Institute of Technology Press, 1960: 6.

④ Hemingway, Ernest. *The Complete Short Stories of Ernest Hemingway*. New York: Charles Scribner's Sons, 1987: 369.

⑤ Hemingway, Ernest. *The Complete Short Stories of Ernest Hemingway*. New York: Charles Scribner's Sons, 1987: 369.

⑥ Sohn, Stephen H. “Anime Wong: A Critical Afterword.” In: *Anime Wong: Fictions of Performance*. Karen Tei Yamashita. Minneapolis: Coffee House Press, 2014: 385.

⑦ Sexton, Melissa. “*Tropic of Orange*, Los Angeles, and the Anthropocene Imagination.” *Concentric: Literary and Cultural Studies*, 2017, 43 (1): 14–15.

⑧ Wald, Sarah D. “Refusing to Halt: Mobility and the Quest for Spatial Justice in Helena María Viramontes's *Their Dogs Came with Them* and Karen Tei Yamashita's *Tropic of Orange*.” *Western American Literature*, 2013, 48 (1): 71.

类在流动与跨界的进程中不忘建立环境正义家园的空间意象。

比起“足够多的高速公路匝道”，[①] 巴茨沃姆对一棵高速公路附近的棕榈树情有独钟。“他总是像照料棕榈树的园丁一样与之交流。你看见他总是盯着树看，好像在对它们谈话一样”。[②] 这棵棕榈树的出现，俨然与《两代父子》中从原始树林，到成长于高速公路两旁的第二代幼树的描写形成了鲜明的对比。难怪巴茨沃姆对身边的人们说：“当你理解周围树木的种类时，你就能体会我工作的本质。”[③] 为了表现树的生态含义，巴茨沃姆曾经坦言：“树木不能生存于城市的沙漠之中。”[④] 这是一个热带地区常见的树木种类，它默默地生长在路边，观察着驰骋的汽车和周边忙碌的人群，“爬到树的顶端时，你可以看到一切。树可以看见一切，看穿街道、房屋、左邻右里，察看高速公路”。[⑤] 对巴茨沃姆而言，棕榈树代表了与高速公路截然不同的精神空间。当巴茨沃姆乘车驶过高速公路的时候，他发现：

> 你可以忽视自己的房屋，或自己所属的街道，或城镇中属于自己的部分。你永远不需要认真观察它。但唯有一样东西你发现所有人都注意到的，那便是棕榈树，这是棕榈树存在的意义，能够标记他的住所，确保人们注意到它的存在。棕榈树就像是街坊邻居的眼睛，观察着城市的一切，看着城市睡觉、吃饭、玩耍、逝去。棕榈树有一种美丽，但这种美丽并非他或者周围的人能够轻易欣赏，你只有在远处才能理解到它的美。所有在棕榈树下发生的事都有可能是贫穷的、疯狂的、丑陋的、美丽的、诚实的，或耻辱的。所有这一切，只有身在远方，方能观察得到。[⑥]

① Yamashita, Karen T. *Tropic of Orange*. Minneapolis: Coffee House Press, 1997: 84.
② Yamashita, Karen T. *Tropic of Orange*. Minneapolis: Coffee House Press, 1997: 30.
③ Yamashita, Karen T. *Tropic of Orange*. Minneapolis: Coffee House Press, 1997: 31.
④ Yamashita, Karen T. *Tropic of Orange*. Minneapolis: Coffee House Press, 1997: 32.
⑤ Yamashita, Karen T. *Tropic of Orange*. Minneapolis: Coffee House Press, 1997: 32.
⑥ Yamashita, Karen T. *Tropic of Orange*. Minneapolis: Coffee House Press, 1997: 33.

或许对于一般人而言，棕榈树仅仅被视为一个物理空间，一个地点，抑或是一条标记自己回家的路。但巴茨沃姆对树的观察更为深入，他将树同城市的社会空间以及人们的精神空间联系在一起，认为树的美丽不是所有人都能欣赏，只有身在远处的人方能理解。此番话语，从生态的精神空间上看，分明意味着只有目光深远的人才能力尊重大自然的美丽，而巴茨沃姆本身就是那个站得高看得远的人。换言之，巴茨沃姆对棕榈树的悉心照料和情感投入说明了其精神空间中的环境正义（environmental justice）。与许多热爱自然的生态主义者一样，巴茨沃姆相信树木所代表的精神空间既是永恒不变，又是充满智慧的：

> 我只想让你们知道这些美好种类的年龄。它们已经在此处存活了很长的时间，并且在你我去世以后还将继续活下来。这些树就像我的手表，标记了时间。棕榈树是智慧的，它知道每一件事的时间……假如我们能从棕榈树那儿学到什么就好了，它比我们更懂得何谓季节。[1]

在文学作品中，树经常“代表力量和长久”。[2] 对于《橘子回归线》中的巴茨沃姆而言，比起劳民伤财又让人无家可归的高速公路，棕榈树更能够代表他心目中的精神家园。它“像城市的卫士一样，预示着先知力、洞察力、智慧和美丽”。[3] 也就是说，比起投身于作为社会空间产物的高速公路建设，巴茨沃姆认为人们应该站得更加深远，热爱自然界的花草树木，懂得尊重大自然的智慧与永恒，建立一个充满环境正义的家园。在他看来，

① Yamashita, Karen T. *Tropic of Orange*. Minneapolis: Coffee House Press, 1997: 31.

② 刘英.《书写现代性：美国文学中的地理与空间》. 北京：商务印书馆，2017: 138.

③ Crawford, Chiyo. "Crosscurrents: Urban Environmental Justice Struggles in Twentieth Century American literature." Diss. Tufts University, 2012: 126.

"棕榈树代表了一种空间的感知，手表象征着时间"。[①] 唯有深入了解这个空间的精神隐喻，才能更加懂得掌握和利用时间，了解生命的意义。这也是山下凯伦通过构建巴茨沃姆这个角色，及与之相关联的高速公路和棕榈树所传递给我们的家园意识。

另一位在书中通过精神抗争，试图重建空间正义家园的是日裔美国人曼扎纳·村上。显而易见，曼扎纳这个名字取自于二战期间关押日裔美国人的曼扎纳拘留营（the Manzanar Detention Camp）。曼扎纳的存在天生就代表了"拘留营"这个日裔美国文学共同描写的空间隐喻。作为出生在囚禁时期的日裔美国移民，曼扎纳饱受生活的沉重压力，他渴望一种摆脱束缚、真正自由的生活。他曾经是一名外科医生，技术精湛，受人尊敬。然而他的心里始终觉得这不是自己想要的生活。曼扎纳所喜欢的其实是站在城市的高架桥上，倾听着城市喧闹的声音。为此，在一次手术之后，曼扎纳丢掉了象征医生身份的白袍和手套，走出医院，从此抛弃了模范少数族裔的身份，成了一名高架桥上的流浪汉。正如高速公路代表了某种意义上的非正义空间，曼扎纳所经常光顾的高架桥倒成了这个非正义空间之上的一方精神净土。热爱音乐的曼扎纳将它当作整个城市空间的中心，自己站在这个中心点指挥乐队。在他的音乐里，"一种不可置信的渴望缓缓走来，或许是因为爱，又或是出于理想"。[②] 关于曼扎纳的形象转变，卡洛琳·罗迪认为："日裔美国人所受的创伤既是造成他最终精神错乱的根源，同时也导致了他对于现代文明的痛苦和激烈的敏感。"[③] 曼扎纳的出现"使得亚裔美国人的历史和文化在这部野心勃勃的小说中留下了浓厚的一笔"。[④] 曼扎纳这个飞散者形象的描写，恰好映射了亚裔美国文学作品中人

① Crawford, Chiyo. "Crosscurrents: Urban Environmental Justice Struggles in Twentieth Century American literature." Diss. Tufts University, 2012: 126.

② Yamashita, Karen T. *Tropic of Orange*. Minneapolis: Coffee House Press, 1997: 34.

③ Rody, Caroline. *The Interethnic Imagination: Roots and Passages in Contemporary* Asian American Fiction. Oxford: Oxford University Press, 2009: 126.

④ Rody, Caroline. *The Interethnic Imagination: Roots and Passages in Contemporary* Asian American Fiction. Oxford: Oxford University Press, 2009: 126.

们对于种族平等的正义家园的追寻和建构。

曼扎纳的原型来自山下凯伦 1989 年创作的一部音乐剧《哥斯拉来到小东京》(*Godzilla Comes to Little Tokyo*)。该剧作如今收录在《黄柳霜：表演的小说》中出版。当中的曼扎纳与《橘子回归线》中的曼扎纳一样，“出生于囚禁之中”。[①] 这位曼扎纳是洛杉矶街头的流浪者，也是在高速公路上倾听音乐，指挥音乐的人：

地球上的一切都是我耳中的音乐
但对我而言，高速公路上的隐喻是最特别的声音
你听到人们独立思考
表达他们的人生
思绪的能量
沮丧的愤怒
音乐的思想之于我
音乐的思想之于我
听见他们的笑声
你可以听见他们心中的困苦
你可以听见问题，听见期盼
如此之多的希望，如此之多的恐惧，如此之多的梦想
音乐的思想之于我……[②]

在曼扎纳的精神世界中，他坚信众生平等，城市空间中的每一个人都是他的乐队成员：“每当音乐恰到好处的时候，总是引人落泪。他放任泪水，顺着脸蛋往下流……他必须听到每个律动，在合适的时间启动每一把

① Yamashita, Karen T. Anime Wong: Fictions of Performance. Minneapolis: Coffee House Press, 2014: 75.
② Yamashita, Karen T. *Anime Wong: Fictions of Performance*. Minneapolis: Coffee House Press, 2014: 82.

乐器，直到听得见最后一个音符。”[①] 据此读者明显感受得到曼扎纳眼中众生平等的家园景观及其与众不同的家园建构方式。虽然山下凯伦在《橘子回归线》中不把曼扎纳为正义家园抗争的重点放在曼扎纳集中营的描写，又尽管不同于“一世”或“二世”作家以创伤为主题的历史描写，山下凯伦赋予曼扎纳一个类似洛杉矶城市守护者或边缘人物的形象。但他“彻底逃离了族裔社群与族裔创伤历史”，[②]“彻底离开国家地域政治，离开原来的族裔属性与族群创伤，採取全球视角”。[③]“这样的位置使得他可以展开无限的想象，让那拥有海纳百川穿的气魄……更加理解和拥抱这个世界。”[④] 山下凯伦通过描绘曼扎纳与众不同的抗争形式，表现了她对于在洛杉矶城建立摆脱族裔创伤的正义家园的渴望。

除了巴茨沃姆与曼扎纳的故事，读者在跨越南北的吟游诗人阿克安吉尔身上同样领悟到飞散者为正义抗争的声音。山下凯伦在小说的原文还多次采用诗歌的格式与斜体字的形式来呈现阿克安吉尔的歌声，从而表现她对于以墨西哥为代表的南美洲国家所遭受的美国殖民压迫的抗议：

> 随着笔头一动，
> 墨西哥就把加利福尼亚让给了外国佬。
> 第二年，
> 1849 年，
> 每个人都跑到加利福尼亚去淘金，
> 所有你们这些人，
> 包括已经在那里的加利福尼亚人，
> 所有已经越界，

① Yamashita, Karen T. *Tropic of Orange*. Minneapolis: Coffee House Press, 1997: 34
② 陈淑卿.跨界与全球治理：跨越 / 阅《橘子回归线》.《中外文学》, 2011, 40 (4): 111.
③ 陈淑卿.跨界与全球治理：跨越 / 阅《橘子回归线》.《中外文学》, 2011, 40 (4): 112.
④ 胡俊.《后现代政治化写作：当代美国少数族裔女作家研究》.北京：中国社会科学出版社，2014: 179.

与还在穿越新边界的土著人，
为了一块金子
都成了湿背人。
我的斗争是为了你们所有人。
“伟大的湿背人”从人民神圣的心灵
获得了伟大的力量……[1]

湿背人（wetback）在现代英语口语中指的是非法进入美国的墨西哥人。该词最初指代的是进入得克萨斯州的墨西哥人。这些墨西哥人通过位于墨西哥边境的格兰德河偷渡过来，因游泳或涉水过程中弄湿身体而得名。很明显，该词语的使用从一开始就带有一定的贬义。然而，阿克安吉尔却敢于为这样的称呼正名。他强调历史上的加州本是墨西哥领土，1848 年美墨战争后割让给了美国。在阿克安吉尔眼里，墨西哥人越境迁移，来到祖先的土地上谋求生计是天经地义的。换言之，这份流动家园的建构本质上是一种合乎情理的抗争方式。尽管平日的阿克安吉尔时常给人一种嬉笑怒骂、玩世不恭的印象，但正是因为他的敢怒敢言，使得他在南北迁移的流动进程中吸引了大批的追随者，身后跟随的队伍也日益壮大。阿克安吉尔对于空间正义抗争的吟唱还表现在他与著名拳击手超级那夫达特的比赛中：

第一世界的神话
是财富和科技的发展
全是垃圾
它意味着你已不是人类
而是劳动力

① Yamashita, Karen T. *Tropic of Orange*. Minneapolis: Coffee House Press, 1997: 133.

它意味着你居住的不是地球

而只是财产

它意味着你靠双手创造的

再不是能吃，能穿，能保护你的

如果你买不起的话

……我们不是世界。[①]

或许有人会问，故事的结尾阿克安吉尔不幸丧生，是否预示着山下凯伦对阿克安吉尔试图重建的越界家园持反对态度。对此，我们应该从书中的一个细节上加以掌握，即“只有鲍比发现超级那夫达特的终极武器，他的食指其实是个导弹发射器，将小型的爱国者导弹射入阿克安吉尔的心脏”。[②] 超级那夫达特是采用卑劣的行径赢得了比赛，又杀害了阿克安吉尔。山下凯伦通过描述这场胜之不武的决赛，象征了阿克安吉尔眼中“湿背人”的家园建构将遇到的困难与挑战，同时也预示着山下凯伦眼中充满正义的家园空间建构依旧任重道远。山下凯伦在 2010 年出版的鸿篇巨著《I 旅馆》中继续书写这份追求正义家园的抗争：“抗争将使我们变得更加坚强，更加有力……我们需要正义，我们需要胜利……我们继续抗争。”[③] 书中的“I 旅馆”坐落于旧金山的族裔群体聚居地，曾一度是菲律宾裔和华裔移民劳工居住的廉价旅馆，如今这个历史建筑空间“已经成为当地居住分子组建种族和空间正义的场所”。[④] 小说中的人物对于非正义家园的抗争形式不同，结局不同，但不管怎样，他们“不甘于固定于他们被规定所属的空间，而是通过反抗行动，力图改变空间布局，让自己在新的空间占有

① Yamashita, Karen T. *Tropic of Orange*. Minneapolis: Coffee House Press, 1997: 259.

② Yamashita, Karen T. *Tropic of Orange*. Minneapolis: Coffee House Press, 1997: 262.

③ Yamashita, Karen T. *I Hotel*. Minneapolis: Coffee House Press, 2010: 600–601.

④ Wong, Lily. “Dwelling over China: Minor Transnationalisms in Karen Tei Yamashita’s *I Hotel*.” *American Quarterly*, 2017, 69 (3): 719.

一席之地”。[①] 家园建构中的空间正义不失为《橘子回归线》的一个重要主题。

整体而言，《橘子回归线》比山下凯伦的前两部小说呈现出更为鲜明的空间与家园元素。此外，“叙述手法和文学体裁上的时空差异在这部作品中比比皆是”。[②] 在“碎片式”叙事方式之下，阅读该小说时，读者必须打破叙述的先后时序，依靠想象，又或者借助书中的超文本目录把相关的场景，人物故事拼接起来，“形成一个类似全球网络的世界”，[③] 方能建构起整个故事的框架。而整个故事的重组和建构过程，无形中呼应了人们在支离破碎的后现代社会中重建家园的历程。或许在经历了《穿越雨林之弧》中的家园失落，《巴西丸》中的家园追寻之后，山下凯伦更加深入思考她心目中理想的家园模式具体是什么，具体如何创造。她在第三部小说《橘子回归线》中通过更为复杂而详细的空间书写，传递给我们较为清晰的家园建构理念：在一个众声喧哗的世界，建立一个流动的家园，多元文化并存的家园，充满空间正义感的家园。

① 胡俊.《后现代政治化写作：当代美国少数族裔女作家研究》. 北京：中国社会科学出版社，2014: 161.

② Lee, Robert. “Speaking Craft: An Interview with Karen Tei Yamashita.” In: *Karen Tei Yamashita: Fictions of Magic and Memory*. Robert Lee, ed. Honolulu: University of Hawaii Press, 2018: 184.

③ Smith, Timothy Lem. “Global Weirding and Paranoid Worlding in Karen Tei Yamashita’s *Tropic of Orange*” *Modern Fiction Studies*, 2023, 69 (1): 74

结 论

在文学和历史的长河之中，对于大多数移居异国他乡的飞散者，无论他们置身于怎样的物理空间、社会空间或精神空间，都时常把家园看作探索的重要对象。同样，对于少数族裔作家而言，他们也经常通过各种文学和艺术形式，讲述着作为飞散者的自己与家园之间的关系，表达自己对家园的深切体验、思考和感受。作为日本人的女儿、美国人的公民、巴西人的儿媳，山下凯伦的身上兼具了比一般的美国少数族裔作家更多的杂糅特点。正如她自己所言，“我发现自己处在两个国别文学之间的特殊位置，日本文学和美国文学。我总是把自己当作日裔美国作家……日裔美国人的思想开始有了另一层意义，较少作为少数族裔的政治认同，愈发成为一种跨国的身份”。[①] 这份东西文化交融，又跨越南北半球的多重空间属性注定了山下凯伦的家园意识比许多族裔作家更为开放和广阔。

从空间在小说叙事中的功能来看，山下凯伦的小说在叙事结构上具有鲜明的空间属性。或许有人会说，山下凯伦小说的叙事风格与现代派意识流作品，诸如威廉·福克纳（William Faulkner，1897—1962）的《喧哗与骚动》（*The Sound and the Fury*，1929）等如出一辙。诚然，从多重人物的视角看来，两者确实有着异曲同工之妙。但若认真追究起来，我们又会发

① Yamashita, Karen T. “Travelling Voices.” *Comparative Literature Studies*, 2008, 45 (1): 5.

现，尽管现代派作家的作品中呈现多重人物的叙事视角，但大多数的现代主义文学作品最终仅聚焦于同一事件。纵观山下凯伦的小说，则有所不同。无论是《穿越雨林之弧》，或是《巴西丸》《橘子回归线》《K圈循环》《I旅馆》它们皆以众多人物、众多关系、众多事件为特点；连接这些人物、关系和事件的通常是空间。正如山下凯伦在近期发表的回忆录《给记忆的信》中提到，"故事像万花筒一般开枝散叶，万花筒是一个空间，事件以无限设计的形式聚集于此"。[①] 万花筒是一个五彩斑斓的世界，也是一个持续建构的空间，山下凯伦按照这样的理念书写着小说中的空间。

在山下凯伦的诸多小说中，《穿越雨林之弧》的"玛塔考"见证了石丸一正、马内·佩纳、奇科·帕克、特卫普等少数族裔飞散者共同的家园失落；《巴西丸》中的埃斯波兰萨社区和新世界农场代表了寺田一郎、宇野勘太郎、奥村春等日裔巴西移民漂洋过海追寻新家园的历程；《橘子回归线》中的美墨边界、洛杉矶城、高速公路曾经聚集了瑞法拉、阮鲍比、加布里埃尔、阿克安吉尔、艾米、巴茨沃姆、曼扎纳等书中的少数族裔人群，成为他们重新建构流动家园、多元文化家园，及充满空间正义感家园的空间隐喻。而山下凯伦的后期作品《K圈循环》《给记忆的信》则以日裔巴西劳工、日裔美国移民的"他者"身份，再次验证了家园失落的事实，以及家园追寻与重构家园的必要性和现实意义。

作为"三世"日裔作家，山下凯伦出生于美国，她不像饱受战乱和种族欺压的"一世"日裔移民那样渴望回归日本。再加上她曾经于巴西生活了很长的时间，并在那里结婚生子，她的地理家园既可以是日本，也可以是美国或巴西。从某种程度而言，山下凯伦堪称一名世界主义者。或许正因如此，山下凯伦不单纯把地理意义上的回归家园界定为其家园意识的建构模式。从《穿越雨林之弧》到《巴西丸》，再到《橘子回归线》，从物理、精神、文化、社会等空间维度家园的失落，到各个空间维度所属家园的追寻，再到

① Yamashita, Karen T. *Letters to Memory*. Minneapolis: Coffee House Press, 2017: 10.

理想家园模式的重新建构，山下凯伦从未放弃过对空间与家园的关注。通过对以上小说的深入分析，我们甚至可以指出，随着时间的推移及生活轨迹的演变，山下凯伦小说中的空间属性和家园意识愈发强烈。

在山下凯伦的眼里，家园的失落或“无家可归”不仅是生活在异国他乡的少数族裔人群普遍面临的困境，也是身处后现代社会的人类普遍存在的精神状况。不但如此，这种生存状态的形成并非朝夕之事。对于某个个体而言，或许他经历了物理空间、社会空间和精神空间相继沦陷的漫长过程。《穿越雨林之弧》描写的正是这样一幅由多个种族人群在多个空间层面中的家园失落组成的画面。对于小说描述的石丸一正、马内·佩纳、奇科·帕克等飞散者，他们只是想“在这个四处散落着人造景观和充满着非人的异化世界里找到一种位置”，却“掉入了陷阱之中”。[①] 在他们的身上时刻体现着物理空间、社会空间、精神空间等维度上的家园失落。这或许是山下凯伦的小说与诸如犹太裔、华裔、非裔等少数族裔美国文学作品的共通之处，也是其族裔性的一种体现。

从更深层次的角度而言，《穿越雨林之弧》更像一首悼念地球生态家园的哀歌。小说首先通过一个已然逝去的发声球体的回忆叙事渲染了地球家园即将失落的生态主题。其次，在描绘天真无邪的石丸一正、迷失在精神空间的特卫普，以及马内·佩纳、奇科·帕克等其他人物家园失落的同时，小说深刻揭示了“玛塔考”地理家园失守的各种深层原因，既对飞散者在各个空间维度的无家可归抱以同情，又批判了工业文明给当代人类带来的生存困境。在《穿越雨林之弧》中，山下凯伦以多个人物的家园失落为戒，提醒人类不要在大自然的面前过于贪婪，以免最终沦落到无家可归的境遇，并鼓励人们在各个空间维度共同探索一条能够在后现代社会的“废墟”上重建家园的道路。难怪有学者指出，“《穿越雨林之弧》与山下凯

① Gamber, John B. “Dancing with Goblins in Plastic Jungles: History, Nikkei Transnationalism, and Romantic Environmentalism in *Through the Arc of the Rain Forest*.” In: *Karen Tei Yamashita: Fictions of Magic and Memory*. Robert Lee, ed. Honolulu: University of Hawaii Press, 2018: 39.

伦的其他小说一样，推翻了亚裔美国文学的简单定义和界限”。① 在这部小说中，山下凯伦把家园的失落从个人文化身份的“小家园”失落提升到地球的“大家园”失落。小说的空间与家园书写实际上彰显了人与人、人与自然之间休戚相关的命运共同体意识，展现出超越族裔和国别界限的人性与关怀。

在“家园失落”的基础上，山下凯伦的第二部小说《巴西丸》开启了精神家园追寻的历程。小说通过讲述寺田一郎、宇野勘太郎、奥村等家族一行六百余人的移民故事，刻画了少数族裔飞散者对于理想家园的追寻。小说首先透过“巴西丸号”舟船空间的描写，通过历史事件和虚构情节相结合的方式，为我们展现了早期日裔巴西移民漂洋过海，追寻家园的场面。在山下凯伦的眼中，失去了故国家园的少数族裔飞散者可以到异国他乡追寻内心深处的彼岸家园。家园对这些少数族裔飞散者而言，“就像旅馆，是运动网络的一部分”。②《巴西丸》中“巴西丸号”商船的原型实际上可以看作1908年承载着第一批日裔巴西劳工的“笠户丸号”海轮（Kasato Maru）。该船带着七百多名日裔巴西劳工从神户启航，前往巴西圣保罗的圣多斯港，以从事咖啡种植为生，试图在巴西追寻和建立故国以外的新家园。它“表现了某些日本人在巴西飞黄腾达后荣归故国家园的愿望，也表达了公社成员在思想和原则上渴望将最初的岛国家园扎根于这片新家园的愿景”。③ 通过对小说中舟船空间的深入理解，一幅追寻家园的画面展现得栩栩如生。

《巴西丸》中的巴西热带雨林、埃斯波兰萨社区、新世界农场等物理空

① Gamber, John B. “Dancing with Goblins in Plastic Jungles: History, Nikkei Transnationalism, and Romantic Environmentalism in *Through the Arc of the Rain Forest*.” In: *Karen Tei Yamashita: Fictions of Magic and Memory*. Robert Lee, ed. Honolulu: University of Hawaii Press, 2018: 40.

② Lalonde, Chris. “Did you Hear the One about...? Humor in *Through the Arc of the Rain Forest* and *Brazil-Maru*.” In: *Karen Tei Yamashita: Fictions of Magic and Memory*. Robert Lee, ed. Honolulu: University of Hawaii Press, 2018: 61.

③ Lalonde, Chris. “Did you Hear the One about...? Humor in *Through the Arc of the Rain Forest* and *Brazil-Maru*.” In: *Karen Tei Yamashita: Fictions of Magic and Memory*. Robert Lee, ed. Honolulu: University of Hawaii Press, 2018: 61.

间无疑是飞散者长途跋涉，追寻新家园的另一份空间隐喻。小说人物追寻的家园以新的环境或想象中的精神家园为主，如“日本爱弥儿”寺田一郎所代表的卢梭式精神家园、宇野勘太郎眼中的“杂糅性”第三空间家园，以及埃斯波兰萨社区所隐喻的“异托邦”家园的追寻等等。尽管小说人物代表的家园追寻最终未能全部取得成功，其苦心经营的埃斯波兰萨社区、新世界农场、日本村等也终究烟消云散，但面对现代社会各个空间领域的家园失落，山下凯伦期待人们敢于在新的世界，新的环境中追寻新的家园。山下凯伦通过《巴西丸》的移民故事表现了“她的早期小说对于家园的追寻和理解”。[①]整部小说以精神家园追寻的主题成为作者对《穿越雨林之弧》中家园失落的有力回应。

在描写了前两部小说中的飞散者于各个空间层面的家园失落和追寻之后，山下凯伦继续在下一部小说《橘子回归线》中思考理想家园的重新建构模式。借助充满空间感的超文本式写作技巧，山下凯伦在《橘子回归线》中深刻地描绘了七个主要人物，即瑞法拉、阮鲍比、加布里埃尔、阿克安吉尔、艾米、巴茨沃姆、曼扎纳对于各个空间层面理想家园的憧憬和建构的实践，试图向读者呈现她心目中那个没有预设中心，没有既定等级秩序的理想家园。

山下凯伦在《橘子回归线》中试图重构的，首先是一个跨越边界空间的流动家园，这既与山下凯伦本身跨越南北半球的流动经历不无关系，又呼应了这样的一个历史事实：“人类、商品、资本以及跨越国界信息的频繁流动与跨国社区的发展已经持续了多个世纪。但是关于跨国视角，现今比较新颖的话题是，如何将研究的重点置于跨越边界过程中那些破坏性的，反霸权的，以及触犯法律的属性。”[②]《橘子回归线》中的橘子树、北回归线

① Birns, Nicholas. “An Incomplete Journey: Settlement and Power in *Brazil-Maru*.” In: *Karen Tei Yamashita: Fictions of Magic and Memory*. Robert Lee, ed. Honolulu: University of Hawaii Press, 2018: 59.

② Gamber, John B. “Dancing with Goblins in Plastic Jungles: History, Nikkei Transnationalism, and Romantic Environmentalism in *Through the Arc of the Rain Forest*.” In: *Karen Tei Yamashita: Fictions of Magic and Memory*. Robert Lee, ed. Honolulu: University of Hawaii Press, 2018: 42.

等空间意象以及瑞法拉、加布里埃尔、阮鲍比等人在跨越边界进程中的家园实践正是山下凯伦眼中流动家园建构的一份深刻体现。

其次，我们还应留意到，“在人类、劳动力、资本、文化的跨越国界，跨越地理的流动过程中，山下凯伦认为他们最终的相聚是不可阻挡的”。[①] 我们不能简单地认为山下凯伦眼中的边界空间与空间流动仅代表纯粹的位置变迁或流动家园，而要将其理解成一份于这个众声喧哗的世界中建立多元文化家园的意识。山下凯伦在《橘子回归线》中通过洛杉矶的多元文化城市空间表现了这份家园书写，正如她在一篇短篇散文《旅行之声》（“Traveling Voices”，2008）中曾提到的：“日裔美国人的观念有了另一层的意思。作为少数族裔的政治身份减少了，而作为跨越国界的某种身份却得到了增强。”[②] 这种身份显然指的是少数族裔群体在跨越边界空间之后，展现出的多元文化身份。它在《橘子回归线》中的洛杉矶城市空间以及阮鲍比、艾米等人的家园建构中同样展现得淋漓尽致。山下凯伦也凭借小说中对于这一系列多元文化空间的阐释，表现她试图重构多元文化家园的憧憬。

山下凯伦在《橘子回归线》中试图重构的家园还是一个流动过程中不忘空间正义的家园，它需要飞散者在各个空间维度进行勇敢的抗争方能实现。正如山下凯伦在一篇学术论文中所言，“我的作品中的流动与移民、迁移、跨越太平洋两岸的难民、大众文化的传播、对种族差异恐惧的转移，及战争与创伤的流动息息相关”。[③]《橘子回归线》通过构建饱受种族或阶级压迫的飞散者巴茨沃姆、曼扎纳、阿克安吉尔等人的精神抗争，以及高速公路、棕榈树等蕴含空间正义的意象，通过一个贫富分化、种族歧视、社会不公的空间描写，诠释了山下凯伦心中的空间正义家园。

① Lee, Slue-im. “We Are not the World: Global Village, Universalism, and Karen Tei Yamashita’s *Tropic of Orange*.” *Modern Fiction Studies*, 2007, 53 (3): 505.

② Yamashita, Karen T. “Travelling Voices.” *Comparative Literature Studies*, 2008, 45 (1): 4.

③ Yamashita, Karen T., and Lucy Burns M. “Anime Wong: Mobilizing (techno) Orientalism—Artistic Keynote and Conversation.” *Journal of Contemporary Drama in English*, 2017, 5 (1): 175.

总之，空间与家园观照了山下凯伦小说的叙事艺术和主题意蕴，使山下凯伦的小说既具有鲜明的少数族裔文学色彩，又兼具世界性和当下性等显著特点。空间连接了山下凯伦小说的人物关系和情节发展，又从不同的维度影响家园的失落、追寻和重构。山下凯伦小说不仅传承了“流散、同化、身份、苦难”等少数族裔文学的文化身份母题，又关注了全人类的社会现象、自然环境、精神困惑等重要主题，重新审视文学与社会、文学与科技、文学与时代的关系。在影响力方面，山下凯伦的小说超越了单一的少数族裔文化范畴，已经成为后现代美国文坛不可或缺的声音。

参考文献

Aitken, Stuart. "Review of *Third-space: Journeys to Los Angeles and Other Real-and-Imagined Places* by Edward W. Soja." *Geographical Review*, 1998, 88 (1): 148-151.

Allen, John. *Homelessness in American Literature: Romanticism, Realism and Testimony*. New York: Routledge, 2004.

Bahng, Aimee. "Extrapolating Transnational Arcs, Excavating Imperial Legacies: The Speculative Acts of Karen Tei Yamashita's *Through the Arc of the Rain Forest*." *MELUS*, 2008, 33 (4): 123-144.

Bauman, Zygmunt. *Postmodernity and Its Discontents*. New York: New York University Press, 1997.

Bercovitch, Sacvan, ed. *The Cambridge History of American Literature* (vol. 3). Cambridge: Cambridge University Press, 2005.

Bhabha, Homi. *The Location of Culture*. New York: Routledge, 1994.

—. "Dissemination: Time, Narrative, and the Margins of the Modern Nation". In: *Nation and Narration*. Homi Bhabha, ed. New York: Routledge, 2000.

Bhabha, Homi, and David Huddart. *Routledge Critical Thinkers*. New York: Routledge, 2006.

Birns, Nicholas. "An Incomplete Journey: Settlement and Power in *Brazil-Maru*." In: *Karen Tei Yamashita: Fictions of Magic and Memory*. Robert Lee, ed. Honolulu: University of Hawaii Press, 2018.

Blyn, Robin. "Belonging to the Network: Neoliberalism and Postmodernism in *Tropic of Orange*." *Modern Fiction Studies*, 2016, 62 (2): 191-216.

Brown, Joyce L. *The Literature of Immigration and Racial Formation: Becoming White, Becoming Other, Becoming American in the Late Progressive Era*. New York: Routledge, 2004.

Buell, Lawrence. *The Future of Environmental Criticism: Environmental Crisis and Literary Imagination*. Malden: Blackwell Publishing Ltd., 2005.

Chuh, Kandice. "Of Hemispheres and Other Spheres: Navigating Karen Tei Yamashita's Literary World." *American Literary History*, 2006, 18 (3): 618-637.

Crang, Mike. *Cultural Geography*. London: Routledge, 1998.

Crawford, Chiyo. "Crosscurrents: Urban Environmental Justice Struggles in Twentieth-Century American Literature." Diss. Tufts University, 2012.

—. "From Desert Dust to City Soot: Environmental Justice and Japanese American Internment in Karen Tei Yamashita's *Tropic of Orange*." *MELUS*, 2013, 38 (3): 86-106.

Crosswhite, Jamie. Writing from the Meso: Gloria Anzaldúa and Karen Tei Yamashita Challenge Systematic Barriers to Social Justice. *Women's Studies*, 2022, 51 (3): 322-342.

Dimitriou, Aristides. "Mapping the New World Border: Karen Tei Yamashita's Tropic of Orange and the Global Borderlands." *MELUS*, 2023, 48 (2): 28-51.

De Loughry, Treasa. "Petromodernity, Petro-finance and Plastic in Karen Tei Yamashita's *Through the Arc of the Rainforest*." *Journal of Postcolonial Writing*, 2017, 53 (3): 329-341.

Delgado, Francisco. "Trespassing the U.S.-Mexico Border in Leslie Marmon Silko's *Almanac of the Dead* and Karen Tei Yamashita's *Tropic of Orange.*" *The Cea Critic*, 2017, 79 (2): 149-166.

Easley, Janeria. "Spatial Mismatch beyond Black and White: Levels and Determinants of Job Access among Asian and Hispanic Subpopulations." *Urban Studies*, 2017, 55 (8): 1800-1820.

Foucault, Michel. Discipline and Punish: The Birth of Prison. Alan Sheridan, trans. New York: Vintage, 1997.

—. "Of Other Spaces." *Diacritics*, 1986, 16 (1): 22-27.

Garrard, Greg. *Ecocriticism*. London: Routledge, 2004.

Gamber, John B. "Dancing with Goblins in Plastic Jungles: History, Nikkei Transnationalism, and Romantic Environmentalism in *Through the Arc of the Rain Forest*." In: *Karen Tei Yamashita: Fictions of Magic and Memory*. Robert Lee, ed. Honolulu: University of Hawaii Press, 2018: 39-58.

Gordon, Walter. "'Take a Good Look at It': Seeing Postcolonial Medianatures with Karen Tei Yamashita" *Media Tropes*, 2020, 7 (2): 175-198.

Ham, Robert. "Karen Tei Yamashita Rseceives 2021 Medal for Distinguished Contribution to

American Letters." UC Santa Cruz. 2 December 2021. https://news.ucsc.edu/2021/12/yamashita-medal.html. Accessed on 3 August 2024.

Hemingway, Ernest. *The Complete Short Stories of Ernest Hemingway*. New York: Charles Scribner's Sons, 1987.

Huang, Guiyou. *The Greenwood Encyclopedia of Asian American Literature*. Westport: Greenwood Publishing Group, Inc., 2009.

Huang, Yungyu. "Sense of Place and Self-identity in Three American Ecowriters." Diss. Tamkang University, 2012.

Hsu, Ruth. "The Cartography of Justice and Truthful Refractions in Karen Tei Yamashita's *Tropic of Orange*." In: *Asian American Literature* (Volume II). David Leiwei Li, ed. London: Routledge, 2012: 582-605.

—. "Review of *Brazil-Maru* by Karen Tei Yamashita." *Manoa*: *A Pacific Journal of International Writing*, 1993, 5 (2): 188-190.

—. "Karen Tei Yamashita's *Tropic of Orange* and Chaos Theory: Angels and a Motley Crew." In: *Karen Tei Yamashita: Fictions of Magic and Memory*. Robert Lee, ed. Honolulu: University of Hawaii Press, 2018: 105-122.

Imafuku, Ryuta. "A Castaway Ishmael Who Turned to Stone in the Amami Islands." *Leviathan*, 2016, 18 (1): 84-89.

Inagawa, Machiko. "Japanese American Experiences in Internment Camps during World War II as represented by children's and adolescent literature." Diss. The University of Arizona, 2007.

Jain, Shalini. "Pigeons, Prayers, and Pollution: Recoding the Amazon Rain Forest in Karen Tei Yamashita's *Through the Arc of the Rain Forest*." *A Review of International English Literature*, 2016, 47 (3): 67-93.

Jin, Ha. *The Writer as Migrant*. Chicago: The University of Chicago Press, 2008.

Jin, Wen. "Inconspicuous Magic: Cognitive Theories of Narrative Influence and Karen Tei Yamashita's *I-Hotel*." *Journal of Narrative Theory*, 2015, 45 (3): 447-469.

Joo, Hee-Jung S. "Race, Disaster, and the Waiting Room of History." *Environment and Planning*: *Society and Space*, 2018, 38 (34): 1-19.

Jun, Hu. "Home Reconsidered in Transnational Fiction: Walking as Alternative Oppositional Mobility and Landscape Claiming in Karen Tei *Yamashita's Tropic of Orange*." *Mobilitie*, 2024, 19 (4): 609-624.

Kim, Elaine H. *Asian American Literature: An Introduction to the Writings and Their Social Context*. Philadelphia: Temple University Press, 1982.

Kim, Jina B. "Toward an Infrastructural Sublime: Narrating Interdependency in Karen Tei Yamashita's Los Angeles ." *MELUS*, 2000, 45 (2): 1-24.

Kobayashi, Junko. "Bitter Sweet Home: Celebration of Biculturalism in Japanese Language Japanese American Literature, 1936-1952." Diss. The University of Iowa, 2005.

Lalonde, Chris. "Did you Hear the One about…? Humor in *Through the Arc of the Rain Forest* and *Brazil-Maru*." In: *Karen Tei Yamashita: Fictions of Magic and Memory*. Robert Lee, ed. Honolulu: University of Hawaii Press, 2018: 59-72.

Langer, Jessica. *Postcolonialism and Science Fiction*. New York: Palgrave Macmillan, 2011.

Lefebvre, Henri. *The Production of Space*. Donald Nicholson Smith, trans. Cambridge: Basil Blackwell Ltd., 1991.

Lee, Rachel. *The Americas of Asian American Literature: Gendered Fictions of Nation and Transnation*. Princeton: Princeton University Press, 1999.

Lee, Robert. *Multicultural American Literature: Comparative Black, Native, Latino/a and Asian American Fictions*. Edinburgh: Edinburgh University Press, 2003.

—. "Speaking Craft: An Interview with Karen Tei Yamashita." In: *Karen Tei Yamashita: Fictions of Magic and Memory*. Robert Lee, ed. Honolulu: University of Hawaii Press, 2018: 177-188.

Lee, Slue-im. "We Are not the World: Global Village, Universalism, and Karen Tei Yamashita's *Tropic of Orange." Modern Fiction Studies*, 2007, 53 (3): 501-527.

Lee, Seonju. "Globalization and Deterritorialization: The Tears of the Amazon and *Through the Arc of the Rain Forest*." *American Fiction Studies*, 2011, 18 (1): 207-227.

Leong, Andrew W. "Impossible Diplomacies: Japanese American Literature from 1884 to 1938." Diss. University of California, Berkeley, 2012.

Lim, Shirley G. "Narrating Terror and Trauma: Racial Formations and 'Homeland Security' in Ethnic American Literature". In: *A Companion to American Literature and Culture*. Paul Lauter, ed. Malden: Blackwell Publishing Ltd., 2010: 508-527.

Lim, Walter S. H. *Narratives of Diaspora Representations of Asia in Chinese American Literature*. New York: Palgrave Macmillan, 2013.

Ling, Jinqi. *Across Meridians: History and Figuration in Karen Tei Yamashita's Transnational Novels*. Stanford: Stanford University Press, 2012.

—."Forging a North-South perspective: Nikkei Migration in Karen Tei Yamashita's Novels." *Amerasia Journal*, 2006, 32 (3): 1-22.

Liu, Kuilan. *The Shifting Boundaries: Interviews with Asian American Writers and Critics*. Tianjin: Nankai University Press, 2012.

Love, Glen A. *Practical Ecocriticism: Literature, Biology, and the Environment*. Charlottesville: University of Virginia Press, 2003.

Lye, Colleen. *America's Asia: Racial Form and American Literature, 1893-1945*. Princeton: Princeton University Press, 2005.

Lynch, Kevin. *The Image of the City*. Cambridge: The Massachusetts Institute of Technology Press, 1960.

Lytovka, Olena. *The Uncanny House in Elizabeth Bowen's Fiction*. Frankfurt am Main: Peter Lang, 2016.

Magosaki, Rei. "Sexing the City: Contemporary U. S. Women Writers and the Global Metropolis." Diss. The University of Virginia, 2008.

—. Tricksters and Cosmopolitans: Cross-cultural Collaborations in Asian American Literary Production. New York: Fordham University Press, 2016.

Marx, Leo. *The Machine in the Garden: Technology and the Pastoral Ideal in America*. Oxford: Oxford University Press, 2000.

Mckusick, James C. *Green Writing*: *Romanticism and Ecology*. London: Macmillan Press Ltd., 2000.

Mitchell, Donald. *Cultural Geography*: *A Critical Introduction*. Malden: Blackwell Publishers Inc., 2000.

Morgan, Nina Y. "Topographies of Power: Minority American Literature and the Politics of Space." Diss. University of California, Riverside, 1994.

Murashige, Michael S. "Karen Tei Yamashita: An Interview." *Amerasia Journal*, 1994, 20 (3): 49-59.

Nabokov, Vladimir. *Strong Opinions*. New York: Vintage Books, 1990.

Nathan, Ragain. "A Revolutionary Romance: Particularity and Universality in Karen Tei Yamashita's *I Hotel*." *MELUS*, 2013, 38 (1): 137-154.

Nelson, Barney. *The Wild and the Domestic*: *Animal Representation, Ecocriticism*, *and Western American Literature*. Reno: University of Nevada Press, 2000.

Nessly, William M."Rewriting the Rising Sun: Narrative Authority and Japanese Empire in

Asian American Literature." Diss. University of Pennsylvania, 2011.

Nguyen, Viet. *Race and Resistance: Literature and Politics in Asian America*. Oxford: Oxford University Press, 2002.

Nichols, Ashton. *Beyond Romantic Eco-criticism Toward Urbanatural Roosting*. New York: Palgrave Macmillan, 2011.

Nogueira, Arlinda R. "Japanese Immigration in Brazil." *Diogenes*, 2000, 48 (3): 45-55.

Orihuela, Sharada "Between Ownership and the Highway Property, Persons, and Freeways in Karen Tei Yamashita's *Tropic of Orange*." *Journal of American Studies*, 2021, 55 (4): 755-799.

Palosanu, Oana-Meda. "Adaptations of Japanese Linguistics in North American Diaspora Literature." *International Journal of Arts & Sciences*, 2015, 8 (8): 131-142.

Platt, Daniel J. "A Strangely Organic Vision: Postmodernism, Environmental Justice, and the New Urbanist Novel." Diss. University of Oregon, 2014.

Resch, Robert P. "Review of *Postmodern Geographies*: *The Reassertion of Space in Critical Social Theory* by Edward J. Soja." *Theory and Society*, 1992, 21 (1): 145-154.

Rivas, Zelideth M. "Jun-nisei Literature in Brazil: Memory, Victimization, and Adaptation." Diss. University of California, Berkeley, 2009.

—. "Mistura for the Fans: Performing Mixed-Race Japanese Brazilianness in Japan." *Journal of Intercultural Studies*, 2015, 36 (6): 710-728.

Rody, Caroline. "Impossible Voices: Ethnic Postmodern Narration in Toni Morrison's *Jazz* and Karen Tei Yamashita's *Through the Arc of the Rain Forest*." *Contemporary Literature*, 2000, 41 (4): 618-641.

—. *The Interethnic Imagination*: *Roots and Passages in Contemporary Asian American Fiction*. Oxford: Oxford University Press, 2009.

Rose, Andrew. "Insurgency and Distributed Agency in Karen Tei Yamashita's *Through the Arc of the Rainforest*. " *Interdisciplinary Studies in Literature and Environment*, 2019, 26 (1): 125-144.

Said, Edward. *Representations of the Intellectual*: *The 1993 Reith Lectures*. New York: Pantheon Books, 1994.

—. "Secular Interpretation, the Geographical Element, and the Methodology of Imperialism". In: *After Colonialism: Imperial Histories and Post-colonial Displacements*. Gyan Prakash, ed. Princeton: Princeton University Press, 1995: 21-39.

Sato, Gayle K. “Manzanar and Nomonhan: The Relocation of Japanese/American War Memory in *Tropic of Orange* and *The Wind-up Bird Chronicle*.” In: *Global Perspectives on Asian American Literature*. Huang Guiyou, Wu Bing, eds. Beijing: Foreign Language Teaching and Research Press, 2007: 46-65.

Sexton, Melissa. “*Tropic of Orange*, Los Angeles, and the Anthropocene Imagination.” *Concentric: Literary and Cultural Studies*, 2017, 43 (1): 13-32.

Shan, Te-hsing. “Interview with Karen Tei Yamashita.” *Amerasia Journal*, 2006, 32 (3): 123-142.

Sheffer, Jolie A. “Interracial Solidarity and Epistolary Form in Precarious Times: Karen Tei Yamashita’s *Letters to Memory*.” *Arizona Quarterly*, 2020, 76 (4): 55-84.

Shimazu, Nobuko. “Karen Tei Yamashita’ s Challenge: Immigrants Moving with the Changing Landscape.” Diss. Indiana University of Pennsylvania, 2006.

Simal, Begona. “The Junkyard in the Jungle: Transnational, Transnatural Nature in Karen Tei Yamashita’s *Through the Arc of the Rain Forest*.” *The Journal of Transnational American Studies*, 2010, 2(1): 1-25.

Smith, Timothy Lem. “Global Weirding and Paranoid Worlding in Karen Tei Yamashita’s *Tropic of Orange*” *Modern Fiction Studies*, 2023, 69 (1): 73-96.

Slovic, Scott. “Editor’s Note.” *Interdisplinary Studies in Literature and Environment*, 2017, 24 (1): 1-3.

Sohn, Stephen H. “Anime Wong: A Critical Afterword.” In: *Anime Wong: Fictions of Performance*. Karen Tei Yamashita. Minneapolis: Coffee House Press, 2014: 368-385.

—. “Lost in the City: Productive Disorientation in Asian American Literature.” Diss. University of California, Santa Barbara, 2006.

Soja, Edward. *Seeking Spatial Justice*. Minnesota: University of Minnesota Press, 2010.

Sokolowski, Jeanne. “Internment and Post-War Japanese American Literature: Toward a Theory of Divine Citizenship.” *MELUS*, 2009, 34 (1): 69-93.

Spencer, Nicholas. *After Utopia: The Rise of Critical Space in Twentieth-century American Fiction*. Lincoln: University of Nebraska Press, 2006.

Streeby, Shelley. “Multiculturalism and Forging New Canons”. In: *A Companion to American Literature and Culture*. Paul Lauter, ed. Malden: Blackwell Publishing Ltd., 2010.

Stevenson, Deborah. *Cities and Urban Cultures*. Philadelphia: Open University Press, 2003.

Suga, Keijiro. “Responses to Karen Tei Yamashita’s Keynote Address: Anthropocene, Capitalocene." *Leviathan*, 2016, 18 (1): 76-79.

Sze, Julie. "Not by Politics Alone: Gender and Environmental Justice in Karen Tei Yamashita's *Tropic of Orange*." *Bucknell Review*, 2000 (1): 29-42.

Tang, Amy C. *Repetition and Race: Asian American Literature after Multiculturalism*. New York: Oxford University Press, 2016.

Tatsumi, Takayuki. "Introducing Karen Tei Yamashita." *Leviathan*, 2016, 18 (1): 62-63.

Terazawa, Yukiko. "Shifting the Pattern of History: Narration and Counter-Memory in Karen Tei Yamashita's *Brazil-Maru*." *Feminist Studies in English Literature*, 2011, 13 (2): 129-153.

Thoma, Pamela. "Traveling the Distances of Karen Tei Yamashita's Fiction: A Review Essay on Yamashita Scholarship and Transnational Studies." *Asian American Literature: Discourses and Pedagogies*, 2010 (1): 6-15.

Thornton, Brian. "Heroic Editors in Short Supply during Japanese Internment." *Newspaper Research Journal*, 2022, 23 (2): 99-113.

Vint, Sherryl. "Orange County: Global Networks in *Tropic of Orange*." *Science Fiction Studies*, 2012, 39 (3): 401-414.

Wald, Sarah D. "Refusing to Halt: Mobility and the Quest for Spatial Justice in Helena María Viramontes's *Their Dogs Came with Them* and Karen Tei Yamashita's *Tropic of Orange*." *Western American Literature*, 2013, 48 (1): 70-89.

Wallace, Molly. "New Ecologies: Nature, Culture, and Capital in Contemporary U.S. Fiction and Theory." Diss. The University of Washington, 2006.

Wess, Robert. "Terministic Screens and Ecological Foundations: A Burkean Perspective on Yamashita's *Through the Arc of the Rain Forest*." *Interdisciplinary Literary Studies*, 2005, 7 (1): 104-115.

Williams, Noelle A. "Review of *The Americas of Asian American Literature: Gendered Fictions of Nation and Transnation* by Rachel Lee." *MELUS*, 2001, 26 (3): 238-240.

Woloch, Alex. *The One vs. the Many: Minor Characters and the Space of the Protagonist in the Novel*. Princeton: Princeton University Press, 2003.

Wong, Lily. "Dwelling over China: Minor Transnationalisms in Karen Tei Yamashita's *I Hotel*." *American Quarterly*, 2017, 69 (3): 719-739.

Wright, John. "Introduction: North Pacific Rim Culture(s) Approaching the Millennium." *Chicago Review*, 1993, 39 (3/4): 1-8.

Yamaguchi, Kazuhiko. "Counter-representing the Self in the Postmodern: Anti-representational

Poetics in the Fiction of Kurt Vonnegut, Sandra Cisneros, Ishmael Reed, Karen Tei Yamashita, and Haruki Murakami." Diss. The Pennsylvania State University, 2006.

—. "Magical Realism, Two Hyper-Consumerisms, and the Diaspora Subject in Karen Tei Yamashita's *Through the Arc of the Rain Forest*." *The Journal of the American Literature Society of Japan*, 2006 (2): 19-35.

Yamashita, Karen T. *Anime Wong: Fictions of Performance*. Minneapolis: Coffee House Press, 2014.

—. "Borges and I." *Massachusetts Review: A Quarterly of Literature, the Arts, and Public Affairs*. 2012 (2): 209-214+376.

—. *Brazil-Maru*. Minneapolis: Coffee House Press, 1992.

—."Call Me Ishimaru." *Leviathan*, 2016, 18 (1): 64-75.

—. *Circle K Cycles*. Minneapolis: Coffee House Press, 2001.

—. *I Hotel*. Minneapolis: Coffee House Press, 2010.

—. "I, Kitty." *Ploughshares*, 2014, 40 (2): 183-187+217.

—. *Letters to Memory*. Minneapolis: Coffee House Press, 2017.

—. "Literature as Community: The Turtle, Imagination & the Journey Home." *The Massachusetts Review*, 2018, 59 (4): 597-611.

—. "Reimaging Traveling Bodies: Bridging the Future/Past." In: *Karen Tei Yamashita: Fictions of Magic and Memory*. Robert Lee, ed. Honolulu: University of Hawaii Press, 2018: 163-176.

—. "Respond to Me Ishimaru." *Leviathan*, 2006, 18 (1): 90-91.

—. *Sansei and Sensibility*. Minneapolis: Coffee House Press, 2020.

—. *Through the Arc of the Rain Forest*. Minneapolis: Coffee House Press, 1990.

—. "Travelling Voices." *Comparative Literature Studies*, 2008, 45 (1): 4-11.

—. *Tropic of Orange*. Minneapolis: Coffee House Press, 1997.

Yamashita, Karen T., and Lucy Burns M. "Anime Wong: Mobilizing (techno) Orientalism—Artistic Keynote and Conversation." *Journal of Contemporary Drama in English*, 2017, 5 (1): 173-188.

Yazell, Bryan. "Migrancy and Utopia: The Global Network in Yamashita's *Tropic of Orange* and Hamid's *Exit West*." *Textual Practice*, 2023, 37 (9): 1437-1455.

Yun, Lisa. "Signifying 'Asian' and Afro-Cultural Poetics: A Conversation with William Luis, Albert Chong, Karen Tei Yamashita, and Alejandro Campos García." *Afro-Hispanic Review*,

2008, 27 (1): 183-217.

Zarsadiaz, James. “Dreams of Los Angeles: Traversing Power, Navigating Space, and Recovering the Everyday.” *Journal of Urban History*, 2015, 41 (3): 514-520.

Zhang, Longhai. *Identity and History: Reading Chinese American Literature*. Xiamen: Xiamen University Press, 2004.

Zhou, Xiaojing. “Contested ‘Frontier’ and ‘Pioneers’ in Writings about Japanese American Concentration Camps.” In: *Asian American Literature and the Environment.* Lorna Fitzsimmons, Youngsuk Chae, and Bella Adams, eds. New York: Routledge, 2015: 71-94.

蔡奂，余璐．《橘子回归线》中流散共同体的困境书写．《杭州电子科技大学学报（社会科学版）》，2023, 19(1): 72–78.

曹山柯．论《五号屠场》的家园意识．《英美文学研究论丛》，2011(2): 230–244.

陈爱敏，陈一雷．哈·金的《移民作家》与“家”之情愫．《南京师大学报（社会科学版）》，2013(4): 155–160.

陈淑卿．跨界与全球治理：跨越 / 阅《橘子回归线》．《中外文学》，2011, 40(4): 75–119.

[德] 海德格尔．《荷尔德林诗的阐释》．孙周兴，译．北京：商务印书馆，2014.

邓艳玲．日裔美国文学作品中美国民族主义思想的体现．《黑龙江教师发展学院学报》，2020, 39(6): 118–120.

高莉莉．家园与荒原：《五号屠场》的空间解读．《外国语言文学》，2014, 31(4): 279–285.

郭英剑．语言的背叛：移民作家的位置在哪里？：评哈·金的《移民作家》．《郑州大学学报（哲学社会科学版）》，2011, 44(3): 92–96.

郭英剑，王会刚，赵明珠，主编．《美国日裔文学作品选》．北京：中国人民大学出版社，2022.

胡俊．《后现代政治化写作：当代美国少数族裔女作家研究》．北京：中国社会科学出版社，2014.

——．《橘子回归线》中的洛杉矶书写：“去中心化”的家园．《前沿》，2015(10)：74–79.

——．《橘子回归线》中后现代社会景观的流动性．《当代外国文学》，2017, 38(1): 5–12.

胡永洪．发出自己的声音：论美国日裔文学的兴起．厦门大学博士论文，2008.

黄际英．“模范少数族裔”理论：神话与现实．《东北师大学报（哲学社会科学版）》，2002(6): 51–59.

蔺玉清．亚裔美国作家山下凯伦的跨国写作．《语文学刊》，2016(8): 52–54.
[美]卡森．《寂静的春天》．吕瑞兰，译．北京：科学出版社，1979.
[美]卡斯特尔．《网络社会的崛起》．夏铸九，王志弘，等译．北京：社会科学文献出版社，2001
李涵玥．化石能源的现实批判：山下凯伦小说中的能源无意识．《重庆第二师范学院学报》，2023, 36(4): 64–70.
廖诗文．末世天使城的魔幻想象：《橘子回归线》中的洛城、移民与跨界．《中外文学》,2004, 32(8): 55–76.
凌津奇．《叙述民族主义：亚裔美国文学中的意识形态与形式》．吴瞢，译．北京：中国社会科学出版社，2006.
刘进，李长生．《"空间转向"与当代西方马克思主义文学批评研究》．北京：社会科学文献出版社，2015.
刘英．"空间转向"之后的欧美女性文学批评．《广东社会科学》，2022(3): 189–196.
——．《书写现代性：美国文学中的地理与空间》．北京：商务印书馆，2017.
龙娟，孙玲．论《穿越雨林之弧》中的环境非正义现象．《邵阳学院学报（社会科学版）》，2016, 15(6): 87–92.
路程．列斐伏尔空间生产理论中的身体问题．《江西社会科学》，2015, 35(4): 100–106.
陆建德．《现代化进程中的外国文学（下册）》．北京：中国社会科学出版社，2015.
陆扬．空间批评的谱系．《文艺争鸣》，2016(5): 80–86.
罗素．《西方哲学史（上卷）》．何兆武，李约瑟，译．北京：商务印书馆，1991.
马慧．发展还是毁灭：《穿越雨林之弧》中的后殖民主义批评.《青年文学家》，2017(30): 116–118.
[英]克朗．《文化地理学》．杨淑华，宋慧敏，译．南京：南京大学出版社，2003.
任和．物质生态批评视域下《穿越雨林之弧》的生命共同体意识．《西安外国语大学学报》，2022, 30(2): 74–77.
孙伟红．卢梭的自然观 //《欧美文学论丛（第八辑）：文学与艺术》．罗芃，主编．北京：人民文学出版社，2002: 268–290.
[美]苏贾．《第三空间：去往洛杉矶和其他真实和想象地方的旅程》. 陆扬，等译．上海：上海外语教育出版社，2005.
——．《后现代地理学：重申批判社会理论的空间》．王文斌，译．北京：商务印书馆，2004.
童明．飞散 //《西方文论关键词》．赵一凡，等主编．北京：外语教学与研究出版社，2006.
[美]索威尔．《美国种族简史》．沈宗美，译．北京：中信出版社，2011.

汪民安.《身体、空间与后现代性》. 南京：江苏人民出版社，2015.
王斐. 全球化与帝国空间建构：解读《橘子回归线》中的空间非正义.《集美大学学报》，2021，24(3): 86-93.
王一平.《巴西商船》《K圈循环》的移民环流与乌托邦建构.《英语研究》，2024(1): 137-153.
吴冰.《亚裔美国文学导读》. 北京：外语教学与研究出版社，2012.
吴冶平.《空间理论与文学的再现》. 兰州：甘肃人民出版社，2008.
谢纳.《空间生产与文化表征：空间转向视阈中的文学研究》. 北京：中国人民大学出版社，2010.
徐颖果，主编.《离散族裔文学批评读本：理论研究与文本分析》. 天津：南开大学出版社，2012.
——. 空间批评：美国族裔文学阐释的新视角.《复旦外国语言文学论丛》，2008(1): 33-39.
颜桂堤."空间转向"与当代文学批评的空间性话语重构.《文艺争鸣》，2022(8): 109-115.
杨仁敬，等.《新历史主义与美国少数族裔小说》. 上海：上海外语教育出版社，2013.
虞建华，主编.《美国文学大辞典》. 北京：商务印书馆，2015.
袁源."第三空间"学术史梳理：兼论索亚、巴巴与詹明信的理论交叉.《中南大学学报（社会科学版）》，2017, 23(4): 180-188.
曾繁仁. 试论当代生态美学之核心范畴"家园意识".《温州大学学报（社会科学版）》，2010, 23(3): 3-8.
曾莉. 美国文学中的舟与帝国意识.《小说评论》，2012(3): 188-194.
张黎. 1920—2010：美国日裔文学综述.《英美文学研究论丛》，2014, 21(2): 261-272.
张龙海.《属性与历史：解读美国华裔文学》. 厦门：厦门大学出版社，2004
张楠. 亚裔美国文学批评与历史主义：凌津奇教授访谈录.《世界文学评论》，2009(1): 1-5.
张亚丽. 美国多元文学的陷阱：以两部日裔美国作家的作品为例.《山西师范大学学报（社会科学版）》，2013, 40(3): 90-93.
赵秀兰.《奥吉·马奇历险记》中的家园叙事.《北京第二外国语学院学报》，2017, 39(4): 95-105.
朱小琳. 亚裔美国文学研究的新视野：评《越过子午线：山下凯伦跨国小说的历史与虚构》.《博览群书》，2014(9): 74-76.

后　记

本书是我个人出版的第三部学术专著。数易其稿，即将付梓之际，一份喜悦之情自是不言而喻。然而，由于山下凯伦小说阅读难度不低，国内前期研究成果屈指可数，“空间”和“家园”作为现当代文学与文化研究的两大前沿，其知识体系较为复杂抽象，要厘清诸多空间理论的概念，多方位呈现山下凯伦小说的家园意识并非易事。不知本书出版后能否得到读者的认可，难免心生忐忑。

近年来，少数族裔文学无疑是美国文学研究的热点。犹太裔、非裔、俄裔、华裔、拉美裔等族裔作家的文学作品自20世纪末相继受到学界的关注。相比之下，日裔美国文学研究成果为数不多。一方面，多数读者对日裔美国文学的了解仅限森敏雄的《加州横滨》、约翰·冈田的《不-不仔》等“拘留营文学”作品。另一方面，聚焦于“流散、同化、身份、苦难”等主题的传统少数族裔文学批评模式过于强调族裔性，容易忽略少数族裔文学的世界性和当下性，难以反映少数族裔文学的全貌，需要以新的研究对象和更加全面的视角加以拓展。山下凯伦作为“三世”日裔美国作家的杰出代表，其创作目光更加深远。她的小说在思想内涵、叙事风格、人物建构等方面都超越少数族裔文学与文化界限，蕴含着“世界主义”和“人类命运共同体”的特征。以族裔性与世界性相融合的眼光解读山下凯伦的作品，无疑具有更加广阔的阐释空间。

纵观国内外山下凯伦小说研究的前期成果，我认为其主要从文化、叙事、社会批评等视角展开。其一是文化视角，例如从美国性和殖民特点的角度研究山下凯伦小说中的巴西，或从跨国主义、东方主义、全球化主题等角度解读山下凯伦笔下美国、日本、墨西哥等国家和地区的多元文化现象。其二是叙事视角，包括叙事话语、魔幻现实主义、视觉表现手法等。相关研究还将叙事方式与生态环境、精神困境等后现代社会主题相联系，从而体现较强的广度和深度。其三是社会批评视角，主要从消费主义、道德伦理和社会生活的困境，以及后现代社会景观的流动性、环境非正义现象、种族和阶级分化、帝国权力等方面进行批判研究。这些研究具有开拓性意义，充分表明山下凯伦小说在全球化语境和多元文化格局中已呈现重要的研究价值和开阔的研究视野，但总体上仍然较为零散，缺少整体或系统的研究。多数前期成果聚焦于《穿越雨林之弧》和《橘子回归线》两部小说，其余作品的相关研究寥寥无几，研究文本有待拓展，且缺少系统的理论指引，一些更加深层的问题仍待回应。鉴于此，本书尝试从空间和家园两个密切相关的视角，融合后殖民、生态批评、比较文学与跨文化研究等相关理论要旨，对山下凯伦多部小说的物理空间、精神空间、社会空间属性以及家园的失落、追寻、重构等书写进行多角度考察，并指出山下凯伦小说中跨越南北半球的家园书写承载着“他者”身份的消解、文化鸿沟的逾越、生态责任的担当等重要主题。在分析小说文本过程中，本书还尽力关注全球化语境下的社会、经济、文化、科技、生态等问题，探讨现当代人类的生存环境、道德伦理、精神困惑等话题，从而彰显文学研究的现实意义和社会担当，希望本书的问世能为未来的山下凯伦研究以及美国少数族裔文学的前瞻性研究，特别是日裔美国文学研究提供一定的启发和思路。

本书是在我的博士论文基础上修改而成的。因此，首先我要特别感谢我的导师，上海外国语大学汪小玲教授。在上海外国语大学三年半的求学时光中，导师严谨的治学态度、渊博的知识、对教学和科研工作孜孜不倦的精神、积极乐观的生活态度深深影响了我，使我深刻体会到在科研的道路上脚踏实地，一步步地积累和锤炼是何等重要。在博士论文写作的过程中，从选题论证、搜集资料、反复推敲到最终成文，导师更是全程给予细心的指导。每当看到一点文字或结构上的瑕疵，导师都会不厌其烦地提出修改建议，督促我保质完成任务。每当知道我在生活中遇到困难，导师总是嘱咐我注意身心健康。从导师的身上我不仅学会了如何做科研，更是明白了一名青年学者的为人处世之道。导师的每一次谆谆教诲都是让我受益终身的财富。

感谢我的博士论文答辩委员会评审专家上海外国语大学查明建教授、王欣教授、孙胜忠教授，上海交通大学彭青龙教授、尚必武教授。五位专家都是资深的博士生导师，他们在百忙之中抽空评阅拙作，在博士论文评阅和答辩过程中提出了许多宝贵的意见。专家们的宝贵意见对本书书稿的不断修改和完善意义非凡。

我还要感谢书中引用或参考过的每一部文献的作者。他们的辛勤劳动为本书的撰写提供了翔实的资料，让我有机会站在前人的肩膀上继续前行。

本书出版过程中，先后获得厦门理工学院学术专著出版基金项目、厦门理工学院高层次人才项目、福建省社会科学基金博士扶持项目的资助。在此向各级领导和项目评审专家致谢。

由于笔者水平有限，书中难免存在疏漏、错误，乃至贻笑大方之处，敬请广大读者批评指正。

王育烽

2024年6月于厦门